EINHUNDERT GRÜNDE

EIN ROMAN DER ASPEN COVE-REIHE
BUCH 1

KELLY COLLINS

Übersetzt von

SABINE MOLDENHAUER

BOOK NOOK PRESS

Einbanddesign von Graphics by Stacy

Für Jim, Nik, Alec und Gabby. Ihr seid meine Beweggründe für alles.

EINFÜHRUNG

Willkommen in Aspen Cove, dem winzigen Ort in Colorado, in dem Neuanfänge, Hoffnung und wahre Liebe leben …

Eine Frau, die fortgehen will.

Ein Mann, der bleiben muss.

Und eine Liebe, die sich nicht verleugnen lässt …

Das Leben der Krankenschwester Sage Nichols verläuft nicht so, wie geplant. Als einer ihrer Lieblingspatienten stirbt, verlässt Sage ihren Arbeitsplatz für ein paar Minuten länger als geplant – und findet sich prompt ohne Job und Gehaltsscheck wieder. Doch Sages Patientin hat ihr ein Abschiedsgeschenk hinterlassen: eine Frühstückspension im Herzen der Rocky Mountains. Fest entschlossen, das Anwesen zu verkaufen und anschließend für einen Neuanfang nach Denver zurückzukehren, macht sich Sage auf den Weg nach Norden, in die kleine Stadt in den Bergen.

Als Cannon Bishops Mutter starb, gab er seinen Traum, Aspen Cove für immer zu verlassen, auf und kehrte zurück, um den Familienbetrieb weiterzuführen. Als Inhaber der einzigen Bar und Sohn des stadtbekannten Trunkenbolds gibt es in seinem Leben keinen Platz für eine Frau. Als jedoch Sage Nichols überraschend in der Stadt auftaucht, verändert sie alles.

Und wenn es etwas gibt, das Cannon hasst, dann sind es Veränderungen.

Angeworben vom dortigen Doktor, fühlt sich Sage mehr in das Kleinstadtleben eingebunden, als sie ursprünglich geplant hatte. Leider erstreckt sich die herzliche Aufnahme, die sie von den Einwohnern erfährt, aber nicht auf den Mann, der direkt in ihrer Nachbarschaft wohnt.

Dennoch beginnt zwischen Sage und Cannon unerwartet Vertrauen aufzukeimen … und entwickelt sich zu mehr. Als sich dann auch noch ihr Plan, nach Denver zurückzukehren, zerschlägt, beginnt Sage sich zu fragen, ob ihre Zukunft in Aspen Cove liegen könnte.

Manchmal durchkreuzt Liebe selbst die besten Pläne …

KAPITEL EINS

Es gab drei Dinge, die Sage Nichols mit absoluter Gewissheit wusste:

Dem Tod konnte man nicht entkommen.

Der augenblickliche *Mr. Right* war niemals *Mr. Right.*

Die Hölle bestand nicht aus Feuer und Schwefel, sondern aus Schnee und Eis an einem kalten Apriltag in Denver.

Im dunklen, feuchten Keller des Hauses ihrer Schwester hielt sie zwei Krankenhauskittel in die Höhe und betrachtete ihren Hund Otis, der ausgestreckt auf dem Bett lag. Das war genau die Zeit in jeder Nacht, in der sein armer Körper versagte, denn das Fehlen eines Hinterbeins verlangte dem Golden Retriever viel ab.

Er hob den Kopf und seine bernsteinfarbenen Augen begutachteten beide Uniformen, bis er die blaue mit seiner nassen Schnauze anstupste.

„Dann nehmen wir also Blau."

Sie streichelte das Fell in seinem Nacken und Otis rollte sich auf den Rücken, während sie ihm zum letzten

Mal für diese Nacht den Bauch kraulte. Er zog seine Lefzen zurück und entblößte seine Zähne in einer Art, die sie nur als Lächeln beschreiben konnte.

Wenn sie sich nicht beeilte, würde sie zu spät zur Arbeit kommen. Sie zerrte an ihren widerspenstigen Locken und bändigte sie schließlich mit einem Haargummi. Vollständig angezogen nahm sie zwei Stufen auf einmal zum Erdgeschoss hinauf. Diese Betätigung brachte ihr Blut in Wallung und bereitete sie damit auf den extra starken Kaffee-Latte vor, den ihre Schwester Lydia ihr gleich an der Haustür in die Hand drücken würde. Nach zwei Jahren, in denen sie in der Nachtschicht arbeitete, sollte Sage sich eigentlich an diesen Tagesrhythmus gewöhnt haben, aber sie brauchte den Adrenalinschub, den dreihundert Milligramm Koffein bewirkten.

Schlüssel klimperten im Haustürschloss, und sie begrüßte ihre Schwester mit einem: „Hallo, Frau Doktor. Wie war dein Tag?"

LYDIA REICHTE IHR DEN KAFFEE. „Zu lang. Eine Schusswunde, ein Autounfall, und kannst du dir vorstellen, dass sich ein kleiner Junge den Arm und ein Bein gebrochen hat, als er Supermann spielte? Er band sich eine Tischdecke wie einen Umhang um den Hals und sprang einfach vom Dach." Lydia schüttelte ihren Kopf, umarmte Sage und drückte sie dabei ganz fest. „Ich wünsche dir eine gute Nacht. Bring niemanden um."

„Das ist immer das oberste Gebot." Sie amüsierte sich über ihr Gespräch. Jeder, der nicht wusste, dass Lydia Ärztin in der Notaufnahme des *Denver General* und sie Krankenschwester in der geriatrischen Abteilung desselben Krankenhauses war, würde den Kommentar wahrscheinlich als schockierend empfinden. Leider sah Sage trotz der Bandenkriege, Schießereien und der durchschnittlichen Anzahl von Autounfällen, die es in der Stadt gab, mehr Tote als ihre Schwester.

Die Tür schloss sich hinter ihr und sie trat in die dichte Nebelschicht hinaus, die ganz normal für den Frühling war, wenn der Winter um seinen letzten Atemzug rang. Es war, als hätte die Kälte ihre Finger um die Stadt gelegt, um sie nie wieder loszulassen.

Sie sprang in ihren Geländewagen, startete den Motor und fuhr aus der Einfahrt, um sich einen Kilometer nach dem anderen einen Weg durch die arktische Kälte zu bahnen. Normalerweise dauerte der Weg zur Arbeit zwanzig Minuten, aber bei schlechter Sicht konnte sie sich glücklich schätzen, ihn in dreißig zu schaffen.

Sie nippte an ihrem Kaffee-Latte, dankbar, dass sie genug Zeit zum Munterwerden hatte, bevor sie ihre Visite beginnen und Patientenakten ausfüllen musste.

Auf dem Beifahrersitz lagen ein Stapel rosafarbenes Briefpapier und Umschläge für ihre Lieblingspatientin Bea Bennett. Es war die dritte Lieferung dieser Art in ebenso vielen Wochen. Es war ein guter Tauschhandel. Sie lieferte das Papier und Bea brachte Sonnenschein in Sages ansonsten ziemlich düsteres Leben. Bea war wegen einer Herzbeutelentzündung ins Krankenhaus eingeliefert worden und verbrachte ihre Tage damit, Briefe zu schreiben, die im gleichen Moment zu verschwinden schienen, in dem sie die Schreibutensilien erhielt.

Fluoreszierendes Licht blendete sie, als sie auf den für die Mitarbeiter der Nachtschicht reservierten Parkplatz einbog. Es gab kein Schild, auf dem ihr Name stand. Diese Vergünstigung war wichtigen Leuten wie Lydias Freund,

Dr. Adam McKay vorbehalten, dem attraktiven Typ, der die Notaufnahme leitete.

Sie schnappte sich ihre Sachen und ging hinein.

„Wie lief dein Tag bisher?“, fragte sie ihre Kollegin Tina, als sie auf der Station im neunten Stock ankam. Nachdem sie ihre Handtasche in der Schreibtischschublade verstaut und das Briefpapier zur späteren Auslieferung abgelegt hatte, nahm sie das Klemmbrett, damit Tina gehen konnte.

Tina strich die Haarsträhne, die sich aus ihrem Pferdeschwanz gelöst hatte, über die Ohren zurück. „Es war ein hektischer Tag.“

Das war nicht die Antwort, die Sage hören wollte, aber sie war typisch, denn über Patienten zu sprechen hätte zur Folge gehabt, dass Tina noch ein paar Minuten länger bleiben müsste, und sie widmete anderen nicht gerne mehr von ihrer Zeit als unbedingt nötig.

Auf den Fluren der Station war es still, abgesehen vom Piepsen der Herzmonitore und dem Surren der Sauerstoffflaschen. Alles schien in Ordnung zu sein.

Fünf Minuten später begann Sage mit ihrer Visite und überprüfte Vitalfunktionen und Patienteninformationen, während sie den Flur der fast vollständig belegten Station hinunterging. Sie zog eine Akte hervor, die zu einem der zuvor unbelegten Zimmer gehörte und stellte fest, dass dort ein neuer Patient untergebracht war. „Clive Russel.“ Den Namen laut auszusprechen half sich zu verdeutlichen, dass es sich um reale, lebende, atmende Menschen handelte, nicht nur um Krankenberichte und Zahlen auf einem Blatt Papier.

Sie überflog seine Daten und begriff, dass Clives Lebensuhr nicht mehr lange schlagen würde. Er hatte Bauchspeicheldrüsenkrebs im Endstadium. Ein Schauer lief ihr über den Rücken. Von allen Krebserkrankungen, die ihre Patienten aufzehrten, schien Bauchspeicheldrüsenkrebs diejenige mit den schärfsten Zähnen und dem größten Appetit zu sein. Es belastete sie sehr, dass sie diese Menschen nicht retten konnte. Sie kümmerte sich um sie und tat ihr Bestes, um ihnen in ihren letzten Tagen Freude zu bereiten, aber es war nicht genug.

Sie setzte ein strahlendes Lächeln auf und betrat sein Zimmer.

Monitore piepsten und die Luft war von einem Geruch erfüllt, den man mit älteren Menschen assoziierte. Sie konnte ihn am ehesten mit etwas beschreiben, das an Wärmesalbe erinnerte, gepaart mit dem Duft eingeschmuggelter Süßigkeiten.

Um zehn Uhr abends schliefen ihre Patienten meist tief und fest, aber nicht dieser. Er saß aufrecht im Bett, mit einer dichten, grauen Haarmähne, die in alle Richtungen abstand und einem lächelnden Gesicht, in das eine Landkarte aus tiefen Linien eingeätzt schien. Mit seinen achtzig Jahren hatte er noch alle seine Zähne, was sie überraschte. In seiner Hand hielt er die Fernbedienung. Der Schein des Fernsehgerätes erhellte seine gelbliche Haut.

„Hallo, Mr. Russell", sagte sie in schnellem Tempo, hervorgerufen durch das viele Koffein.

„Ich hatte doch darum gebeten, mir mein Date erst nach den Nachrichten vorbeizuschicken." Seine Augen wanderten zwischen ihr und dem Fernsehgerät hin und her.

Während er seine Sendung weiter verfolgte, ging sie ihre Checkliste durch, die mit seinen Blutwerten begann und mit Medikamenten endete.

Sie legte die Blutdruckmanschette um seinen Arm und pumpte sie mit dem kleinen Blasebalg auf. Die Manschette füllte sich mit Luft und entleerte sich, während sie die Zufuhr und den Abfluss seiner Arterien maß. „Ich konnte es nicht erwarten, Sie zu sehen", sagte sie, während sie ihm mit dem Thermometer über die Stirn strich und seine Werte notierte. „Man sagte mir, es gäbe hier einen neu eingelieferten, gut aussehenden Herrn, aber da hat man gewaltig untertrieben." Sie überprüfte den Flüssigkeitsstand seiner Infusion und den Ausfluss aus dem Beutel, der seinen Urin auffing.

Der alte Mann grinste. „Nennen Sie mich Clive. Ich meine, es ist ja schließlich unsere erste Verabredung oder so was Ähnliches." Seine blauen Augen leuchteten hinter dem Schleier der Krankheit.

„Sie sind ein Charmeur, genau so, wie ich meine Männer mag – mit ein bisschen Witz und einer gehörigen Portion Liebenswürdigkeit." Die Tatsache, dass Clive Russell, ein Mann, der fünfzig Jahre älter war als sie, so gut wie jeder andere mit einem X- und Y-Chromosom tatsächlich ihr Freund sein könnte, beschrieb den traurigen Zustand ihres Liebeslebens.

„Eine Schönheit wie Sie hat ganz bestimmt einen Freund." Er rückte sein Kissen zurecht und ließ sich zurückfallen.

„Oh, ja, den habe ich. Sein Name ist Otis und er hat ein Faible für Trockenfutter und Leckerchen."

Clive lachte und zuckte dann zusammen.

Sie füllte sein Wasser auf und holte eine Ersatzdecke aus dem Schrank, für den Fall, dass er nachts frieren würde. „Nun, Clive, alles sieht großartig aus." Wobei *großartig* ein relativer Begriff war, dessen Skala von „großartig für fast tot" bis „großartig, Sie werden es hier lebend herausschaffen" reichte. Clive rangierte eher näher an Ersterem. Obwohl die Blässe des bevorstehenden Todes seine Haut stumpf machte, empfand sie dennoch Hoffnung, weil Clive sich an jeden Moment des Lebens klammerte, der ihm noch blieb. Oder zumindest hielt er die Fernbedienung so fest, als enthielte sie ein magisches Lebenselixier, und für Clive war es vielleicht tatsächlich so, denn er schaute gar nicht die Nachrichten, wie er behauptete. Nein, Clive sah sich in Wirklichkeit die Serie „Game of Thrones" an, in der es eine wöchentliche Dosis Nacktheit einer blonden Schönheit namens Khaleesi zu bestaunen gab.

„Sagen Sie mir Bescheid, wenn Sie beim Wetterbericht ankommen." Sage tätschelte die Hand des alten Mannes.

Sie überließ ihn seinen „Nachrichten" mit dem Versprechen, später wieder nach ihm zu sehen, und setzte dann ihre Patientenrunde fort. Mr. Dumont brauchte Schmerzmittel. Mrs. Young, die gestern ihren einundneunzigsten Geburtstag gefeiert hatte, benötigte einen neuen Infusionsbeutel. Nora Croxley brauchte eine Umarmung und Mr. Nolan sollte man einen Klaps auf den Hinterkopf versetzen, weil er diese Woche bereits zum zweiten Mal seine welke Männlichkeit zur Schau gestellt hatte.

Im Zimmer ihres zweitliebsten Patienten erwischte sie David Lark, der sich heimlich einen Snickers-Riegel gönnte. „Nichts Ungesundes für Sie." Sie beschlagnahmte die Süßigkeit und erinnerte ihn daran, dass ein Mann mit Diabetes seiner Krankheit keinen Vorschub leisten sollte.

„Seien Sie doch nicht so! Ich habe Frauen aufgegeben. Ich habe dem Alkohol abgeschworen. Ich habe aufgehört zu fluchen. Ich sterbe." Er sah zu, wie sie den Schokoriegel in ihrer Kitteltasche verstaute.

„Nicht während meiner Schicht." Während Sage Schicht hatte, war Sterben nicht erlaubt. Das war eine ihrer albernen Regeln. Eine, die sie nie durchsetzen konnte, weil sie verstand, dass Sterben ein Teil des Lebens war. Sobald ein Mensch geboren wurde, fing er an zu sterben, aber irgendwo tief in ihrem Inneren glaubte sie fest daran, dass sie die Menschen an diese Welt binden könnte, wenn sie sich nur genug kümmerte, hart genug arbeitete und denjenigen in ihrer Umgebung genug Freude bereitete.

Als sie an der Schwesternstation vorbeikam, nahm sie das Paket mit dem rosafarbenen Briefpapier vom Schreibtisch. Sie sollte keine Lieblingspatienten haben, aber sie hatte welche, und Bea war eine davon. Allein das Zimmer der älteren Dame zu betreten, hob Sages Stimmung. Trotz ihrer angeschlagenen Gesundheit war Bea voller Leben. Dazu kam, dass sie Sage auch an Großmutter Nichols erinnerte – „Großmama Dotty" – mit ihrem schlohweißen Haar und einer Stimme, die süßer war als Honig.

Ihre Gedanken kreisten um verblasste Erinnerungen an ihre Großmutter, die sich nach dem Tod ihrer Eltern liebevoll um sie und Lydia gekümmert hatte. Waren sie wirklich schon seit fünfzehn Jahren tot? Großmama Dotty seit zwei? Sie konnte nicht glauben, wie schnell die Zeit verflog.

Sage machte einen kurzen Stopp im Aufenthaltsraum, um zwei Tassen Kaffee zu holen – süß und mit Milch für Bea, schwarz und bitter für sich selbst. Sie klemmte sich das Schreibpapier unter den Arm und eilte zu Beas Zimmer, bereit für eine Umarmung und eine neue Geschichte.

Bea unterhielt sie mit Geschichten über ihre Heimatstadt Aspen Cove. Eine Stadt wie aus einer Fernsehserie. Ein Ort, an dem alle zufrieden waren und niemand etwas entbehren musste. Wo alle Anwohner, auch wenn sie nicht verwandt waren, als Familie betrachtet wurden. Sage wusste, dass die Geschichten aus der Perspektive einer Frau erzählt wurden, die auf ihr Leben zurückblickte, wobei die Erinnerung schöner war als die Realität, aber Bea schilderte sie auf eine Art, die alles plausibel erscheinen ließ.

Mit dem Kaffee in der Hand wandte sie der geschlossenen Tür den Rücken zu, drückte mit dem Ellbogen die Klinke herunter und schob ihr Hinterteil in das Zimmer. Es war erschreckend still und stockfinster, abgesehen von den Umrissen eines leeren Bettes.

Bea war fort.

Das rosafarbene Briefpapier fiel von ihrem Arm und flatterte zu Boden, wo es sich wie ein Teppich ausbreitete, um den Kaffee aufzusaugen, der als Nächstes herunterfiel.

Sage stolperte gegen die Wand zurück und glitt an ihr hinunter, auf den kalten Industrieboden – leblose weiße Fliesen, die in den Fluren so vieler Krankenhäuser zu finden waren. Während das rosa Briefpapier den verschütteten Kaffee aufnahm, wurde sie mit der Tatsache konfrontiert, dass Bea gestorben war.

Sie war auf keinen Fall entlassen worden. Erst gestern hatte sie eine MRT-Untersuchung des Herzens gehabt, bei der keine Veränderungen ihres Zustandes festgestellt wurden. Nichts war besser geworden, aber es hatte sich auch nichts verschlechtert. Perikarditis heilte sich nicht von alleine über Nacht. Nein, ihre Bea war gegangen, und mit ihr verschwand einer der letzten Hoffnungsschimmer, die in Sages Augen leuchteten.

Sage kauerte sich wie zu einem kleinen Ball zusammen und vergrub ihr Gesicht zwischen ihren Knien. Sie wimmerte, ein Ton, der ganz fremd klang, aber tief in ihrer Seele widerhallte. Sie musste aufstehen und ihre Schicht wieder aufnehmen, aber ihre Arme wollten sich nicht aus der Umarmung lösen, mit der sie sich selbst umfing. Ihre Augen blieben geschlossen in dem Bemühen, die drohende Tränenflut zurückzuhalten und der Rhythmus ihres Herzschlags war so schwerfällig, dass er die Wirkung ihres Kaffee-Latte zunichtemachte.

Warum bedeutete Beas Leben so viel mehr als die anderen? Warum hinterließ ihr Tod ein höhlenartiges Loch in ihrem Inneren? Es war ein weiterer Verlust in einem Leben voll davon. Eine weitere Seele, an der sie vergeblich versucht hatte, festzuhalten. Ein weiterer Mensch, der sie verlassen hatte, bevor sie sich verabschieden konnte.

KAPITEL ZWEI

Die schwere Tür öffnete sich und Sage hörte auf zu weinen. Ein Lichtstrahl durchdrang die Schatten, aber nicht die Finsternis, die in ihre Seele eingezogen war. Sie blickte auf und sah die Umrisse eines Mannes, aber das blendende Licht hinter ihm machte es unmöglich, sein Gesicht zu erkennen.

„Sage?“ Sie erkannte die Baritonstimme ihres Vorgesetzten, Mr. Michael Cross. Er betrat das stille Zimmer und beugte sich über sie. „Ich muss Sie in meinem Büro sehen.“ Er wartete ihre Antwort nicht ab. Die Tür öffnete sich, das Licht strömte für den Bruchteil einer Sekunde wieder herein, und er verließ den Raum, sie wieder in die Dunkelheit gehüllt zurücklassend.

Mit zu Fäusten geballten Händen wischte sie über ihre tränenüberströmten Wangen und versuchte, sich auf Beine zu stellen, die zu taub waren, um sie spüren zu können. Sie rappelte sich mühsam vom Boden hoch und strich ihre Uniform glatt. Das Blut schoss von ihrem Kopf zu ihren kalten Füßen, und das Zimmer drehte sich, sodass sie sich an die grauen Wände lehnen musste, um sich abzustützen.

Nachdem sie sich am nächsten Waschbecken kurz das Gesicht mit Wasser benetzt hatte, kehrte sie zur Schwesternstation zurück und fand dort jemanden vor, der die Krankenakten durchsah und den sie nicht kannte.

„Für wen springen Sie denn ein?", fragte Sage. Bei zwei Krankenschwestern, die normalerweise in der Nachtschicht arbeiteten, war das eine berechtigte Frage, wenn diejenige, die vor ihr stand, nicht zum Stammpersonal gehörte.

Die Frau, auf deren Namensschild „Terri" stand, sagte: „Für Sie. Ich komme gerade aus der Pädiatrie. Wir waren überbesetzt."

Sage wurde flau im Magen. „Ah ... okay." Mr. Cross hatte eine Ablösung angefordert, das konnte nichts Gutes bedeuten. „Ich sollte besser gehen, Mr. Cross erwartet mich." Es war Zeit, sich ihren Ängsten zu stellen.

Wenn ein Vorgesetzter einen herbeizitierte, hatte man keine Wahl zwischen Gehen und Bleiben, also ging sie.

Langsam schlängelte sie sich den Korridor entlang und näherte sich Mr. Cross' Tür. Dort angekommen ließ sie sich von ihrer Anspannung überwältigen. Sie hatte ihren Posten noch nie zuvor verlassen, aber dass er nach ihr gesucht hatte, bedeutete, dass ihm ihre Abwesenheit aufgefallen war.

Sie warf einen flüchtigen Blick auf ihre Uhr und stöhnte. Dreißig Minuten ihrer Schicht hatte sie auf dem Boden gesessen und um die Frau getrauert, die sie wie ein Familienmitglied lieben gelernt hatte.

Es war schlimm genug, dass sie von Kummer erfüllt war, aber jetzt gesellte sich auch noch Reue über ihre Fehlentscheidung dazu.

Sie brauchte zwei weitere Minuten, um den Mut aufzubringen, endlich anzuklopfen. Ihre Fingerknöchel pochten gegen die massive Holztür.

Eine gedämpfte Stimme forderte sie auf einzutreten.

Ihr Schwesternkittel fühlte sich eng an, und das Stethoskop um ihren Hals würgte sie wie eine Schlinge. Nach einem tiefen Atemzug drückte sie die Klinke herunter und betrat das Zimmer.

Das letzte Mal war sie in diesem Büro gewesen, nachdem ihre Großmutter gestorben war. Zwei Zusammenbrüche in ebenso vielen Jahren waren sicher nicht so schlimm – zwei, die öffentlich bekannt waren. Innerlich litt sie jedes Mal, wenn ein Patient verstarb, aber sie hatte trotzdem immer ihre Arbeit getan – bis zur heutigen Nacht.

So sehr sich Sage auch einzureden versuchte, dass sie trauern durfte, Emotionen waren in ihrem Beruf nicht gern gesehen. Trauer beeinträchtigte die Fähigkeit, vernünftige Entscheidungen zu treffen.

Mr. Cross stand nicht auf. Er lehnte sich in seinem riesigen Ledersessel zurück. „Setzen Sie sich bitte." Er deutete auf den Stuhl vor seinem Schreibtisch, dessen schlankes Design mehr Wert auf Aussehen als auf Bequemlichkeit legte. Als sie sich setzte, stach die raue Textur des Stoffes durch die dünne Baumwolle ihres Schwesternkittels, während die hölzernen Armlehnen kein Gefühl von Behaglichkeit oder Wärme vermittelten.

„Mr. Cross", begann sie, „es tut mir so leid."

Er beugte sich vor und stützte seine Ellbogen auf die dunkle Holzoberfläche seines Schreibtisches, seine verschränkten Finger an die Lippen gepresst. Nach einer gefühlten Ewigkeit brach er das Schweigen. „Es tut mir leid wegen Bea. Ich weiß, wie viel sie Ihnen bedeutet hat."

Ein Kloß steckte in ihrem Hals und zwang sie, schwer zu schlucken. Tränen sammelten sich in ihren Augen, aber sie weigerte sich, ihnen freien Lauf zu lassen. Sie blickte zur Decke und hoffte, dass sie dorthin verschwinden würden, woher sie gekommen waren, aber sie bemühte sich vergeblich und spürte, wie eine entwischte und ihre Wange herunterkullerte.

Mr. Cross schob eine Schachtel mit Taschentüchern über seinen Schreibtisch.

Sie wehrte sich gegen das übermächtige Verlangen, vollends die Fassung zu verlieren. Stattdessen zog sie ein paar Taschentücher aus der Box und tupfte ihre Augen trocken. „Wann ist sie gestorben?"

Er nahm ein Klemmbrett hoch und überflog es. „Sie wurde heute Mittag, kurz nach zwölf, für tot erklärt." Seine Stimme hatte etwas Ehrliches, Aufrichtiges an sich, was Sage überraschte, weil Mr. Cross immer sachlich war und nicht emotional. „Wir müssen über Ihre Zukunft hier reden." Die Monotonie kehrte schlagartig wieder in seine Stimme zurück.

„Ich verstehe, welchen Eindruck Sie von mir haben müssen, aber ich bin nur so betroffen, weil ich mitfühle." Die meisten Menschen würden vermuten, dass eine sensible Person die beste Krankenschwester ist, aber das entspricht nicht unbedingt der Wahrheit. Es ist zu schwer, gleichgültig zu bleiben, wenn das Herz beteiligt ist. Zu schwer, eine Nadel in die Haut zu stechen, wenn man damit anderen wehtut. Zu schwer, ehrlich zu sein, wenn die Wahrheit so grausam ist.

„Warum ließen Sie sich auf diese Station versetzen?" Er zog einen Aktenordner aus seiner Schublade. Auf dem Schildchen oben stand in fetten, schwarzen Buchstaben „Sage Nichols". Er klappte ihn auf. „Sie haben davor auf der Entbindungsstation gearbeitet, wo das Leben den Tod bei Weitem überwiegt. Was ist passiert?"

Ihr Blick wanderte zu ihrer Mitarbeiterakte. „Ich habe

vier Jahre dort gearbeitet, bevor ich vor etwas mehr als zwei Jahren auf diese Station versetzt wurde."

„Warum die Versetzung? Die wenigsten Menschen wechseln bei ihrer Karriereplanung von der Geburt zum Tod." Mr. Cross kritzelte Notizen auf eine leere Seite.

Ihr Herz dröhnte in ihrer Brust wie die Schritte eines Arztes, der zur Notaufnahme eilte.

Würde das ihre erste negative Beurteilung werden? Als ihre Großmutter starb, hinterfragte niemand ihre Tränen, weil Dotty Nichols eine Verwandte war.

„Ich ließ mich versetzen, damit ich mich um meine Großmutter kümmern konnte, die auf dieser Station lag. Dadurch hatte ich mehr Zeit für sie." Es war schwer gewesen, das der Vorgängerin von Mr. Cross zu vermitteln. Mrs. Stankowski hatte ihr ursprüngliches Gesuch zunächst mit der Begründung abgelehnt, dass es nicht zweckmäßig wäre, aber schließlich gab sie Sages endlosem Drängen nach. Sie hatte sie mit unzähligen Anrufen, Besuchen und Schreiben zermürbt.

Missbilligung stand ihm auf der Stirn geschrieben. „Und Sie blieben, weil ...?"

Sie rutschte auf dem Stuhl herum. „Ich wollte in den letzten Minuten im Leben eines Menschen etwas Gutes bewirken."

Er klappte ihre Akte zusammen. Sein mürrischer Gesichtsausdruck blieb starr, als seine Hand über sein stoppeliges Kinn strich. Die dünnen Lippen wurden mit seinem Stirnrunzeln noch schmaler. „Ich bin nicht der Meinung, dass Sie gut in meine Abteilung passen." Wenn es für Enttäuschung eine Titelmusik gäbe, dann wäre es Mr. Cross' Tonfall gewesen – jedes Wort eine Oktave tiefer, bis nur noch ein Vibrieren übrig blieb.

Der Boden fühlte sich an, als hätte er sich geöffnet und

Sage in einen darunterliegenden, finsteren Abgrund herabgezogen. „Sie wollen keine Menschen auf Ihrer Station, die sich um andere sorgen?" Sie umklammerte die Stuhllehnen so fest, dass sie sicher war, sie würde das Holz beschädigen.

Mr. Cross drehte seinen Ehering im Uhrzeigersinn und starrte auf das Bild seiner Frau, als wollte er sie um Rat fragen. „Fürsorge ist nicht das Problem. Sie sind eine gute Krankenschwester, aber nicht jeder kann gut mit dem Tod umgehen. Auf dieser Station findet er regelmäßig statt. Sie müssen Ihre Emotionen wie einen Schalter ausschalten können." Er bewegte seinen Zeigefinger auf und ab und ahmte die Bewegung nach. „Ich habe mit einigen Ihrer Kollegen gesprochen, und alle sagen, dass der Tod eines jeden Patienten Sie in ähnlicher Weise belastet. Sie können sie nicht retten, Sage."

In ihrem Augenwinkel zuckte ein Muskel. „Offensichtlich, sonst wäre Bea nicht gestorben." Eine unbeabsichtigte Schärfe färbte ihre Stimme. In Gedanken zählte sie mehrere Dutzend Patienten auf, deren Tod ihr das Herz zerrissen hatte, und sie ließ ihre Schultern hängen. Diese Situation sah nicht gerade gut für sie aus.

Mr. Cross öffnete seine Schublade und zog ein vertrautes Blatt rosafarbenen Briefpapiers heraus. „Ich hatte gestern Morgen das Vergnügen mit Bea zu sprechen. Ich kann verstehen, warum Sie sie mochten."

„Sie war eine bemerkenswerte Frau." Sie senkte eine Sekunde lang den Kopf und stellte sich Bea Bennetts weißes Haar und ihre weisen braunen Augen vor.

„Wissen Sie, was ihre letzten Worte waren, bevor ich ihr Zimmer verließ?" Er drehte den rosa Umschlag in seinen Händen.

Sage schüttelte den Kopf. Widerstrebend hob sie ihre Augen und verabschiedete sich von ihrer Vision einer lächelnden Bea. „Ich habe keine Ahnung."

Er stand auf, drehte ihr den Rücken zu und blickte aus dem Fenster hinaus in die Nacht, wo der Nebel träge und dicht vorüberzog. „Sie riet mir dazu, Sie zu entlassen."

„Was?" Seine Aussage traf sie wie ein Dolch in der Magengrube. Sage fühlte eine starke Verbindung zu Bea und konnte nicht glauben, dass die alte Dame so etwas vorschlagen würde. „Das hat sie nicht." In ihrer Stimme schwang empörte Ablehnung mit, bevor sie nach weiteren Taschentüchern griff, um die neue Tränenflut aufzufangen.

„Hat sie. Tatsächlich hat sie mich angefleht, Sie zu entlassen." Er drehte sich um, lehnte sich gegen den Schreibtisch und ließ den pinkfarbenen Umschlag auf die Holzoberfläche fallen. „Nicht, weil Sie eine schlechte Krankenschwester sind. Sie hielt Sie für kompetent und wunderbar."

„Das verstehe ich nicht."

„Sie sagte mir, dieser Job würde Sie umbringen. Dass Ihr Herz groß wäre, aber die vielen Sorgen und Schmerzen nicht ertragen könne, die mit einem Job einhergingen, der mit dem Tod endet."

„Das ist nicht wahr. Ich liebe meinen Job." Die Lüge hinterließ einen bitteren Nachgeschmack auf ihrer Zunge. Sie liebte ihren Job nicht. Sie liebte die Menschen. Vielleicht liebte sie sie zu sehr, denn jeder Tod nahm ihr einen Teil ihrer selbst. Kleine Stücke, die sie allein ihren Patienten schenkte, starben, wenn diese es taten. „Werden Sie mich entlassen?"

Mr. Cross schüttelte den Kopf. „Mit welcher Begründung? Zu viel Fürsorge? Das ist kein Verbrechen und es verstößt nicht gegen Ihren Vertrag." Er schaute auf den rosafarbenen Briefumschlag herunter, auf dem in perfekter Handschrift „Sage" geschrieben stand. „Allerdings werde ich Beas letzte Bitte wenigstens zu einem Teil erfüllen." Er schob den Brief über den Schreibtisch. „Sie bat mich darum, Ihnen das nach ihrem Tod zu geben. Sie können nicht darauf hoffen, alle zu retten. Alles, was Sie tun können, ist zu beten, dass Sie am Ende des Tages etwas für die Menschen bewirken. Sie haben offensichtlich einen Unterschied in ihrem Leben gemacht."

Sie zog den Umschlag an ihre Brust. „Es kommt mir immer noch so vor, als würden Sie mich entlassen."

Er schürzte die Lippen und bewegte sie vor und zurück. „Sie haben heute Ihre Pflichten vernachlässigt. Sie waren abwesend. Das geht nicht. Jede Minute ist eine, in der alles passieren kann." Er ließ sich in den weichen Ledersessel zurücksinken, der ihn wie in einer Umarmung umfing, um die Sage ihn beneidete. „So verhält sich keine Fachkraft, wie Sie es sind, und keine, die ich als Pflegekraft brauche. Anstatt eine Disziplinarmaßnahme zu verhängen, bitte ich Sie aus professionellen Erwägungen, sich aus meiner Abteilung versetzen zu lassen. Bis eine neue Stelle für Sie frei wird, sind Sie vom Dienst suspendiert."

Sie atmete schwer aus. Er hatte ihr vielleicht eine Auszeit gewährt, aber sie war dadurch trotzdem arbeitslos geworden und hatte kein Einkommen mehr. Sie wollte mit den Füßen aufstampfen und weinen und streiten und betteln. Stattdessen nickte sie und flüsterte: „Danke." Die Vernunft sagte ihr, dass es richtig war, sie zu beurlauben, aber es tat weh zu wissen, dass sie bei der Gruppe von Menschen, denen sie am meisten hatte helfen wollte, versagt hatte – ihren Patienten.

„Sie haben noch Urlaubstage, also nutzen Sie sie. Forschen Sie in Ihrer Seele nach der Wahrheit. Wollen Sie in zehn, zwanzig, dreißig Jahren immer noch hier sein?"

Sie erhob sich vom Stuhl und wandte sich zum Gehen um.

„Bea sagte, Ihr Leben sei an die Sterbenden verschwendet. Dass ein Mädchen wie Sie sich aufs Leben konzentrieren sollte. Dem kann ich nicht widersprechen."

Sie verließ Mr. Cross' Büro und fühlte sich schlechter als bei ihrer Ankunft. Sie näherte sich der menschenleeren Schwesternstation, leer, weil Terri die Arbeit erledigte, die Sage nicht gemacht hatte.

Nachdem sie ihre Siebensachen zusammengesucht hatte, aber bevor sie nach Hause ging, schaute sie noch bei Clive vorbei, in der Hoffnung, sich verabschieden zu können, aber das Licht war aus. Bis auf das Piepsen der Monitore war es still in seinem Zimmer. Er würde ein weiterer Grund zum Trauern sein.

Sie sah sich ein letztes Mal auf der Station um, bevor sie den Aufzug betrat und sich auf den Weg zu ihrem Auto machte. Endlose Minuten hinter dem Lenkrad sitzend, fragte sie sich, was zum Teufel sie tun würde. Nachdem sie den rosafarbenen Umschlag in die Seitentasche ihrer Handtasche gesteckt hatte, fuhr sie in die Nacht hinaus. In ihrem Rückspiegel wurde das Krankenhaus, das den größten Teil ihres Lebens ausgemacht hatte, immer kleiner, bis es schließlich ganz verschwand.

KAPITEL DREI

Cannon Bishop wischte über die Theke seiner Bar. Er packte den feuchten Lappen und drückte ihn fest in seiner Faust zusammen, als Melanie Saunders, eine Frau, mit der er ein paar nette Stunden verbracht hatte, eine weitere Münze in die Jukebox warf. Er musste nicht warten, bis er das Lied hörte. Es würde B-13 sein, „Strip It Down". Sie hatte es heute Abend bereits dreimal gespielt, als hätte er den Hinweis, dass sie gerne nackt auf der Pritsche im Vorratsraum liegen würde, nicht schon nach den ersten beiden Malen verstanden, die sie es gedrückt hatte. Die Wahrheit war, dass sie überall dort nackt sein wollte, wo er sie haben würde. Er bedauerte die wenigen Gelegenheiten, bei denen er seinem Trieb gehorcht und ihrem Verlangen nachgegeben hatte.

Mel wackelte mit ihrem Hintern. Sie war eine nette Frau, aber immer auf der Suche nach etwas anderem als dem, was er ihr anbieten konnte, und das war wenig.

Sie wollte aufrichtige, leidenschaftliche Liebe. Liebe, die er nicht mehr geben konnte, seit er sein Herz vor Jahren hinter einer Wand aus Stahl verbarrikadiert hatte.

Dalton Black, der Koch von *Maisey's Diner*, stellte einen leeren Krug lautstark auf der Theke ab. „Einmal auffüllen." Er schnappte sich die Schale mit Nüssen von der abgenutzten Holzbar und kehrte zum Billardtisch zurück. Er und seine Kumpels waren entschlossen, so lange zu bleiben, Bier zu trinken und Billard zu spielen, bis der Laden schloss.

Sonntagabends war in *Bishop's Brewhouse* nicht viel los, es sei denn, Daltons Freunde waren in der Stadt. Sie lungerten stundenlang um den Billardtisch herum, tranken Krüge voll mit Bier und redeten darüber, wie sie mit ihren Harleys das Land durchqueren würden. Cannon hörte sich ihre Geschichten an und erinnerte sich an eine Zeit, als sein Leben anders gewesen war. Ein Gefängnisaufenthalt hatte Daltons Leben auf den Kopf gestellt und ein Todesfall Cannons verändert.

Er strich den Schaum oben vom Krug ab und brachte ihn zu den vier Männern. „Letzte Runde." Unter der Ansammlung von Leuchtreklameschildern für Bier lachten und spotteten die Männer übereinander, während Dalton seine Freunde abzockte, indem er alle Kugeln auf dem Billardtisch abräumte.

Cannon ging zurück zum Tresen und sah Mel an, die sich wieder auf ihren Stammplatz an dessen Ende gesetzt hatte. Sie hatte den ganzen Abend dort verbracht und jede seiner Bewegungen verfolgt, wie eine Katze einen Laserstrahl. „Soll ich jemanden holen, der dich zu deinem Auto bringt?" Er nahm ihren leeren Becher und stellte ihn in die Spüle. Er schwamm einige Sekunden lang auf einer Schaumdecke, bevor er sich leise polternd auf dem Boden absetzte.

„Nö." Doktor Parker, der praktische Arzt der Stadt, saß zwei Hocker von ihr entfernt und antwortete ihm, als Mel es nicht tat. „Ich kann selbst laufen." Er schob sein Glas vor und hielt einen Finger hoch. Der Doktor hatte ein Zwei-Bier-Limit. Er sagte, es wäre genug, um sich nach einem Arbeitstag zu entspannen, ohne ihn daran zu hindern, sich noch um seine Patienten kümmern zu können.

Cannon zapfte ein weiteres Bier und stellte es vor seinen langjährigen Freund und Mentor. „Ich habe mit Mel gesprochen. Sie hat eine lange Fahrt vor sich."

„Ist sie neu in der Stadt?", fragte er.

„Sind Sie blind, alter Mann? Das ist Mel aus Copper Creek. Sie kommt ein paar Mal im Monat her."

„Ich bin nicht blind, aber vielleicht bist du es ja, Söhnchen." Er gab Cannon ein Zeichen, näher zu kommen, und als er es tat, flüsterte der alte Mann: „Sie ist auf der Suche nach einer anderen Art von Spritztour als der nach Hause. Ich bin vielleicht alt, aber ich bin nicht dämlich." Der Doktor versetzte ihm einen leichten Schlag gegen den Kopf und lachte.

Cannon ging um den Tresen herum und reichte Mel seine Hand. Ein verlegenes Lächeln zierte ihre Lippen, als sie ihre Finger in seinen verschränkte.

„Komm mit." In der Sekunde, in der er die unpassenden Worte ausgesprochen hatte, wollte er sich am liebsten die eigene Zunge abbeißen.

„Genau das war mein Plan." Sie bewegte sich auf das Hinterzimmer zu, während Cannon auf die Eingangstür zusteuerte. Entgegengesetzte Richtungen trennten ihre Hände voneinander.

Mel brauchte ein paar Sekunden, um zu begreifen, dass er ihr nicht folgte, und marschierte schließlich hinter ihm her in die kalte, wolkenlose Nacht.

„Verdammt, Cannon, warum weichst du mir aus?" Sie stapfte mit dem Fuß auf und ließ ihre Hände von ihren

Brüsten zu ihren Hüften gleiten, als würde sie ihre Vorzüge anpreisen. „Was zum Teufel stimmt nicht mit mir?“ Sie lehnte sich an ihren rostigen roten Truck.

„Schau mal, Mel.“ Er blieb vor ihr stehen. „Ich war von Anfang an ehrlich zu dir. Ich bin nicht dieser Typ – dein Typ.“

„Ich weiß.“ Sie senkte den Kopf. „Ich weiß.“ Die Fransen ihres zu langen Ponys bedeckten ihre Augen. „Du bist nicht an einer Beziehung interessiert, nur an den damit verbundenen Annehmlichkeiten.“

Er strich ihr das blonde Haar aus dem Gesicht. Das Mondlicht spiegelte sich in den Tränen wider, die in den Winkeln ihrer ausdrucksvollen braunen Augen glänzten.

„Habe ich dir jemals mehr versprochen?“ Gott, er hoffte, dass sie nein sagte, denn er war der Meinung, er hätte ihr unmissverständlich klargemacht, dass ihre Beziehung keine Zukunft hatte.

„Nein. Du warst sehr deutlich.“

Sein angehaltener Atem entwich seinen Lippen, und ein stilles *Gott sei Dank* erfüllte seine Gedanken. „Habe ich je mehr genommen, als zu geben?“

Sie lächelte und errötete vielleicht sogar, aber es war schwer zu sagen. Die einzigen Lichter auf der Hauptstraße rührten von der „Geöffnet“-Leuchtreklame der Bar her, den Sternen und dem Stück Mond, der über ihnen hing.

„Du weißt, dass du das nicht getan hast. Deshalb ist es ja so schwer. Ich will mehr.“

Er wusste, wie es sich anfühlte, mehr zu wollen. Er wollte schon so lange mehr, aber das Gebäude hinter Mel war seine Zukunft. Die Bar war sein Leben, seit er nach Aspen Cove zurückgekehrt war. Mehr hatte er nicht zu erwarten.

„Du verdienst mehr, aber von mir wirst du das niemals

bekommen.“ Er drückte seine Lippen auf ihre Wange und machte einen Schritt zurück. „Du solltest gehen.“

Sie streckte die Hand aus, um sein Gesicht zu berühren. „Ich hätte gut für dich sein können.“

Er öffnete die Tür ihres Trucks und half ihr hinein. „Du bist *zu* gut für mich.“

Sobald sie wegfuhr, ging er wieder hinein und sah, dass der Doktor sein letztes Bier halb ausgetrunken hatte.

„Ich hoffe, du hast es ihr schonend beigebracht.“ Er zog den Becher an seine Lippen und nahm einen langen, tiefen Schluck.

„Sie wird es verkraften.“

Der Doktor schüttelte den Kopf. „Welpenhirn.“

„Mit zweiunddreißig ist man schon lange aus dem Welpenalter raus.“

„Du bist keine einsame Insel, Cannon. Ein Mann braucht eine Partnerin. Sie hatte alle Eigenschaften, auf die es ankommt.“ Doktor Parker zog einen Stift aus der Tasche und zeichnete ein Neuner-Raster auf seine Cocktailserviette. So verließ er jeden Abend die Bar. Wenn der Doktor beim „Drei gewinnt“ Cannon schlug, ging das Bier aufs Haus. Wenn Cannon gewann, musste der Doktor das Bier selbst zahlen.

Cannon schnappte sich ebenfalls einen Stift. Es machte ihm nichts aus mit dem Mann, der ihm in den letzten Jahren mehr ein Vater gewesen war, als sein eigener, um ein Bier zu spielen.

Der Doktor zeichnete ein X in die Mitte. „Ich kann nicht glauben, dass Bea tot ist.“ Seine Stimme war dunkel, aber es war nicht die Tonlage, sondern die Lautstärke, die den Verlust widerspiegelte. Doktor Parker hatte nie ein Auge auf Bea Bennett geworfen, aber sie waren seit der Grundschule befreundet gewesen.

„Die Stadt wird nicht mehr dieselbe sein." Cannon drehte die Serviette herum, als würde es einen Unterschied machen, sie aus einem anderen Blickwinkel zu sehen.

„Dafür hat sie gesorgt", sagte der Doktor.

Cannon setzte ein O in die obere rechte Ecke und Doktor Parker malte ein X darunter. „Sie sprechen in Rätseln."

Der Doktor redete immer um den heißen Brei herum. So war er einfach. Er würde einem Patienten nie sagen, dass er übergewichtig ist. Stattdessen würde er ihm erzählen, dass der Weg um den See zu dieser Jahreszeit ein schöner Spaziergang wäre oder dass es in *Maisey's Diner* den besten Haferbrei der Stadt gab. Dort servierten sie tatsächlich den einzigen Haferbrei im Ort, und er senkte zufällig den Cholesterinspiegel.

„Sie ließ mich einen Brief abschicken, bevor sie starb."

Cannon wollte nicht über Bea sprechen. Er verstand nicht, wie Gott ihm die besten Menschen in seinem Leben nehmen und seinen Vater verschonen konnte. „Trinken Sie aus, Doktorchen. Ich werde müde." Er setzte ein O in die linke mittlere Reihe und der Doktor ein X unten rechts. Jede Nacht endete auf die gleiche Weise. Unentschieden, und ein Unentschieden ging auf den Wirt.

„Du ermüdest zu schnell. Deswegen ist die hübsche kleine Blondine allein auf dem Weg zurück nach Copper Creek, und deshalb verkriechst du dich jede Nacht alleine in dieses Haus am See."

Er hasste es, wenn der Doktor so predigte und philosophisch wurde. Nicht, weil er sich irrte, sondern weil er es immer schaffte, Cannons Probleme auf den Punkt zu bringen. Er war einsam. Das war eine Tatsache, aber es gab kein einfaches Heilmittel gegen Einsamkeit.

Doktor Parker trank sein Bier aus und stellte das Glas lautstark und verkehrt herum auf die verkratzte Holztheke.

Cannon kritzelte ein O in die untere linke Ecke und der Doktor sein X in die obere linke Spalte und gewann das Spiel tatsächlich.

„Du hast einfach aufgegeben und deshalb habe ich gewonnen." Der alte Mann zog ein paar Ein-Dollar-Scheine aus seiner Brieftasche und legte sie auf den Tisch. Er gab immer Trinkgeld, egal, wie das Spiel ausging.

„Ich sagte doch, dass ich müde bin."

Doktor Parker sah sich in der Bar um. Dalton und seine Freunde hängten die Billardqueues an die Wand und holten Bargeld heraus.

„Wo ist denn dein alter Herr?"

„Ich bin nicht der Aufpasser meines Vaters." Cannon hatte die Rolle vor Jahren übernommen, als seine Mutter starb, sein Bruder die Stadt verließ und sein Vater seine Sorgen in einer Flasche Wodka ertränkte. Er hatte kläglich versagt, wenn es um seinen Vater ging. „Man kann keinen Mann retten, der fest entschlossen ist, sich umzubringen."

„Das erzähle ich dir schon seit Jahren." Er streckte seine Hand zu einem freundlichen Schütteln aus, aber dabei blieb es nie. Er zog Cannon immer an sich, um ihn zu umarmen, ein Unterfangen, das wegen der Breite der Holztheke erschwert wurde, aber nicht unmöglich war.

Dalton und seine Freunde zahlten und gingen hinaus. Der Doktor folgte ihnen, blieb aber auf der Türschwelle stehen. „Die Dinge werden sich ändern, Cannon. Bereite dich am besten darauf vor."

Als er zur Tür hinausgegangen war, schloss Cannon hinter ihm ab. „Die Dinge werden sich ändern", spottete er. Er stellte die Stühle auf die Tische und begann mit der nächtlichen Reinigungsaktion. „Es ist schon schwer genug, mit der Gegenwart Schritt zu halten." Er würde niemals mit Veränderungen umgehen können, also erledigte er seine Routineaufgaben und hoffte, dass das Leben in Aspen Cove unverändert bleiben würde. Dreißig Minuten später, als die Bar aufgeräumt und abgeschlossen war, ging er die Straße hinunter zu *B's Bakery*. In der Türspalte steckte die Visitenkarte eines Bauunternehmers, der seit Beas Tod hier herumgeschnüffelt hatte. Er zog sie heraus und zerriss sie in Stücke, wie die vielen anderen, die er zuvor dort gefunden hatte.

Der Doktor hatte recht. Aspen Cove würde sich verändern. Es war nur eine Frage der Zeit, bis die Holzhäuser rund um den See zu Hotels und die Geschäfte entlang der Main Street zu Boutiquen wurden. Er musste es nicht begrüßen und schon gar nicht unterstützen, sondern er würde alles in seiner Macht Stehende tun, um diese Entwicklung zu verhindern.

KAPITEL VIER

Als Sage nach zwei Uhr morgens das Haus betrat, fand sie Otis im Keller, mitten auf ihrem Bett liegend. Er sprang herunter und stellte sich vor sie. Sein Schwanz wedelte so heftig, dass sich sein ganzes Hinterteil bewegte. Wie er dabei aufrecht stehen blieb, wenn man bedachte, dass er nur drei Beine hatte, überraschte sie immer wieder aufs Neue.

Trotz der Tränen, die zu fließen drohten, konnte sie nicht anders, als zu lächeln und sogar ein wenig zu lachen, als er sich auf den Rücken rollte, damit sie seinen Bauch kraulte.

„Ich wünschte, mein Leben wäre so einfach wie deins, Freundchen." Sie kratzte seinen Bauch und er grunzte wohlig. „Wie wäre es mit etwas Leckerem?"

Otis sprang auf und rannte zum obersten Treppenabsatz, wo er warten würde. Das Wort „Leckerem" musste für den Hund wie „Leckerli" geklungen haben, und das war ein Wort, das er kannte.

Sie zog sich eine Jogginghose und ein riesiges T-Shirt

an, fischte den rosa Umschlag aus dem Seitenfach ihrer Handtasche und nahm ihn mit nach oben, wo Otis vor Aufregung schon einen Freudentanz vollführte. Sie betraten die Küche mit unterschiedlichen Erwartungen oder vielleicht waren es auch eher Bedürfnisse. Sie brauchte eine Tasse mit beruhigendem Kamillentee, während Otis ein Leckerli wollte. Als ihrer beider Gelüste befriedigt waren, trafen sie sich auf der Couch, wo sie den Umschlag anstarrte, den sie auf ihrer Handfläche wiegte. Darin war ganz sicher mehr als nur ein Bogen.

„Warum, glaubst du, hat sie mir einen Brief geschrieben?“ Sie umarmte den massigen Hund, aber er war bereits eingeschlafen. Seine tiefen Atemzüge verwandelten sich in leises Schnarchen. Während für Sage der Tag um zwei Uhr morgens begann, war es für Otis genau die Zeit, die in sein dreiundzwanzig Stunden andauerndes Nickerchen fiel.

Angst gemischt mit Verletzlichkeit sorgte dafür, dass sich ihr Magen zusammenzog und verkrampfte. Sie drückte den Umschlag an ihre Brust und kuschelte sich wie ein Baby neben ihrem Hund zusammen. Sein Fell schenkte ihrem Körper die Wärme, die er brauchte, und durch seine Anwesenheit fühlte sie sich weniger allein.

Sie dachte an die Frau, die ihr Leben verändert hatte. Eine riesige Veränderung, wenn man die Tatsache bedachte, dass sie ihren Job verloren hatte.

„Sage?“, rief Lydia vom oberen Treppenabsatz im zweiten Stock, „bist du das?“

Sage wischte sich über ihre rot geweinten, verquollenen Augen und krächzte: „Tut mir leid, dass ich dich geweckt habe.“

Sie hatte die Worte kaum ausgesprochen, da rannte Lydia bereits die Treppe hinunter und drängelte Otis von der Couch. Er rollte sich vor dem Kamin zusammen, der seit Jahren keine Flamme mehr gesehen hatte.

„Wer ist gestorben?"

Sage richtete sich auf. „Bin ich wirklich so schlimm?"

Lydia legte ihren Kopf schief.

Die ausbleibende Reaktion sagte Sage alles. Sie atmete stoßweise aus. „Bea Bennett."

„Lass mich einen Tee holen, dann reden wir." Lydia verschwand in der Küche. Die Küchenschränke öffneten und schlossen sich, und die Mikrowelle piepste.

Sage starrte unterdessen unentwegt auf den Umschlag in ihrer Hand.

Die Couch gab unter Lydias Gewicht nach. Sie wandte sich ihr zu, zog ihre Knie hoch an die Brust und nippte an ihrem Tee. „War das die nette alte Dame mit dem schwachen Herz?"

„Ja." Sage packte den Saum ihres T-Shirts und tupfte ihre feuchten Augen damit ab. Wann würden ihr die Tränen ausgehen? Für diejenigen, die sie gernhatte, schien es einen endlosen Vorrat zu geben.

„Es tut mir leid, ich weiß, dass du sie mochtest."

Sie hatte Lydia wenig von Bea erzählt, da sie selten Zeit hatten, sich hinzusetzen und ein Schwätzchen zu halten. Lydia arbeitete rund um die Uhr und Sage an vier Tagen der Woche in zehnstündigen Schichten. Sie waren buchstäblich Körper, die *Starbucks*-Kaffee und Umarmungen austauschten, wenn sie sich nachts begegneten, aber sie hatte sie ein- oder zweimal erwähnt, weil Bea ihr Herz berührt hatte.

„Es geht um mehr als nur sie. Natürlich bin ich traurig, dass sie gestorben ist. Ich empfinde es fast so intensiv wie bei Großmutters Tod. Sie hat mich an sie erinnert. Da steckten ein bisschen Essig und viel Honig in ihrer Persönlichkeit.“ Sie legte den Umschlag hin und griff nach ihrem lauwarmen Tee. Dann tat sie es ihrer Schwester gleich, kuschelte sich auf die Couch und wandte sich ihr zu. „Als ob das nicht schon genug wäre, wurde ich vom Dienst freigestellt, bis sich eine neue Stelle für mich findet.“ Sie verbrachte die nächsten Minuten damit, die Ereignisse des Abends zu erklären.

Ihre Schwester starrte sie an, als würde sie über die richtige Diagnose oder Medikamentendosierung nachdenken. Lydia stellte ihren Becher ab, beugte sich vor und stützte ihr Kinn auf die Knie.

„Leider muss ich Mr. Cross zustimmen. Dich auf der geriatrischen Station arbeiten zu lassen, war von Anfang an keine gute Idee.“

Das Schluchzen, das Sage entfuhr, kam aus dem am meisten verwundeten Teil ihres Herzens. „Ich wollte dabei sein, als Großmutter starb.“

Ihre Schwester schüttelte den Kopf. „Das Problem ist, dass du glaubst, du kannst alle retten, aber du kannst es nicht.“

Ein lauteres Grummeln entrang sich Sages Kehle. „Du klingst wie Mr. Cross. Ich habe kein Helfersyndrom.“

Lydia lachte und streckte die Hand aus, um ihrer Schwester den Kopf zu tätscheln. „Ach, nein? Was war denn damals, als du unserem Goldfisch eine Herzdruckmassage verpasst hast, als er bereits mit dem Bauch nach oben schwamm? Dann war da noch dieser Schmetterling mit einem gebrochenen Flügel, den du mit Klebeband zusammengeflickt hast.“ Sie schaute Otis an, der wieder vor dem kalten Kamin schnarchte. „Soll ich weitermachen?“

„Ist ja schon gut. Ich gebe zu, dass ich Otis retten wollte.“ Sie schloss die Augen, um sich den Fisch vorzustellen, den sie Flip getauft hatte, und den namenlosen Schmetterling mit dem gebrochenen Flügel. „Ich habe den Fisch wiederbelebt und versucht, einen Schmetterling zu heilen, aber ich bin nicht auf einem Kreuzzug, um alles und jeden zu retten. Ich möchte einfach etwas bewirken.“

„Ach, Schwesterchen, das tust du. Du veränderst das Leben so vieler Menschen. Ich wünschte, du könntest sehen, wie außergewöhnlich du bist.“ Lydia umfasste die Wange ihrer Schwester, so wie ihre Mutter es getan hatte, als sie klein waren. Es war ein Ausdruck der Zuneigung, die Sage vermisste.

„Mama, Papa, Großmutter und Bea waren außergewöhnlich und sie verließen uns, ohne sich zu verabschieden.“

„Sie hatten keine Wahl.“ Lydia deutete auf den Umschlag. „Wirst du ihn aufmachen?“

Sage nickte, nahm den Umschlag hoch und benutzte ihren Finger, um ihn aufzureißen. Sie faltete ein paar der rosafarbenen Seiten auseinander und entdeckte dabei mehrere zusammengeheftete Blätter weißen Papiers. Auf der ersten Seite, direkt unter dem Namen einer Bank, standen die Worte „Besitzurkunde“. Die nächste Zeile enthielt die Adresse: 1 Lake Circle, Aspen Cove, Colorado. In der darunter stand Sage Nichols als Eigentümerin. Bea Bennett hatte ihr etwas hinterlassen.

„Oh. Mein. Gott. Sie hat mir ein Anwesen vererbt.“ Die Urkunde fiel auf ihren Schoß. Warum?

Sie kannte sie doch erst seit knapp vier Wochen. Ein Monat war nicht genug. Nicht genug für Sage und nicht genug für Bea, um ihr so etwas zu hinterlassen.

Sie zog die rosafarbenen Seiten hervor, um den Brief zu lesen.

Meine liebste Sage,

meine Zeit ist gekommen. Ich dachte immer, zurückgelassen zu werden wäre schwerer, aber wenn ich mich so umsehe und die Menschen betrachte, die ich verlassen muss, bricht es mir mein bereits gebrochenes Herz aufs Neue.

Du fragst dich sicher, warum ich dir „B's Bed & Breakfast" hinterlasse. Das tue ich, weil du es genauso sehr brauchst, wie Aspen Cove dich braucht.

Ich habe es mit diesem Geschenk gemacht, wie mit allem anderen in meinem Leben. Ich schrieb alle Gründe auf, warum ich es tun sollte. Und diese Entscheidung ist richtig, Sage. Ich bin in meinem Herzen davon überzeugt, dass du die kleine Stadt Aspen Cove genauso lieben wirst wie ich.

In Liebe und Hoffnung,

Bea

Sie blätterte zur nächsten Seite, wo Bea mit ihrer schönen Handschrift *Einhundert Gründe* geschrieben hatte. Darunter gab es eine Liste, die mit 1. *Du musst ein wenig leben,* begann und mit 100. *Aspen Cove braucht dich,* endete.

Sage ließ die Seiten auf ihren Schoß fallen und weinte.

„Was schreibt sie denn?" Lydia rutschte näher.

Gerundete Fingernägel hinterließen halbmondförmige Abdrücke in Sages Handflächen. „Alles, was ich für Bea getan habe, war Teil meines Jobs und sieh dir an, was sie mir geschenkt hat." Sie ordnete die Seiten und reichte sie ihrer Schwester.

Lydia sah sie nacheinander durch. Ihre Augen wurden groß. Sie blickte auf, grinste und lachte dann. Kein Lächeln oder ein kleines Kichern, das für einen traurigen Anlass passender gewesen wäre, sondern ein ausgelassenes Lachen aus vollster Kehle. Als sie schließlich aufhörte, sagte sie: „Sie hat dir ein Haus hinterlassen, und du glaubst nicht, dass du irgendetwas bewirkt hast?" Lydia legte die Briefbögen beiseite und kuschelte sich an Sages Seite. Sie zog eine der gehäkelten Decken ihrer Großmutter von der Rückenlehne des Sofas und deckte sie beide damit zu. „Ich habe gestern über eine Stunde lang das Herz eines Mannes bearbeitet und nicht einmal ein Dankeschön dafür bekommen, geschweige denn ein Haus. Heute habe ich nach ihm gesehen, und er war der Meinung, ich hätte behutsamer sein sollen, weil ich ihm ein paar Blutergüsse beschert hätte."

Ein unerwartetes Kichern platzte aus Sage heraus. „Hast du ihm gesagt, er hätte sterben können und dass er aufhören soll, sich zu beschweren?"

„Oh ja, in meiner Vorstellung schrie ich ihn an und zeigte ihm den Mittelfinger, während ich in Wirklichkeit seine Frau anlächelte und seine Schmerzmitteldosis erhöhte."

Sage zog die Decke bis an ihr Kinn. „Hast du es nie satt, Ärztin zu sein?"

Lydia lehnte ihren Kopf an Sages Schulter. „Ich liebe es immer noch, obwohl es wirklich nicht so toll ist, wie ständig behauptet wird." Ihre Schultern zuckten, als sie ein weiterer Lachanfall schüttelte. „Ich hatte erwartet, dass es ganz fantastisch sein würde und man erzählte mir, ich würde reich werden. Alles gelogen." Sie holte ihre Arme unter der Decke hervor und machte mit den Händen eine ausladende Geste. „Schau mich an. Ich lebe in einem zweistöckigen Haus mit meinem reichen, aber supersparsamen Freund und meiner Schwester, die glücklich wäre, für den Rest ihres Lebens mit ihrem behinderten Hund in meinem Keller zu wohnen."

Sage rückte ein Stück von ihr ab und runzelte die Stirn. „Das ist nicht wahr."

„Welcher Teil?"

Sie sah Otis an und flüsterte dann: „Sei leise, er weiß nicht, dass er behindert ist."

„Du lenkst ab."

„Tue ich nicht." Empörung färbte Sages Stimme, aber es war eine willkommene Abwechslung zur Traurigkeit darin. „Du tust gerade so, als wäre ich der Typ aus ‚Zum Ausziehen verführt'." Sie liebte diesen Film mit Matthew McConaughey, in dem ein Mann noch bei seinen Eltern lebt und den Komfort und die Bequemlichkeit im „Hotel Mama" nicht missen möchte. „Ich darf dich daran erinnern, dass *du mich* gebeten hast, hier zu wohnen, nachdem Todd und ich uns getrennt haben." Sage zerrte an der Decke und wickelte den größten Teil um ihren Körper.

„Wirklich? Wollen wir das tatsächlich erörtern? Du hast dein Bett wochenlang nicht verlassen, außer, um deine Schichten im Krankenhaus abzuleisten."

„Ich war müde." Sie wusste, dass Lydia recht hatte. Als Todd ihr damals erzählte, dass er einen Job im Ausland angenommen hatte, war sie fassungslos gewesen. Sie hatte nicht einmal gewusst, dass er überhaupt nach einer neuen Aufgabe suchte. Als sie ihn fragte, was das für ihre Beziehung bedeutete, hatte er nur gelacht und gesagt, dass sie eine schöne Zeit gehabt hätten. „Okay", lenkte sie ein. „Ich war am Boden zerstört, aber ich hatte ihm drei Jahre lang alles gegeben und am Ende stand ich vor dem Nichts." Er hatte sie verlassen.

„Und genau darin liegt das Problem. Du gibst allen alles und für dich selbst bleibt nichts übrig. Wäre es nicht an der Zeit, endlich etwas nur für dich zu tun? Du bist dreißig Jahre alt. In meinem Keller zu bleiben, ist kein wirkliches Leben." Sie deutete auf die Papiere. „Vielleicht ist das die Chance, die du brauchst. Was hast du zu verlieren? Geh und sieh dir den Ort an."

„Ich weiß nicht einmal, wo das ist."

„Spielt das wirklich eine Rolle? Bea hat dir ein Geschenk gemacht. Das Mindeste, was du tun kannst, ist es dir anzusehen. Es könnte genau das sein, was du willst. Wenn nicht, kannst du es verkaufen und nach Hause kommen. Geh einfach. Es könnte dich glücklich machen."

Lydia zu verlassen, flößte Sage schreckliche Angst ein, aber vielleicht hatte sie recht. Sie war immer die Stimme der Vernunft gewesen.

„Bist du glücklich, Lydia?" Sage schlang die Arme um ihre große Schwester und drückte sie fest.

„Na ja ... du weißt ... dass ich so glücklich bin, wie ein Mädchen nur sein kann, das sich fast zu Tode arbeitet."

Der Abschied würde schwer werden. Andererseits konnte sie sich für ihr eigenes Glück nicht auf ihre Schwester verlassen. Ein Blick in die Runde, und sie musste sich selbst eingestehen, dass sie ihre Gastfreundschaft schon viel zu lange in Anspruch genommen hatte.

„Ich werde gehen, aber vermiete mein Zimmer noch nicht. Ich komme vielleicht wieder."

„Okay, aber wenn Matthew McConaughey einziehen will, dann lasse ich ihn."

„Das wird nie passieren, aber was wirst du tun, wenn ich weg bin?"

Lydia setzte einen gleichgültigen Gesichtsausdruck auf. „Ich werde das Gleiche tun, wie Terry Bradshaw in dem Film. Ich besorge mir ein großes Aquarium und werde dein Zimmer in einen Nacktbereich verwandeln." Lydia konnte ihren Gesichtsausdruck nicht länger beibehalten und platzte mit diesem Lachen heraus, das Sage mit Sicherheit vermissen würde.

„Mach nichts mit meinem Zimmer, bevor ich nicht irgendwo sesshaft geworden bin.“ Sie war sich sicher, dass sie bis Aspen Cove kommen und sofort wieder umdrehen würde, aber sie war es Bea und sich selbst schuldig, zumindest einen Blick darauf zu werfen.

KAPITEL FÜNF

Am Dienstag packte Sage ihr Auto mit den wenigen Habseligkeiten, die sie hatte. Bea würde am nächsten Tag beerdigt werden, und sie hatte sich fest vorgenommen, rechtzeitig in Aspen Cove zu sein, um sich verabschieden zu können.

Ihre gesamten irdischen Besitztümer passten in das hintere Gepäckteil ihres silbernen Geländewagens. Als sie die Heckklappe schloss, dachte sie darüber nach, wie traurig es war, dass ihr Leben in ein paar Seesäcken und Kartons Platz hatte.

Lydia stand in der Tür und trank Kaffee, während Otis mit einem Hast-du-den-Verstand-verloren-Blick zu ihren Füßen saß. Die Wahrheit war, sie war sich nicht sicher, dass sie ihn *nicht* verloren hatte. Alles andere hatte sie ja bereits verloren. Ihren Job. Ihren Fokus. Warum nicht auch ihren Verstand?

„Komm schon, Otis", rief sie. „Es ist Zeit für ein Abenteuer." Der Hund wippte auf seinem Hinterbein hin und her und blickte mit flehenden Welpenaugen zu Lydia hoch.

Ihre Schwester zeigte mit dem Kinn zum Auto, als wollte sie sagen: *Geh schon.*

Otis trottete die Vordertreppe herunter und hinüber zum Geländewagen, wo Sage ihm half, auf den Beifahrersitz zu klettern. Er rollte sich zusammen und sie drückte sein Stoffhäschen an seine Körpermitte. Otis mochte zwar ihr Trost sein, aber dieser Hase mit seinem weichen Fell und den Schlappohren war seiner. Er hatte ihn, seit sie ihn aus dem Tierheim geholt und adoptiert hatte.

Aus einer kurzen Abschiedsumarmung mit Lydia wurde eine, die sie am liebsten nie beenden wollte. Sage löste sich schließlich widerstrebend von ihrer Schwester. Es war ja nicht so, als ginge sie für immer, sondern höchstens für ein paar Tage. Irgendetwas an diesem Gedanken tröstete und deprimierte sie gleichermaßen. Ihre derzeitigen Umstände waren alles andere als aufregend. Sie hatte kaum Freunde und keine Liebhaber. Es war ein trauriger Tag, um zuzugeben, dass ihr bester Kumpel ein dreibeiniger Golden Retriever war, der in einen Plüschhasen namens Phineas verliebt war.

„Ruf mich an, sobald du da bist." Lydia drückte sie ein letztes Mal. „Es wird anders sein. Entscheide nicht am ersten Tag, ob du es liebst oder hasst."

„Du hast recht", sagte Sage mit wenig Überzeugung. „Bea hat es gefallen. Wie schlimm könnte es da sein?"

Lydia hob ihre Kaffeetasse. „Du musst die Dinge aus einer Glas-halb-voll-Perspektive betrachten."

Sage schnappte sich die Tasse und trank den restlichen Kaffee. „Gut, aber *dein* Glas ist jetzt leer." Sie drückte ihrer Schwester den „Ich bin Arzt, kein Zauberer"-Becher wieder in die Hand und schenkte ihr ein gequältes Lächeln, bevor sie die Stufen hinunterging, in ihren Geländewagen stieg und rückwärts aus der Einfahrt fuhr.

Schade, dass Lydia keine Zauberin war. Sie könnte gerade ein wenig Magie in ihrem Leben gebrauchen.

Als die Silhouette Denvers in ihrem Rückspiegel immer weiter in die Ferne rückte, konzentrierte sie sich auf die Landschaft vor ihr. Ein oder zwei vereinzelte Kiefern verwandelten sich in einen Wald. Kleine Felsvorsprünge wurden zu Bergen. Sie schlängelte sich durch den Bergpass und durchbrach die dichte Wolkenschicht, die die Stadt und ihr Leben tagelang verhüllt hatte. Sie erhaschte ihren ersten Blick auf die Sonne, als sie sich zeigte. Hatte ihr Auftauchen nach diesen unendlich grauen Tagen etwas zu bedeuten? Hatte sie die Dunkelheit hinter sich gelassen? Lagen hellere Tage vor ihr? Sie hoffte es und fuhr der Sonne entgegen.

Knapp drei Stunden später erreichte sie ihr Ziel. Eingebettet zwischen Longs Peak und Mount Meeker lag die winzige Stadt Aspen Cove. Sie fuhr auf die Main Street und atmete tief ein, in der Hoffnung, dass sich ihre Lungen mit genug Luft füllen würden, damit ihr Herz an Ort und Stelle blieb, anstatt ihr in die Hose zu rutschen.

Die Metropole Aspen Cove war noch nicht einmal so lang wie ein ganzer Häuserblock. Würde man die wenigen Autos, die zu sehen waren, gegen Pferde austauschen, wäre es die perfekte Kulisse für einen alten Italowestern.

Sie stellte ihr Auto in einer Parklücke am Ende der Straße ab, fest entschlossen, die Umgebung zu erkunden. Bevor sie ihr persönliches Urteil abgab, wollte sie Beas Stadt eine Chance geben. Da einige der Fenster weiß getüncht und andere mit Brettern vernagelt waren, befürchtete sie, dass die Ortschaft schon seit Jahren ausgestorben war. Der verlassene Häuserblock bestätigte, dass durch die Adern von Aspen Cove noch weniger Leben floss als durch die der Patienten auf der geriatrischen Station.

Da Otis fest schlief, kurbelte sie das Fenster herunter und machte sich alleine auf den Weg, um die Nachbarschaft zu erkunden, die Bea einst ihr Zuhause genannt hatte. Die Luft war frisch und klar, und der Duft von Pinien lag wie Parfüm in der leichten Brise.

Es war niemand zu sehen. Sie überquerte die Straße und blieb vor *The Corner Store* stehen, einem Eckladen, der treffend nach seinem Standort benannt war. Es war die Art Geschäft, in dem man ein Erfrischungsgetränk kaufen würde, aber niemals frische Lebensmittel. Daneben gab es noch einen Schneider, einen Friseur und einen Kurzwarenladen, die zwar alle dicht nebeneinanderstanden, aber trotzdem einsam und verlassen wirkten. Gleich hinter dem Kurzwarenladen befand sich *Maisey's Diner.* Dieses Geschäft schien noch in Betrieb zu sein, aber heute nicht mehr, denn es war nach vierzehn Uhr, also Ladenschluss für das Lokal, das nur an zwei Tagen der Woche geöffnet war, wie auf dem Türschild stand.

Auf der anderen Straßenseite stand ein Gebäude, in dessen Milchglasfenster das Wort *Sheriff* eingraviert war. Das Einzige, was noch fehlte, war ein Mann mit einem Cowboyhut und einem Stern an die Brust geheftet.

Sie hatte sich bereits bis zur Hälfte durch das spärliche Angebot der Stadt hindurchgearbeitet. Es gab nichts, was erwähnenswert gewesen wäre, und sie konnte auf gar keinen Fall bleiben. Aspen Cove hatte keinen *Starbucks.* Kein *Safeway*-Lebensmittelgeschäft. Kein *Target*-Warenhaus. Keine *Sephora*-Parfümerie. Es gab nicht einmal einen *McDonalds, Taco Bell* oder *Dunkin' Donuts.* Nichts hier bot ihr die Annehmlichkeiten des Lebens, die sie in Denver hatte.

Es gab auch eine kleine Drogerie, nicht die Art, in der sie sich ein Rezept ausstellen lassen könnte, sondern eine, von der sie vermutete, dass sie mit abgelaufenem Hustensaft und dem „Playboy“ des letzten Monats bestückt war. Im Schaufenster blinkte das Schild „Doktor im Dienst“ in knalligem Neonrot.

Sie ging schnell daran vorbei.

Neben der winzigen Drogerie befand sich eine Ladenfront mit kristallklaren Fenstern und einem großen Holzschild mit der Aufschrift *Bishop's Brewhouse*. Trotz des heruntergekommenen Aussehens der Stadt wirkte dieser Laden gepflegt, von seinen ordentlich aufgereihten Schnapsflaschen bis hin zur leuchtenden Jukebox in der Ecke. Wie konnte sich eine Stadt eine Bar leisten, aber kein Restaurant mit vernünftigen Öffnungszeiten?

Sie eilte am geschlossenen Anglergeschäft *Bishop Bait & Tackle* vorbei und beendete ihren Rundgang, als sie vor einer Bäckerei namens *B's* ankam. Das konnte kein Zufall sein. Sie drückte ihre Nase an das Fensterglas, um hineinsehen zu können. Auf schachbrettartig angeordneten schwarz-weißen Bodenfliesen standen weiße Caféhaustische. Gestreifte Tapetenwände lieferten den Hintergrund für gestickte Kreuzstichbilder, die an der Wand hingen. Eine Glasvitrine stand leer neben einer altmodischen schwarzen Registrierkasse. Auf der gegenüberliegenden Seite saß eine Frau, zusammengesunken an einem der Tische. Das Gesicht war in die Hände gestützt und ihre Schultern zuckten.

Könnte sie eine Verwandte von Bea sein? Eine Empfängerin des rosafarbenen Briefpapiers, das Sage regelmäßig für Bea besorgt hatte?

Sie klopfte mehrmals an das kühle Glas, bevor die junge Blondine ihren Kopf hob.

„Wir haben geschlossen.“ Obwohl ihre Stimme durch

die Tür gedämpft wurde, versagte sie ihr fast mit jedem Wort, und Sage konnte ihre Trauer förmlich spüren.

„Können Sie mich kurz hereinlassen? Ich möchte nur mit Ihnen reden."

„Ich kann Ihnen nichts anbieten." Die Frau blickte hinter sich auf die leere Vitrine. „Sehen Sie nicht, dass es hier nichts, aber auch wirklich absolut gar nichts gibt?"

„Sie sind hier, und ich wünsche mir nur, dass Sie die Tür öffnen. Ich würde gerne mit Ihnen über Bea sprechen."

Bei der Erwähnung von Beas Namen wurden die Züge der Frau weicher. Sie erhob sich von ihrem Stuhl und ging zur Tür, entriegelte das Schloss und öffnete sie.

Sage verschwendete keine Zeit und zog die Frau sofort an sich. „Mein herzlichstes Beileid zu Ihrem Verlust." Bei jedem Trauerfall, den sie bisher erlebt hatte, hatten diese Worte anderen Trost gespendet.

Die Frau weinte, während Sage ihre Schulter für deren Tränen und eine Umarmung als moralischen Beistand zur Verfügung stellte. Als sich das herzzerreißende Schluchzen in leises Wimmern verwandelte, führte sie die Frau zum Tisch zurück, an dem sie beide Platz nahmen.

„Ich bin Sage Nichols." Über den Tisch hinweg reichte sie ihr die Hand in einer beruhigenden Geste.

Die junge Frau mit den tiefblauen Augen holte tief Luft und erwiderte den Händedruck. „Ich bin Katie Middleton." Ein Lächeln umspielte ihre Lippen. „Nicht diese Katie Middleton."

Sage kicherte. „Nein? Und ich habe mich schon gefreut, endlich eine Königliche Hoheit kennenzulernen."

Katie ließ los und zog den Ärmel ihres Pullovers über ihre Hand, bevor sie sich damit die Tränen aus den Augen wischte. „Na ja, ich kann anderen königlich auf die Nerven gehen." Ihre Stimme klang gedehnt und ein bisschen nasal. „Wenn ich diese Katie wäre, würde ich knietief in Kronjuwelen und Wohltätigkeitsarbeit stecken. Ganz zu schweigen von ihrem absolut traumhaften Ehemann. Traumhaft, wenn man Designeranzüge und Poloponys mag." Sie schüttelte ihr Haar, das jedem Schönheitswettbewerb Ehre gemacht hätte. Sage vermutete, dass Katie ein Mädchen aus den Südstaaten sein könnte, aber sie konnte den Akzent nicht richtig einordnen. Texas? Louisiana? Sie machte sich darüber keine weiteren Gedanken und sah stattdessen zu der Frau hinüber.

„Manche Mädchen haben einfach nur Glück", sagte Sage.

„Mein Glück ist eher das, das im Unglück steckt." Katie fuhr sich mit ihren Fingern durch das blonde Haar, das von Strähnen durchzogen war, die an Karamell und Erdbeere erinnerten und die nur echt sein konnten. „Es tut mir so leid. Ich kenne Sie nicht einmal, und ich plappere drauflos wie eine Idiotin und rede über Traumprinzen. Sie müssen mich für verrückt halten." Sie lehnte sich im Stuhl zurück. „Ich würde Ihnen gerne süßen Tee oder etwas anderes anbieten, aber ich war ehrlich, als ich sagte, dass ich nichts habe."

Sage wollte nicht, dass Katie wieder in eine Tränenflut ausbrechen würde, aber sie wollte ihr aufrichtiges Beileid aussprechen. „Ich brauche wirklich nichts. Ich wollte nur sichergehen, dass es Ihnen gut geht."

Katie winkte ab. „Es hat mich nur gerade übermannt. Mir geht es gut, wirklich."

„Es ist ein so ungeheurer Verlust."

Katie richtete sich auf – und war viel größer als Sage, die nur knapp einen Meter sechzig maß. „Kannten Sie sie?"

„Ja. Ich habe sie ziemlich gut kennengelernt." Sollte sie Katie sagen, dass Bea süßer gewesen war als der Kaffee, den sie so gerne trank? Dass sie sich stundenlang Spielshows angeschaut und dabei tütenweise Käsebällchen gegessen hatte? Dass sie nach Ahornsirup und Zimt duftete? Sage war sich ziemlich sicher, dass Katie diese Dinge wissen würde. Stattdessen erzählte sie von ihrer Freundschaft. „Ich war eine ihrer Krankenschwestern."

„Oh." Ihre Stimme war eher ein Flüstern. „Hat sie sehr gelitten?"

Leiden war ein so weit gefasster Begriff. Es gab viele Möglichkeiten, wie ein Mensch leiden konnte, aber Bea hatte sich kein einziges Mal dem Schmerz, der Furcht oder der Verzweiflung ergeben. „Nein", sagte sie. „Sie war eine zähe ältere Dame." Sie war das Licht einer jeden Schicht, die Sage ableistete. „Bea verbrachte Stunden damit, über Aspen Cove zu reden." Sie warf einen Blick aus dem Fenster auf das Phantom einer Stadt. Nicht ein einziges Mal hatte Bea die weiß getünchten Fenster oder geschlossenen Läden erwähnt. Diese Stadt war lange vor Bea gestorben. „Sie hat viel erzählt, und doch bin ich mir nicht sicher, ob sie mir überhaupt irgendetwas Wesentliches verraten hat. Ich weiß nur, dass dieses Städtchen und seine Menschen ihr Lebensinhalt waren."

Katie seufzte, als hätte Sage gerade eine Liebesgeschichte zu Ende erzählt. „Ich bin froh, dass sie ein gutes Leben hatte."

„Was ist mit Ihnen? Wie passt Bea in Ihres?"

Katies Miene wurde ausdruckslos. „Ich habe keine Ahnung. Ich bin ihr nie begegnet."

KAPITEL SECHS

Für den Bruchteil einer Sekunde stockte Sage der Atem. „Was soll das heißen, Sie sind ihr nie begegnet?" Hatte sie etwas Falsches angenommen? Es war möglich, dass die Bäckerei einer anderen Person gehörte, deren Name mit einem „B" anfing, aber das schien in einer so kleinen Stadt höchst unwahrscheinlich. „Ich spreche von Bea Bennett. Ich nahm an, dass diese Bäckerei ihr gehörte."

„Ja, das stimmt." Katie griff nach ihrer Handtasche und holte einen rosafarbenen Umschlag und ein Bündel zusammengehefteter Seiten heraus. „Das habe ich vor ein paar Tagen mit der Post bekommen."

„Sie hat Ihnen ihre Bäckerei hinterlassen?" Es war eine Feststellung mit dem Hauch einer Frage. In welcher Beziehung standen sie zueinander? Die Wissenschaftlerin in Sage wusste, dass es eine logische Antwort geben musste, aber andererseits hatte Bea ihr die Frühstückspension hinterlassen, und dafür hatte Sage auch keine Erklärung.

„Ja, aber warum?" Katie strich die Papiere auf dem Tisch glatt.

Sage griff in ihre eigene Tasche und zog einen identisch

aussehenden Umschlag heraus. „Ich weiß es nicht, aber mir hat sie ihr Haus und Grundstück vermacht." Sie faltete die Briefbögen auseinander und deutete auf den oberen Blattrand, wo *B's Bed & Breakfast* stand. „Ich nehme an, sie hat etwas in uns gesehen, das ihr gefiel."

„Das ist schön für Sie. Sie haben sie ja wenigstens gekannt. Ich war noch nie in Colorado. Ganz ehrlich, bis dieser Brief eintraf, hatte ich den Bundesstaat Texas tatsächlich noch nie verlassen."

Sage war keine Detektivin, aber zumindest hatte sie den Südstaatenakzent erkannt, der jetzt als texanisch bestätigt war, aber dafür gab es ein neues Geheimnis, das die Zuwendungen betraf. Würden mehr Leute in Aspen Cove auftauchen, die rosafarbenes Briefpapier in ihren Taschen verstaut hatten?

„Sind Sie sicher, dass Sie ihr nie begegnet sind?"

„Ja, absolut sicher. Es sei denn, sie hat früher irgendwann einmal in Dallas gelebt."

„Nein, ich weiß mit Sicherheit, dass Beas Familie hier ansässig war und dass diese Stadt seit ihrer Geburt ein Teil ihres Lebens gewesen ist." Sage griff nach dem Briefpapierpäckchen, das vor Katie lag. „Macht es Ihnen etwas aus, wenn ich mir das mal ansehe?"

Katie schob ihr die Unterlagen zu.

Sie blätterte sie durch und fand, was sie erwartet hatte. *Einhundert Gründe.* Sie hatte angenommen, dass der Brief genauso lauten würde wie ihr eigener, beginnend mit *1. Du musst ein wenig leben* und endend mit *100. Aspen Cove braucht dich*, aber Katies war anders. Bea hatte ihre eigenen Gründe, weshalb sie glaubte, dass Katie in die kleine Stadt gehörte.

Ihre Seite begann mit *1. Du hast ein gutes Herz* und *2. Du bist großzügig mit deiner Zeit und deinen Talenten* und endete mit *100. Aspen Cove wird sich um dich kümmern.*

„Ich bin mir nicht sicher, was verrückter ist." Katie sah sich die Seiten an. „Dass ich diesen Brief bekommen habe, oder dass ich meine Sachen gepackt und Dallas verlassen habe?"

„Ich weiß, was Sie meinen. Obwohl meine Situation anders ist, ist sie Ihrer trotzdem unheimlich ähnlich."

Sie warf Sage einen fragenden Blick zu. „Wie sind Sie hier gelandet?"

Sage begann mit ihrer Geschichte im gleichen Moment, als es in Katies Handtasche klingelte. Sie zog ihr Handy aus der kleinen Seitentasche und rollte mit den Augen, bevor sie einen Finger in die Luft streckte. „Merken Sie sich, was Sie sagen wollten. Es tut mir leid, aber ich muss rangehen." Sie erhob sich von ihrem Stuhl und ging hinter den Verkaufstresen.

„Hallo, Mama." Es folgte sekundenlange Stille. „Mir geht es gut. Ich muss das hier tun." Ihre Stimme schwankte zwischen Flehen und Verzweiflung.

Obwohl sie einige Meter entfernt war, konnte Sage deutlich einen Streit hören, der über viele Runden ging, aber keine Einigung mit sich brachte. Es gab kein Gemurmel von Gästen, das das Gespräch übertönt hätte. Kein Brummen eines Backofens. Kein Surren eines Mixers. Die Bäckerei war wie der Rest der Stadt – verstummt. Sie ging zum Fenster, um nicht lauschen zu müssen.

Auf der anderen Straßenseite betrat eine hochschwangere Frau mit sechs Kindern im Schlepptau den Eckladen. In Denver hätte sie jeder, der auf der Entbindungsstation arbeitete, als Bruthenne bezeichnet, aber hier, in dieser kleinen Stadt, stellte Sage sich vor, dass diese Frau einfach unter Langeweile litt. Sie lachte über diesen absurden

Gedanken. Mit sechs Kindern und einem siebten unterwegs würde ihr nie langweilig werden.

So wie Katies: „Ich bin achtundzwanzig Jahre alt, und dieses eine Mal werde ich nach meinen Regeln leben" sich anhörte, vermutete Sage, dass Katies Mutter nicht gelangweilt, sondern eher besorgt war.

Sie erinnerte sich an ihre letzte Meinungsverschiedenheit mit ihrer Mutter. Hatten sie sich wirklich darüber gestritten, ob Sage zu dieser Tanzveranstaltung gehen sollte? Ihre Mutter hielt sie nicht zurück, sondern ermunterte sie dazu, Risiken einzugehen und ein wenig zu leben. Es erinnerte an die Gründe, die Bea dazu bewogen hatten, ihr das Grundstück zu hinterlassen.

„Ich sage dir nicht, wo ich bin." Katies Stimme wurde lauter. „Ich werde dich bald anrufen." Sie beendete den Anruf mit einem Stoßseufzer und als es erneut klingelte, brachte sie die Anruferin zum Schweigen, indem sie das Telefon ausschaltete.

„Tut mir wirklich leid." Katie ließ sich so schwer auf den Stuhl fallen, dass das rote Plastikkissen zischte, als die Luft daraus entwich.

„Mütter können schwierig sein."

Katie verdrehte die Augen. „Meine behandelt mich, als wäre ich sieben. Wie ist es mit Ihrer? Respektiert Ihre Mutter Grenzen?"

„Meine Mutter hat uns behütet, aber auch dafür gesorgt, dass wir Grenzen austesteten. Meine Schwester Lydia und ich konnten uns zwar nicht viel erlauben, aber hatten doch so viele Freiheiten, dass wir uns nicht wirklich von elterlicher Fürsorge befreien mussten." Sage holte tief Luft. Sie hatte den Schmerz über den Verlust ihrer Mutter überwunden, aber sie würde nie aufhören, sie zu vermissen. „Ich habe meine Eltern verloren, als ich ein Teenager war."

„Oh. Mein. Gott. Das tut mir so leid." Das wenige Rosa, das noch auf Katies Wangen war, erbleichte zu Weiß. „Das war so unsensibel von mir."

„Überhaupt nicht. Sie wussten es ja nicht, und ehrlich gesagt ist es schön zu hören, dass ich nicht die einzige Person bin, die von der Einmischung ihrer Mutter in den Wahnsinn getrieben wurde. Ich war fünfzehn, also hatte sie natürlich das Recht und die Pflicht, sich einzumischen, wenn sie es tat."

Katie legte ihre kühle Hand auf die von Sage, in einer Geste, die nur als liebevoll betrachtet werden konnte. Sie wusste sofort, dass Bea recht hatte. Katie hatte ein gutes Herz.

„Meine Mutter hat den Begriff ‚Helikoptereltern' geprägt. Ich kann mich an keine Zeit erinnern, in der sie mich nicht kontrollierte. Es wurde nur noch schlimmer, als …" Katie hielt inne. „Ich sollte mich nicht beschweren. Sie will nur das, was ihrer Meinung nach das Beste für mich ist."

„Ja, aber ich finde, mit achtundzwanzig sollten Sie ein Wörtchen mitreden dürfen."

Katie machte eine abwehrende Handbewegung. „Genug von mir, was ist mit Ihnen?"

Sage erzählte ihr die ganze Geschichte. Sie begann mit dem Tag, an dem Bea ihre Station betrat und nach Briefpapier fragte, und endete mit der Nacht, als sie erfuhr, dass Bea gestorben war.

„Ich wünschte, ich hätte sie kennenlernen können, denn sie hört sich einfach wunderbar an." Katie sah sich in der Bäckerei um. „Das Letzte, was ich tun möchte, ist, ihr Geschenk auszuschlagen, aber ehrlich gesagt, habe ich das ganze Geld, das ich zur Verfügung hatte, dafür verwendet, hierher zu kommen, weil ich dachte, ich würde den Laden einfach übernehmen. Ich hatte angenommen, es gäbe Mitarbeiter und Vorräte.“ Sie ließ die Schultern hängen. „Schauen Sie sich hier um. Vielleicht hat meine Mutter recht, und ich bin völlig naiv.“

Was Katie zweifellos sah, war die Tapete, die von der Wand abblätterte. Die abgeplatzten Bodenfliesen. Den Backofen ohne Griff. Die schief hängenden, vergilbten Kreuzstichbilder. Die Hälfte der Stühle war zerrissen, und goldfarbener Schaum quoll durch die Risse im roten Vinyl. Ein Viertel der Tische hatte sich schwarz verfärbt, dort, wo sich die weiße Farbe durch jahrelangen Gebrauch abgenutzt hatte.

Was sie nicht sah, waren der Charme, die Wärme und die Liebe, die hier in dieser kleinen zuckersüßen Augenweide gelebt hatten und weitergegeben wurden.

„Ich kann helfen.“ Die Worte waren Sages Mund entschlüpft, bevor sie deren Sinnhaftigkeit überdenken konnte. Ihre Hilfe anzubieten bedeutete, dass sie sich länger als einen Tag hier aufhalten musste. Nachdem sie das Städtchen gesehen hatte, war sie sich nicht sicher, ob sie auch nur über Nacht bleiben wollte. Aber die Worte waren gesprochen, und sie war davon überzeugt, dass Worte einen Wert hatten. „Lassen Sie mich heute Nacht im Gästehaus Quartier beziehen und morgen werden wir einen Plan machen. Alles, was dieser Laden braucht, ist ein wenig Liebe und vielleicht ein bisschen Sauberkeit. Bea sagte, Sie haben ein gutes Herz, also ist für den Part mit der Liebe gesorgt und ich werde die Muskelkraft beisteuern.“

Katie warf sich nach vorne und schlang ihre Arme um Sage. „Sie könnten tatsächlich mein Lieblingsmensch in dieser ganzen Stadt sein.“ Sie löste sich aus der Umarmung und schenkte Sage ein Lächeln, das so strahlend war wie eines, mit dem man bei einem Schönheitswettbewerb den Siegerpokal in Empfang nahm.

Sage lachte. „So, wie es aussieht, bin ich womöglich die einzige Person in der ganzen Stadt." Außer natürlich die Mutter mit ihren Kindern. Mit ihnen gab es neun bestätigte Bewohner, Katie und sie mitgerechnet und gemessen am Umfang der schwangeren Frau, fast zehn.

„Glauben Sie, dass ich es schaffen kann? Ich kann nicht einmal backen."

„Ich werde Ihnen einen ‚Sage'-Ratschlag geben. Schließlich bedeutet mein Name ja nicht grundlos ‚weise', was aber nicht heißt, dass der Rat tatsächlich gut ist." Sie zuckte mit den Schultern in einer Nimm-ihn-an-oder-lass-es-bleiben-Manier.

„In meiner augenblicklichen Situation bin ich für alle Vorschläge offen."

„Nehmen Sie sich eine Minute Zeit und kümmern Sie sich um ein Problem nach dem anderen. Manchmal kann sogar eine Minute zu überwältigend erscheinen, und dann nimmt man sich am besten eine Sekunde nach der anderen vor, um das Leben zu meistern." Sie täte gut daran, ihren eigenen Rat zu befolgen.

„Überwältigt scheint noch zu harmlos für das, was ich innerlich fühle."

„Lassen Sie uns klein anfangen. Das Aufräumen ist der leichteste Teil und backen zu lernen ist keine Raketenwissenschaft. Verstehen Sie mich nicht falsch, es ist schon eine Wissenschaft, vor allen Dingen, wenn man die Höhenluft mit einkalkuliert, aber es gibt tausend Köche, die den Prozess vereinfacht haben. Ich bin sicher, dass es im Internet eine Unmenge von Rezepten gibt. Haben Sie sich in der Bäckerei umgesehen? Vielleicht hat Bea ja Rezepte hinterlassen."

Katie nickte mit dem Kopf. „Hat sie." Sie kramte wieder in ihrer Handtasche und holte mehrere Rezeptkarten heraus, gerade so, als würde sie ein Kaninchen aus dem Hut ziehen. Aufgeregt wirbelte sie diese durch die Luft. „Muffins. Sie hat Muffin-Rezepte dagelassen."

„Perfekt. Dann fangen Sie mit Muffins an."

Katie starrte aus dem Fenster. „Und, wenn ich sie gebacken habe, wer kauft sie dann?"

„Das ist ein Problem für einen anderen Tag." Sage erhob sich von ihrem Stuhl und sah zu der Stelle, an der sie ihren Geländewagen geparkt hatte. Otis saß auf dem Beifahrersitz und sein Kopf pendelte hin und her, als würde er die Aussicht auf sich wirken lassen. „Morgen ist Beas Beerdigung. Ich könnte mir denken, dass es eine gute Gelegenheit sein wird, um Leute zu treffen. Werden Sie hingehen?"

„Ja, ich würde gerne mehr über sie erfahren, von den Menschen, die sie am besten kannten."

Sage beugte sich vor, um ihre neue Freundin zu umarmen. „Dann sehen wir uns morgen." Sie verließ die Bäckerei mit einem Ziel vor Augen, das sie sicher noch einige Tage in der Stadt festhalten würde.

Sie bemerkte eine Bewegung zu ihrer Linken und drehte sich um. Der beeindruckendste Mann, den sie je in ihrem Leben gesehen hatte, kam auf sie zu wie ein Panther, der über die Prärie streift. Trotz seiner Größe bewegte er sich mit der Geschwindigkeit und Anmut eines Falken. Alles an ihm reizte sie. Als er näherkam, stockte ihr der Atem. Nicht allein, dass er mit seinem dichten braunen Haar, dem attraktiven Bart und seinen haselnussbraunen Augen schon umwerfend genug aussah, aber der Mann bewegte sich mit der Entschlossenheit eines Raubtiers, und er fixierte sie so, als wäre sie seine nächste Beute?

KAPITEL SIEBEN

Cannon war gegen Mittag geweckt worden, als Sheriff Cooper ihn anrief und aufforderte, seinen Vater aus dem Gefängnis abzuholen. Ben Bishop war auf der Veranda von Daltons Mutter Maisey gefunden worden. Sie war über ihn gestolpert, als sie nach draußen gegangen war, um zur Arbeit im *Diner* zu gehen.

Er fuhr auf den letzten freien Parkplatz auf der Main Street, wobei sein Körper im Autopilot-Modus funktionierte. Neben ihm stand ein Geländewagen, den er nicht kannte. Vielleicht war es ja ein Tourist der Vorsaison oder der Bauunternehmer, den er zwar noch nie getroffen hatte, aber bereits jetzt schon verachtete.

Wäre Bea hier, hätte er bei ihr Station gemacht, um hallo zu sagen und sich einen Muffin oder ein paar Kekse zu holen. Er hatte sich in den Wochen, seit sie Aspen Cove verlassen hatte, immer noch nicht an die Tatsache gewöhnt, dass sie endgültig weg war. Ein Teil von ihm hatte erwartet, dass sie zurückkommen und den Laden wieder aufmachen würde.

Er würde seine Routine ändern müssen, und er hasste Veränderungen.

Er hatte die Bäckerei fast hinter sich gelassen, als die Tür aufging und eine Frau herauskam. Der Doktor hatte gesagt, es würde Veränderungen geben, aber er hatte nicht damit gerechnet, dass diese in einer zierlichen Frau mit roten Haaren verpackt sein würden.

Er stürmte auf die Fremde zu, als wäre der Teufel hinter ihm her und seine Haut brannte vor Wut. „Wer zur Hölle sind Sie?" Nicht einmal er erkannte das Gebrüll, das aus ihm herausbrach, wie Lava aus einem aktiven Vulkan.

Er überragte das zierliche kleine Ding, aber sie hatte keine Angst vor ihm.

Stattdessen machte sie einen Schritt zurück und legte ihren Kopf in den Nacken, um ihn anzusehen. „Und wer sind Sie?"

Er ignorierte die Frage und versuchte sich zu erinnern, ob Bea noch irgendwelche lebenden Verwandten hatte, aber es fiel ihm keine einzige Person ein, die sie im Laufe der Zeit besucht hatte. Allein ihr Ehemann und die Stadtbewohner waren da gewesen, als sie ihre Tochter Brandy verlor, und als ein paar Jahre danach ihr Ehemann Bill verstarb, waren auch nur die Bewohner von Aspen Cove zur Stelle. Cannon startete eine weitere Tirade: „Die arme Frau ist noch nicht einmal unter der Erde, und Sie schleichen schon um ihre Besitztümer herum, als gehörten sie Ihnen."

Die Augen der Frau wurden groß. „Die Bäckerei gehört mir nicht, und ich bin nicht geschlichen." Sie zeigte auf das Fenster, aus dem eine schlanke Blondine herausschaute. „Die Bäckerei gehört ihr, und da ihr Tag schon hart genug war, schlage ich vor, dass Sie nett sind."

„Oder was?" Die Frau, die furchtlos vor ihm stand,

hatte die grünsten Augen, die er je gesehen hatte. Sie erinnerten ihn an die ersten Blätter, die an den Espen blühten, nach denen die Stadt benannt war.

„Oder nichts. Das war kein Ultimatum, nur ein Vorschlag. Griesgrämig zu sein, ist nicht der beste Weg, sich Freunde zu machen."

Er machte einen Schritt zurück und schob seine Hände in die Hosentaschen. „Ich bin nicht daran interessiert, mir Freunde zu machen, schon gar nicht, wenn es sich um geldgierige Glücksritter handelt. Das Mindeste, was Sie tun könnten, ist zu warten, bis Bea beerdigt ist."

„Wir sind keine Glücksritter." Ihre Stimme stotterte: „Wir erfüllen Beas letzte Wünsche."

Eine imaginäre Hand griff nach Cannons Brust und drückte zu. „Ich glaube kaum, dass es in Beas Sinn wäre, dass Sie hier sind, um Dinge zu verändern. Sie liebte diese Stadt so, wie sie ist."

„Ich bin nicht hier, um Dinge zu ändern." Sie schaute die Straße hinunter, bevor sie ihn mit diesen faszinierenden Augen wieder ansah.

Doktor Parkers Warnung vor Veränderungen wühlte ihn auf. „Ihre bloße Anwesenheit bedeutet Veränderung. Wir brauchen niemanden, der hierherkommt, um uns vor uns selbst zu retten."

Sie lachte. „Ich wurde fast mein ganzes Leben lang beschuldigt, einen Helferkomplex zu haben, aber nicht einmal ich habe den Wunsch, diesen Ort zu retten."

„Alles in Ordnung hier draußen, Sage?" Die Blondine trat aus der Bäckerei heraus und stellte sich neben die Rothaarige, die sie Sage nannte.

„Alles in Ordnung, Katie." Sages Lächeln erreichte ihre Augen nicht. „Aspen Cove hat seinen freundlichsten

Bewohner vorbeigeschickt, um Sie in der Nachbarschaft willkommen zu heißen."

„Ich würde mich nicht als Empfangskomitee bezeichnen." Er biss sich auf die Zunge. Mit einer Frau zu streiten war nicht nur unklug, sondern auch tödlich. „Mein Rat an Sie ist, weder Ihre Zeit noch Ihr Geld zu verschwenden." Er drehte sich im Kreis herum, als wollte er sagen: *Schauen Sie sich um.* „Innerhalb einer Woche werden Sie bankrott sein."

Die hochnäsige Frau richtete sich zur vollen Größe ihrer knapp ein Meter sechzig auf. „Sie irren sich."

Er war gut dreißig Zentimeter größer als sie, aber irgendwie kam er sich neben ihr klein vor. Vielleicht lag es daran, dass sie angesichts eines Hindernisses, nämlich ihm, nicht zurückwich. Er hasste ihre Anwesenheit, aber er respektierte ihren Mut. Er schenkte dem Duo ein letztes Kopfschütteln, bevor er sich umdrehte, und zum Büro des Sheriffs ging.

„Er ist süß." Katie lachte hinter seinem Rücken.

„Sicher, wenn man einen Mann mag, der halb Esel und halb Schlange ist."

IM BÜRO des Sheriffs versuchte Cannon, die beiden Frauen zu vergessen, die er auf dem Bürgersteig zurückgelassen hatte. Er konzentrierte sich stattdessen auf seinen Vater, der mal wieder den Rausch einer feuchtfröhlichen Nacht ausschlief. Vermutlich war er auf der kleinen eingebauten Betonplatte im hinteren Teil der Zelle untergebracht.

„Er ist immer noch richtig schlecht gelaunt." Mit den Schlüsseln in der Hand ging Sheriff Cooper zur Zelle.

„Bin ich irgendjemandem Geld schuldig?" Cannon griff nach seiner fast leeren Brieftasche.

„Nicht, dass ich wüsste, aber ich denke, wenn du es bist, werden sie bei dir in der Bar vorbeischauen."

Es war mal wieder der gleiche Mist mit seinem Vater, nur an einem anderen Tag. „Kann er gehen?"

„Er konnte es nicht, als Dalton ihn hereingetragen hat, aber das ist Stunden her. Die Hoffnung stirbt zuletzt."

Cannon lehnte sich an die Backsteinmauer. „Ich habe die Hoffnung aufgegeben, nachdem ich mein zweites Holzhaus verkauft hatte, um seinen zweiten Aufenthalt in der Reha zu finanzieren." Er trat gegen die Wand hinter sich. „Er blieb ganze zehn Tage nüchtern."

„Man sagt, aller guten Dinge sind drei."

Cannon fuhr sich mit den Händen durchs Haar. „Ich habe nichts mehr, was ich verkaufen könnte. Wenn ich die Bar verkaufe, habe ich kein Geld mehr, um seine Schulden zu bezahlen. Wenn ich das Haus veräußere, haben wir keinen Platz zum Schlafen. Der Laden für Anglerbedarf gehört meinem Bruder, und ich weigere mich, das, was mir noch geblieben ist, an einen Bauunternehmer zu verkaufen." Er stieß sich von der Wand ab und ging mit dem Sheriff zur Tür, wo er auf seinen Vater warten würde. „Verdammt, ich wollte schon das letzte Haus nicht verkaufen. Der Käufer ist immer noch nicht aufgetaucht, um es zu übernehmen und das ist jetzt Monate her."

Einige Minuten später führte der Sheriff Cannons Vater, Ben, aus der Zelle heraus in das vordere Büro, wo ein großer Schreibtisch die eine Hälfte des Raumes einnahm und eine Reihe von Stühlen die andere. Ben stolperte vorwärts und fluchte wie ein Wilder.

Was seinen alten Herrn betraf, würde er eine Veränderung begrüßen, aber es war immer die gleiche alte

Geschichte. Ben torkelte aus der Vordertür auf die Main Street und wankte zum Ende des Blocks, wo er die Tür von Cannons Truck öffnete und sich auf den Beifahrersitz fallen ließ.

Sobald der alte Mann im Wagen war, schnallte der Sheriff ihn an und schloss die Tür. Er ging dorthin zurück, wo Cannon auf dem Bürgersteig stand, gegenüber von *B's Bakery*. Drinnen saß die Blondine an einem Tisch und blätterte durch Papiere, aber die Rothaarige war weg.

„Die Bäckerei gehört jemandem, der neu hier ist – einer Fremden."

„Es sind nur Fremde, bis man sich bekannt macht", sagte der Sheriff.

Cannon nickte. Er hatte sich zwar vorgestellt, aber es war nicht freundlich gewesen. „Das da ist Katie." Er sah sich um und stellte fest, dass der silberne Geländewagen, der vorhin neben ihm geparkt hatte, verschwunden war. „Irgendwo in der Stadt gibt es einen Rotschopf namens Sage."

„Es sind zwei? Beides Frauen?" Sheriff Cooper lächelte.

„Sie bleiben nicht. Du wirst sehen."

„Hoffen wir, dass sie es tun." Der Sheriff klopfte Cannon beschwichtigend auf den Rücken und ging mit ihm zur Fahrerseite des Trucks. „Wir brauchen ein wenig Veränderung in dieser Stadt."

„Ich finde die Dinge gut, so wie sie sind."

Sheriff Cooper beugte sich zur Seite, um einen Blick auf Cannons Vater zu werfen, der in sich zusammengesackt an die Beifahrertür gelehnt war. „Bist du dir da sicher?"

Er war nicht in der Stimmung, sich sein Leben unter die Nase reiben zu lassen. „Was ich falsch gemacht habe, wird nicht von ein paar Fremden, Hochhauswohnungen oder Geschenkeläden bereinigt werden."

Der Sheriff rieb sich über die Stoppeln, die auf seinem Kinn auftauchten. „Das bedeutet nicht, dass wir sie nicht willkommen heißen sollten. Es wäre gut für die nachbarschaftlichen Beziehungen."

„Dann sei du nachbarschaftlich. Ich habe nichts mehr zu verschenken." Er stieg in seinen Truck und startete den Motor. „Bis morgen, Coop." Es war unwahrscheinlich, aber der Sheriff könnte recht haben. Er war als Fremder aus Colorado Springs hierhergezogen und jetzt war er ein Freund.

Der Gestank von Alkohol und Körpergeruch erfüllte die Kabine seines Trucks. Er konnte sich beim besten Willen nicht erklären, woher sein Vater seinen Schnaps bezog. Er hatte dafür gesorgt, dass er in der Stadt keinen Nachschub mehr bekam, aber Copper Creek war nicht allzu weit entfernt. Manchmal wünschte er sich, sein Vater würde gehen und nie mehr zurückkommen, und dann nagten wegen dieser Gedanken die Schuldgefühle an ihm. Veränderungen könnten kommen, aber seiner Erfahrung nach, waren sie immer mit Schmerzen verbunden.

KAPITEL ACHT

Zu wütend, um noch mehr zu ertragen, unternahm Sage mit Otis eine Fahrt durch den Ort Aspen Cove. An die einhundert Häuser säumten die Straßen, mit Namen wie Hyazinthe und Rose und Iris.

Aspen Cove war angelegt wie ein altmodischer Schlüssel. Die Stadt selbst begann in einer geraden Linie mit ein paar Verzweigungen hier und da, wo Seitenstraßen sich mit der Main Street kreuzten.

Eine reizvolle Vielfalt an Häusern im viktorianischen Stil bis hin zu rustikalen Holzhütten prägte die Landschaft. Sie machte sich auf den Weg zurück ins Stadtzentrum und fuhr dann zu *B's Bed & Breakfast.* Sie folgte der Straße, bis sie zum abgerundeten Ende des Schlüssels kam, der den See umschloss.

Links davon befand sich Nummer 1 Lake Circle, das Anwesen, das Bea ihr hinterlassen hatte. Es übertraf alle ihre Vorstellungen, aber andererseits hatte sie keine Ahnung, was sie drinnen erwartete.

Ihre Reifen knirschten auf der mit Kiefernnadeln bedeckten Auffahrt. Sobald sie vor dem blockhausähnlichen Gebäude anhielt, sprang sie aus dem Geländewagen und ging zur Beifahrertür, um ihren Hund herauszulassen. Er kletterte vom Vordersitz und fand einen Baum seitlich am Haus, wo er sein Revier markierte. „Fühl dich nicht zu heimisch“, sagte sie zu ihm. „Wir sind nur vorübergehend hier.“ Sie hatte vor, ein oder zwei Tage zu bleiben, da sie ihre große Klappe aufgerissen und sich freiwillig zum Putzdienst gemeldet hatte.

Oben auf der Treppe, neben der Eingangstür, stand ein Holzblock, in den ein Bär geschnitzt worden war, der ein Willkommensschild hielt. An einer rostigen Kette baumelte im leichten Wind ein weiß gestrichenes Holzschild mit der Aufschrift *B's Bed & Breakfast.* Sie erwartete beinahe, dass Bea die Tür öffnen und sie hereinbitten würde.

Nebenan wirbelten Reifen Staub und Kies auf. Wie Beas Haus war auch das Nachbarhaus aus Holz gebaut und gut gepflegt, vielleicht sogar geliebt.

Laute Männerstimmen und Bruchstücke einer Auseinandersetzung wurden vom Wind herübergetragen. Sie hatte keine Lust, Zeugin eines privaten Streits zu werden, also wandte sie sich der Tür zu, von der Bea gesagt hatte, dass sie nicht abgeschlossen sein würde.

Eine ungesicherte Tür gab es in Denver nicht. Das war genauso gut, wie jemanden zu bitten, hereinzukommen und einen auszurauben, zu vergewaltigen oder zu ermorden. Andererseits war dies Aspen Cove, mit einer Population, die kurz vor dem Aussterben stand.

Sie holte tief Luft und packte den Türgriff, aber kurz bevor sie den Knauf drehte, hörte sie das unverwechselbare Geräusch einer Faust, die auf einen Körper traf. Sie wandte sich dem Kampf zu, der nebenan stattfand.

Der wütende Typ aus der Stadt saß rittlings auf einem

älteren Mann, der sich wehrte, strampelte und bockte, aber der jüngere drückte ihn unerbittlich auf den Boden.

Sage marschierte dorthin, wo die beiden Männer um die Vormachtstellung kämpften.

„Du bist ein Arschloch, Cannon!“, schrie der alte Mann. Bei jedem Wort floss ihm ein Schwall Speichel aus dem Mund.

Sage musste zustimmen, dass der Mann, den er Cannon nannte, ein Arschloch war. Kaum hatte er sie kennengelernt, da hatte er bereits ein Urteil über sie gefällt. Jetzt schlug er auf einen gebrechlichen alten Mann ein.

Es gab eine Sache, die sie nicht ignorieren konnte, und das war die Misshandlung älterer Menschen.

„Lassen Sie ihn los.“ Ihre Hände in die Hüften gestemmt, stapfte sie bis zum Rand der Veranda nebenan.

„Du bist die reinste Zeitverschwendung, Paps.“ Cannon stieß sich vom Boden ab und wischte über das Blut, das ihm aus der Nase lief. „Ich weiß nicht, warum ich mich immer noch kümmere.“

Der alte Mann rollte sich auf den Bauch und bemühte sich, auf die Beine zu kommen.

Sage eilte ihm zu Hilfe.

„Fassen Sie ihn nicht an“, schrie Cannon. „Lassen Sie ihn in Ruhe.“

„Das werde ich nicht tun. Er braucht Hilfe.“ Sie legte dem alten Mann eine Hand auf die Schulter, woraufhin er herumwirbelte und ihr einen heftigen Schlag auf die Nase versetzte.

Schmerz schoss durch ihren Schädel und verzweigte sich wie eine Explosion, angefüllt mit Trümmerteilen. Sie fiel auf den Boden. „Heiliger Strohsack.“ Sie hielt sich die Nase zu, aber das Blut floss durch ihre Finger und tropfte auf ihr T-Shirt.

Cannon stürzte aus seinem Truck und wedelte ein weißes Handtuch vor ihr hin und her wie eine Kapitulationsfahne. „Lassen Sie mich Ihnen helfen." Er kniete sich vor sie und presste ihr das Tuch auf die Nase. „Drücken Sie den Nasenrücken fest zusammen. Die Blutung wird bald nachlassen."

Auf dem kalten Boden zu sitzen, machte sie nicht kooperativer. Sie riss ihm das Handtuch aus der Hand. „Ich weiß, wie man eine blutige Nase stoppt, Sie Trottel." Sie drückte es auf ihre Verletzung. „Lassen Sie mich einfach in Ruhe. Ich will Ihre Hilfe nicht."

Er wich zurück. „Gut, aber am besten halten Sie sich von ihm fern. Er macht nur Ärger." Der alte Mann war auf den Beinen und stolperte auf das Haus zu.

„Und Sie etwa nicht?" Sie versuchte aufzustehen, fiel aber wieder hin und zog sich das Tuch erneut an ihre Nase, um den anhaltenden Blutfluss zu stillen.

Cannon tupfte ein anderes Handtuch auf seine blutige Nase, bevor er in seinen Truck sprang und davonfuhr.

Der alte Mann blieb an der Eingangstür seines Hauses stehen und fuhr sich mit der Hand durch sein silberweißes Haar, sodass einige Büschel zu Berge standen. „Sie waren im Weg." Er verschwand nach drinnen und ließ sie allein auf dem kalten, harten Boden sitzen.

Otis trottete zu ihr, legte sich neben sie und legte seinen Kopf in ihren Schoß. „Wo warst du, als ich Verstärkung brauchte?"

Zwischen den Blockhütten erweckte der Blick auf einen ruhigen See den Eindruck, dass Aspen Cove eine beschauliche, freundliche Gemeinde war, aber sie wusste es besser. Bis morgen würde sie ein oder zwei blaue Augen haben, die diese Unfreundlichkeit bestätigen würden.

Aspen Cove war nicht wie die „Gilmore Girls".

Tatsächlich würde sie es eher mit einem Albtraum vergleichen, in dem jeden Augenblick ein Mörder aus dem Cove Lake stürzen und sie aus der Stadt jagen würde.

Sie stand auf und ging mit Otis zum Auto zurück. Das Gästehaus würde auf ihr erstes Kennenlernen warten können, aber ihre Nase brauchte Aufmerksamkeit. Sie schaute in den Rückspiegel und schnappte nach Luft. Ihre Nase schwoll bereits an, und unter ihren Augen erblühte ein purpurner Schatten. Super. Einfach super.

Sage legte den Rückwärtsgang ein und fuhr zurück in die Stadt, in der Hoffnung, dass das blinkende rote Schild mit der Aufschrift „Doktor im Dienst" der Wahrheit entsprach.

KAPITEL NEUN

Cannon fuhr zum Friedhof von Aspen Cove, der auf einem ruhigen Plateau lag, mit Blick auf die Stadt. Es war der einzige Ort, an den er sich zurückziehen konnte, um mit seinen Gedanken allein zu sein. Zumindest erteilte einem dort niemand irgendwelche Ratschläge oder gab seine Meinung zum Besten, und wenn die Bewohner mit ihm sprachen, dann durch liebevolle Erinnerungen, die er tief in sich trug.

Er ging an den Gräbern von Menschen vorbei, die er nie getroffen hatte, bis er den Grabstein seiner Mutter erreichte. Darauf stand: „Carly Bishop, liebevolle Ehefrau und Mutter".

Er konnte sie fast sagen hören, dass sie ihn vermisste. „Ich vermisse dich auch, Mom."

Er zupfte das Unkraut, das um ihre Grabstelle herum wuchs. Der Frühling war da, und mit ihm kam die einzige Veränderung, die er mochte. Bald würden ihre Lieblingsblumen – Tulpen, die er vor Jahren gepflanzt hatte – den Boden durchbrechen und der kargen Landschaft neues

Leben einhauchen. Die gelben Blumen sollten ihn daran erinnern, dass sie gelebt hatte.

Cannon saß am stillen Grab und erzählte seiner Mutter von seinem Vater. Ben Bishop war zu ihren Lebzeiten weder ein Trunkenbold noch ein Mistkerl gewesen. Damals war er einfach wunderbar gewesen.

Er wusste, dass seine Mutter enttäuscht sein würde, wenn sie ihren Mann jetzt sehen könnte. Selbst wenn er damals ein Trinker gewesen wäre, hätte sie ihn nicht aufgegeben. Sie hätte das Richtige getan. Aus diesem Grund blieb Cannon in Aspen Cove. Nicht, weil er es wollte, sondern weil es das Richtige war. Er tat es nicht für Ben. Er tat es nicht für seinen Bruder Bowie, der zur Armee gegangen war. Er tat es, weil seine Mutter gewollt hätte, dass sich jemand um seinen Vater kümmert. Er tat es, weil niemand außer ihm die Verantwortung übernehmen konnte. Cannons Schultern sackten unter dem Gewicht dieser Last zusammen.

Ungefähr hundert Meter zu seiner Rechten grub sich ein Bagger in den tauenden Boden. Morgen würde er dort stehen und sich von Bea verabschieden.

Im Flüstern des Windes konnte er ihre Stimme hören, die ihm sagte, dass das Leben ein Geben und Nehmen sei. Dass ein geleertes Herz wieder gefüllt werden könnte. Dass ein von Verzweiflung gezeichnetes Leben erneuert werden könnte, wenn man einen Hoffnungsschimmer erhielt.

Als er vor Jahren nach Aspen Cove zurückkehrte, nachdem zwei Todesfälle diese Gemeinde erschüttert hatten, tröstete sie ihn über den Verlust seiner Mutter hinweg, trotz ihrer eigenen Trauer über den schrecklichen Tod ihrer Tochter. Bea sagte ihm, es gebe einhundert Gründe, warum er hierhergehörte, aber heute war es schwer, auch nur einen einzigen zu nennen.

Er dachte an Sage und warum sie in Beas Haus war. Hatte Bea sie geliebt oder war sie eine Opportunistin? Vermutlich saß die Frau immer noch blutend in seinem Vorgarten. Schuldgefühle nagten an ihm, weil er sie allein gelassen und sich nicht intensiver bemüht hatte, ihr zu helfen. Er hätte ihr mehr anbieten sollen als ein Handtuch.

KAPITEL ZEHN

Die Glocke über der Tür klingelte, als Sage die winzige Drogerie betrat. Trotz ihrer geschwollenen Nase bemerkte sie den Geruch von Franzbranntwein und verbranntem Kaffee in der Luft.

Neonlichter tauchten die gefüllten Regale in unnatürliches Licht. Sie hatte sich geirrt. Der Laden hatte nicht nur die notwendigen Mittelchen gegen Erkältung, Fußpilz und normale Schmerzen, es gab auch eine Auswahl an Süßigkeiten, die es mit ihrem Lieblingsgeschäft *Target* an Halloween aufnehmen konnte.

„Kann ich Ihnen helfen?" Die Stimme erreichte sie vor dem Mann, der aussah, als wäre er gerade einer Szene aus „Zurück in die Zukunft" entstiegen. Mit weißen Haaren und Augenbrauen, die zum Abflug bereit zu sein schienen, rechnete sie fast damit, einen weißen Hund namens Einstein hinter ihm sitzen zu sehen.

Er stellte seine Kaffeetasse auf den Verkaufstresen, beugte sich vor, um ihre Nase zu inspizieren und blinzelte dann. Nach einem Kopfschütteln sagte er: „Ich bin Doktor Parker, folgen Sie mir bitte." Sekunden später führte er sie an einer Schwingtür vorbei und einen Flur entlang zu einem Untersuchungsraum, der in dem Krankenhaus gewesen sein könnte, in dem sie gearbeitet hatte. Er klopfte auf den mit weißem Papier bedeckten Tisch. „Immer rauf mit Ihnen und lassen Sie mich mal einen Blick darauf werfen."

Sie balancierte auf der Kante des Untersuchungstisches. Der Arzt holte Klebeband und Watterollen zusammen mit einer Plastikschüssel hervor, die er mit Wasser füllte. Dann wusch er sich die Hände und zog ein Paar Handschuhe an.

Während er die Wunde reinigte, redete sie.

„Ich habe einen direkten Schlag auf meinen Nasenrücken bekommen. Ich denke, sie ist gebrochen. Mein Septum tut sehr weh und meine Nebenhöhlen sind geschwollen." Sie rutschte in die Mitte des Tisches und schwang ihre Beine hin und her wie ein Kind. Es war lange her, seit sie selbst die Patientin gewesen war. „Ich bin mir ziemlich sicher, dass ich eine Nasenkorrektur brauche."

Der Doktor lachte leise in sich hinein. „Die meisten Leute in der Stadt würden sagen, dass sie sich die Nase gebrochen haben, und Sie sitzen hier und erzählen mir, dass Sie eine Nasenkorrektur brauchen. Wer sind Sie und was sind Sie?"

„Ich bin Sage Nichols und staatlich geprüfte Krankenschwester."

Er drückte seine behandschuhten Daumen seitlich auf ihre Nase. „Atmen Sie tief durch, denn ich werde gleich Ihre Nase richten." Bevor sie auch nur einatmen konnte, brachte er den Knorpel wieder zurück an seinen Platz.

„Zum Teufel, noch mal!", schrie sie auf. „Das war schlimmer als der Bruch selbst."

Der Doktor schob ihr zwei Watterollen in die Nasenlöcher. „Atmen Sie durch den Mund."

Sein Gesicht verschwamm hinter ihren Tränen. Durch ihren Mund atmen? Als hätte sie eine andere Wahl. „Wie lange muss ich diese Dinger in meiner Nase lassen?" Sie lispelte ein bisschen und ihre Worte klangen gedämpft.

Der alte Mann lächelte. „Ein oder zwei Monate sollten ausreichen", neckte er. „Ungefähr eine Stunde wäre gut, um die Restblutung zu stoppen."

Als sie den Mund öffnete, schob ihr der Mann ein Erfrischungsbonbon hinein, direkt aus der Verpackung. Kirschgeschmack breitete sich auf ihrer Zunge aus. Sie war sich nicht sicher, ob es den Schmerz lindern oder sie zum Schweigen bringen sollte. Es tat beides.

„Ich hoffe, Sie mögen die Farbe Lila, denn Sie werden ein gewaltiges Veilchen bekommen." Er fixierte ihre Nase mit Pflasterstreifen. „Wollen Sie mir erzählen, wie das passiert ist?"

Sie dachte einen Moment über ihre Antwort nach. „Ich bin mit etwas zusammengestoßen." Das war nicht gelogen. Sie war mit der Faust des alten Mannes zusammengestoßen.

Er zog seine Handschuhe aus und wusch sich die Hände. „Sind Sie die junge Frau, die sich in Denver um Bea gekümmert hat?"

„Ja, genau, die bin ich." Der Gedanke an Bea erfüllte sie gleichermaßen mit Freude und Traurigkeit.

Der Doktor musterte sie, als wäre sie ein Präparat auf einem Objektträger. „Ich habe sie ein paar Mal besucht. Sie haben sich sehr gut um sie gekümmert."

Sie seufzte tief. „Ich habe sie trotzdem verloren."

„Nicht wirklich, wir verlieren nie jemanden ganz." Er

tippte mit den Fingern auf sein Herz. „Diejenigen, die wir lieben, sind immer hier. Dort bewahre ich auch Bea auf."

„Standen Sie beide sich nahe?" Sie fragte sich, ob sie ein Paar gewesen waren. Sein Alter schien ungefähr zu passen.

Der Doktor ging im Untersuchungsraum umher und richtete sich auf. „Wir haben den größten Teil unseres Lebens zusammen verbracht. Sie war die Brautjungfer meiner Frau und ich der Trauzeuge ihres Mannes. Ich habe ihre Tochter entbunden. Wir haben uns gegenseitig unterstützt, als unsere Ehepartner starben."

Sage hörte alles, was er sagte, aber sie war wie gefesselt bei der Erwähnung von Beas Tochter. „Bea hat eine Tochter?"

Der alte Arzt sank auf den Stuhl in der Ecke des Zimmers. Er streckte seine Beine aus und zupfte einen Fussel von seinem weißen Laborkittel.

„Bea hatte eine Tochter. Sie sagte, Sie erinnerten sie an Brandy. Ich selbst sehe die Ähnlichkeit nicht. Sie sind nicht größer als ein Viertklässler und Brandy war größer als ein Meter siebzig. Ihre Haare und Augen waren braun, während Ihre ... nun ja ... anders sind. Sie hat das offensichtlich nicht wörtlich gemeint, sondern fand wohl eher, dass eure Persönlichkeiten einander ähneln."

„Wo ist Brandy?"

Der Arzt hob seine buschigen Augenbrauen. „Sie ist oben auf dem Friedhof begraben und wartet auf ihre Mutter."

Sages Hand flog zu ihrem Mund. „Oh, mein Gott, das ist ja schrecklich. Keine Mutter sollte ihr Kind begraben müssen."

Der Doktor erhob sich von seinem Stuhl und reichte ihr seine Hand, um ihr vom Tisch herunterzuhelfen. „Keine Mutter sollte das, aber es passiert leider allzu oft."

„Starb ihre Tochter erst vor Kurzem?" Sage fragte sich, ob der Stress Beas Körper zu sehr mitgenommen hatte oder ob ihre Trauer der Grund für ihre gesundheitlichen Probleme gewesen war. Viele Menschen resignierten, nachdem sie etwas oder jemanden, der ihnen sehr nahestand, verloren hatten. Angesichts der Verluste, die Sage erlitten hatte, verstand sie, dass jemand aufgeben wollte.

„Nein, sie starb vor fast zehn Jahren bei einem Autounfall. Es war ein schlechtes Jahr für Aspen Cove."

Er brachte sie zum vorderen Tresen, wo Sage darauf wartete, dass er ihr eine Rechnung ausstellen würde.

„Was bin ich Ihnen schuldig?"

Der alte Mann lächelte. Seine Brauen hoben sich bis zu seinem Haaransatz. „Ich möchte lieber eine Gegenleistung dafür. Sie können nächsten Montag ein paar Stunden in der Praxis arbeiten. Nicht alles in Aspen Cove kostet Geld. Zeit zu schenken ist wertvoller, aber ich denke, das wissen Sie bereits, oder?"

Sie zog ihre Brieftasche aus ihrer Handtasche. „Ich muss Sie bezahlen, weil ich nicht vorhabe, in der Stadt zu bleiben."

Die Art, wie der Doktor seinen Kopf schüttelte, erinnerte Sage an ihren Vater, wenn er enttäuscht war. „Das überrascht mich, denn Bea war schon immer eine gute Menschenkennerin. Ich hätte nie gedacht, dass sie sich eine Drückebergerin aussuchen würde."

„Ich bin keine Drückebergerin", sagte sie, aber mit ihrer verstopften, gebrochenen Nase klang es eher wie „ich bin keine *Dwückebergerin.*"

Sie schnappte sich ein paar ihrer Lieblingsschokoriegel aus der riesigen Auswahl. Wenn sie ihre Sorgen schon nicht in *Starbucks*-Kaffee ertränken konnte, würde sie sie einfach mit viel Schokolade und Maissirup wegfuttern.

Der Doktor rechnete die Süßigkeiten ab und nahm ihr Geld. „Noch etwas?"

„Nein. Vielen Dank." Sie wandte sich der Tür zu und machte etwa zwei Schritte, bevor sie wieder herumfuhr. „Wem gehört das Grundstück neben *B's Bed & Breakfast*?"

Ein verschmitztes Lächeln verstärkte die Falten um seine Augen. „Dieser hübsche junge Bursche ist Cannon. Er ist ein guter Mann in einer schwierigen Situation."

„Er ist ein Mann mit schlechter Erziehung, der an Kursen zur Aggressionsbewältigung teilnehmen sollte."

Die Augen des Arztes weiteten sich. „Hat er Sie geschlagen?" Sein Gesichtsausdruck war geradezu geschockt. „Sagen Sie mir nicht, dass Sie mit seiner Faust zusammengestoßen sind."

Sage berührte ihre Nase und zuckte zusammen. „Ist das in dieser Gegend hier so üblich? Haben Sie viele Patienten, die Cannons Fingerknöcheln mit dem Gesicht zuerst begegnen?"

„Nicht einen. Wenn Sie behaupten, er habe Sie geschlagen, würde ich vorschlagen, dass Sie, nachdem Sie hier weggehen, Ihre Wenigkeit direkt zum Büro des Sheriffs bewegen und Anzeige erstatten. Gewalt ist für diesen Jungen absolut untypisch, unabhängig davon, welche Probleme er hat."

„Es war nicht Cannon. Er bot tatsächlich Hilfe an." Sage war sehr großzügig in ihrer Beschreibung der Hilfe. Er hatte ihr ein Handtuch und ein paar gute Worte zukommen lassen, aber das war auch alles, was sie zuließ. Sie zeigte auf ihre Verletzung. „Das habe ich von einem alten Mann. Sie haben miteinander gerungen und ich dachte, ich sollte helfen."

„Sieht so aus, als wären Sie im Weg gewesen." Er brachte sie zur Tür und öffnete sie. „Das müsste Ben gewesen sein. Er ist Cannons Vater und der Trunkenbold im Ort. Jede Stadt hat einen und er ist unserer."

Sie hatte das Bedürfnis, den Doktor zu umarmen. Er war nett zu ihr gewesen. Stattdessen griff sie nach ihrer Tüte mit den Süßigkeiten und ging zu ihrem Auto, wo Otis brav wartete.

„Sage?", rief Doktor Parker von der Tür herüber.

Sie griff nach der Klinke, öffnete die Autotür aber nicht. „Ja?"

„Sie sollten noch ein Weilchen bleiben. Es ist nicht fair, eine Stadt oder ihre Bewohner nach Ihren Erfahrungen am ersten Tag zu beurteilen."

Sie senkte beschämt den Kopf. So ein Mensch war sie eigentlich nicht und so wollte sie auch nicht sein. „Ich werde es versuchen."

Er deutete mit seinem Kinn nach rechts, dorthin, wo niemand anderer als Cannon aus seinem Truck stieg. „Er ist ein guter Mann. Geben Sie ihm eine Chance, es zu beweisen."

Der Doktor verschwand in der Drogerie, während sie in ihren Geländewagen stieg und zusah, wie Cannon ein paar Kartons von der Ladefläche seines schwarzen Pick-ups zog, bevor er in die Bar ging.

Wie der Vater so der Sohn? Doktor Parker hatte recht. Sie kannte Cannon nicht, und auch nicht seinen Vater. Sie hatte keine Verbindung zu irgendjemandem in Aspen Cove, außer Bea, und sie gab es nicht mehr. Das Problem war, dass Sage sich nicht sicher war, ob sie sich überhaupt weiter bemühen wollte, und auch das war untypisch für sie. Bea hatte sich nicht in ihr getäuscht. Sage Nichols war keine Drückebergerin.

Sie haderte mit sich selbst, den ganzen Weg die Main Street hinauf, bis sie wieder 1 Lake Circle erreichte. Sie schaute sich nach Ben um, sah aber niemanden. „Bist du bereit, mein Großer?"

Otis legte den Kopf schief und erhob sich aufgeregt von seinem Sitz.

„Mal sehen, ob wir es dieses Mal durch die Haustür schaffen."

KAPITEL ELF

Die Rotholzveranda knarrte unter Sages Füßen, als sie sich der Eingangstür der Frühstückspension bereits zum zweiten Mal an diesem sehr langen Tag näherte. Sie sah auf Otis herunter und lächelte den Hund an, der froh war, überall dort zu sein, wo sie war.

„Egal, was um uns herum passiert, wir ignorieren es und nehmen den direkten Weg." Otis setzte sich und wartete. „Trommelwirbel bitte." Sie klopfte mit beiden Händen gegen die Tür, bevor sie die Klinke ergriff.

Würde es so sein wie beim Entfernen eines Pflasters? Wenn man es langsam abzog, verursachte es mehr Schmerzen, riss man es in einer schnellen Bewegung herunter, brannte es nur für eine Sekunde?

Sie hatte heute bereits genug Schmerzen für ein ganzes Leben ausgehalten, also drehte sie den Knauf schnell und stieß die Tür heftig auf. Sie schirmte ihr Gesicht mit ihrem Arm ab, für den Fall, dass sie zurückschwingen und sie treffen würde, aber das passierte nicht.

Otis ging voran, und sie folgte ihm in den großen Raum, in dem der Parkettboden durch jahrelange Abnutzung zerkratzt war. Der Raum schien aus der Mitte eines Baumes geschnitzt zu sein – einem riesigen Baum mit einer Nut-und-Feder-Vertäfelung und einer freiliegenden Balkendecke.

Im Licht der Fensterwand wurden Staubpartikel sichtbar, die in der Luft schwebten.

Der Raum roch nach Zitronenöl und feuchtem Holz, der Duft schwer und muffig.

Otis durchquerte den offenen Raum und hielt an jedem Möbelstück an, um zu schnüffeln und zu erkunden. Er ging an dem abgewetzten Ledersofa vorbei, steckte dann den Kopf in den Kamin und sah sich um. Er kehrte wieder zu dem ersten karierten Polstersessel zurück, kletterte hinauf und rollte seinen Körper zu einer Kugel zusammen. Innerhalb von Sekunden war er eingeschlafen.

Sie war also für den Rest des Rundgangs auf sich allein gestellt. Auf den ersten Blick war es ein bezauberndes Haus. Das übergroße Sofa stand vor einer Fensterwand, die den Blick auf den See, Cove Lake, freigab. Zwei karierte Stühle standen nebeneinander vor dem bis zur Decke reichenden Steinkamin. Alles war alt, aber solide. Abgenutzt und geliebt, aber alles bedurfte dringend einer gründlichen Reinigung.

Sie fuhr mit den Fingerspitzen über den dicken, staubigen Holzbalken, der aus dem Kamin ragte und den Kaminsims bildete. Auf ihm befanden sich keine Bilder, nur eine Sammlung von Schätzen, die Bea aufbewahrt hatte.

Es gab eine Reihe von Tannenzapfen, von denen zwei viel größer waren als der dritte, der in der Mitte stand. Sie fragte sich, ob es einfach Tannenzapfen waren oder ein Symbol für die Familie, die hier gelebt hatte. Als Nächstes gab es eine geschnitzte Holztiersammlung. In der Mitte des

Kaminsimses befand sich ein Geweih, dessen Spitzen bis zur Decke reichten.

Sie warf einen Blick auf den schlafenden Otis und lachte. Wenn er gewusst hätte, dass das Geweih dort oben stand, hätte der Hund niemals ein Nickerchen gemacht. Wenn sie an das viele Geld dachte, das sie für Geweihe ausgegeben hatte, an denen er herumknabbern konnte.

Sages Magen knurrte und sie zog einen Schokoriegel aus ihrer Handtasche. Das war das Einzige, was einer Mahlzeit heute am Ehesten ähnelte.

Sie ging zur Haustür zurück, schloss sie und sperrte so den Lichtstrahl aus, der auf das Panoramafenster auf der anderen Seite des Raumes fiel. Hinter der Haustür versteckt, auf dem Boden, stand ein überquellender Korb, der die Post auffing, die durch den Türschlitz geschoben wurde. Damit würde sie sich später befassen müssen.

Hinter dem Eingang befand sich ein Tisch, auf dem ein offenes Gästebuch lag und auf seine nächste Unterschrift wartete. Sie verschlang ihre nicht wirklich gesunde Mahlzeit, während sie durch die Seiten blätterte. Es schien, dass das *Bed & Breakfast* während der Frühlings- und Sommermonate offenbar gut besucht war. Der Rest des Jahres verlief ruhig, mit ein paar wenigen Besuchern hier und da.

Ein großer roter Stern, direkt neben einem Eintrag, sprang ihr ins Auge. „Mr. und Mrs. Morello", war dort in Beas präziser Handschrift geschrieben. Sie sollten am Freitag eintreffen. So bald würden doch sicher keine Gäste kommen.

Sie hatte keine Ahnung, wie man ein Geschäft führte, das hausgemachte Mahlzeiten servierte. Sie warf zum Frühstück irgendetwas in den Toaster und *hausgemacht* bedeutete für sie, dass man es in der Mikrowelle erhitzte. Wie sollte sie Beas Gästen eine Mahlzeit zubereiten, wenn sie nicht kochen konnte?

Sie korrigierte sich selbst. Sie waren einstmals Beas Gäste gewesen, aber jetzt waren es ihre. Was zum Teufel sollte sie tun?

Nein. Mit Gästen würde das niemals funktionieren.

Unter den Namen stand eine Telefonnummer. Sie nahm den alten Hörer mit Wählscheibe ab und lauschte auf ein Freizeichen, das auf wundersame Weise immer noch vorhanden war. Sie wählte die Nummer Ziffer für Ziffer. Beim dritten Klingeln antwortete eine Frau mit einem freundlich klingenden Hallo.

„Hallo, hier ist Sage Nichols von *B's Bed & Breakfast.*"

„Oh, bitte sagen Sie mir nicht, dass mit unserer Reservierung etwas nicht stimmt." Eine Stimme, die an Katies vor ihrem Zusammenbruch erinnerte, wurde lauter.

„Ähm", begann Sage.

„Nein, nein, nein, nein", rief die Frau. „Sie können die Reservierung nicht stornieren. Alles ist schiefgelaufen. Der Pfarrer bekam die Windpocken, das Restaurant, in dem wir unseren Empfang abhielten, brannte ab, und ich habe so viele Sahnetörtchen gegessen, dass mein Kleid nicht mehr passt."

Sage dachte über das Glück der Frau nach, oder besser gesagt, dessen Gegenteil. Es war wie bei Katie – wenn es in ihrem Leben nicht das Glück im Unglück gäbe, hätte sie überhaupt keines. Da sie der jungen Frau kein weiteres unerfreuliches Erlebnis bescheren wollte, traf sie eine spontane Entscheidung. Wie schlimm konnte ein Paar schon sein?

„Nein, mit Ihrer Reservierung ist alles in Ordnung. Ich rufe nur an, um Ihre Ankunft zu bestätigen." Sage hob ihren Blick vom Kalender auf dem Schreibtisch, um sich in dem Spiegel zu betrachten, der über dem Tisch hing. Ihre Augen hatten einen schönen violetten Farbton angenommen. Vielleicht würde das Paar ankommen, einen Blick auf sie werfen und in die entgegengesetzte Richtung davonlaufen.

„Oh, Gott sei Dank. Wir sehen uns dann am Freitag."

Sage war sich nicht sicher, ob sie die richtige Entscheidung getroffen hatte, aber sie hatte eine getroffen.

Gäste bedeuteten, sie brauchten ein Zimmer, also setzte sie ihren Rundgang durch das Haus fort. Ihr Weg eröffnete zwei Möglichkeiten: den Korridor nach links und den nach rechts. Sie entschied sich für rechts und hoffte, das würde sich als die richtige Entscheidung erweisen, denn irgendetwas musste heute richtig laufen, und wenn es nur eine Richtung war.

Sie steckte ihren Kopf in jedes Zimmer, während sie zum Ende des Flurs ging. Alle Zimmer hatten ein eigenes Bad. Die Einrichtung war im Stil einer Berghütte gehalten, mit Himmelbetten aus Holz und Steppdecken. Gehäkelte Überwürfe hingen über den Sesseln in den Ecken jedes Zimmers. Gemütlich. Warm. Einladend.

Alle Schränke waren leer, was bedeutete, dass dies die Gästezimmer sein mussten. Jedes hatte Zugang zu einer Terrasse mit Blick auf Cove Lake. Als die Sonne unterging, erwachten Lichter auf der glasähnlichen Oberfläche zum Leben und Rauchschwaden stiegen aus fernen Schornsteinen auf.

Der Frühling hatte kaum begonnen, was tauendes Eis bedeutete und Krokusse, die den Boden durchbrachen, aber die Kälte in der Luft verriet immer noch den Winter.

Zurück im großen Raum betrachtete sie den Kamin, wo Holzscheite und Zunder ordentlich in einer Kiste gestapelt waren. Schaute sie aus dem Fenster zu ihrer Linken, sah sie

Eisbrocken, die wie Eisberge über die ruhige Wasseroberfläche trieben.

Sie ging nach links in einen Flur, der offenbar zu Beas Privatbereich gehört hatte. Beim Betreten ihrer Räume fühlte es sich irgendwie an, als beginge sie Hausfriedensbruch, aber sie rief sich in Erinnerung, dass Bea es so gewollt hatte.

Die erste Tür öffnete sich zu einem Schlafzimmer, dessen Herzstück ein monströses Bett war, gebaut aus Baumästen. Es war ein wahres Kunstwerk. In das Holz eingebettet waren Schätze wie Muscheln und Fossilien und glänzende Steine. Wie in den anderen Zimmern lag eine handgefertigte Steppdecke ordentlich zusammengefaltet am Fußende des Bettes. Obwohl Sage wenig über Quilts wusste, schätzte sie die Arbeit, die in deren Herstellung steckte.

Hinter der nächsten Tür stand ein gepolsterter Sessel in der Ecke, in der Bücherregale mit dicken Kriminalromanen die Wände säumten. Auf einem Tisch in der gegenüberliegenden Ecke befand sich ein kleiner Fernseher. Die Art mit Röhren und einem Knopf zum Umschalten der Sender. Es war offensichtlich, dass Bea Bücher mehr liebte als Spielfilme.

Neben dem Sessel gab es eine Reihe von Fotografien – insgesamt fünf. Ein acht-mal-zehn Bild von Bea und ihrem Mann an ihrem Hochzeitstag. Ihr blondes Haar fiel über ihre Schultern bis hinunter zum herzförmigen, mit Spitzen besetzten Ausschnitt. Ihr Mann sah in einem Smoking und den glatt zur Seite gekämmten Haaren sehr elegant aus. Er schaute Bea verliebt an. Sie vermutete, dass dieser Blick am Hochzeitstag zu erwarten war.

Würde ein Mann sie jemals so ansehen?

Um das größere Bild herum waren vier kleinere Fotos

angeordnet. Das Erste zeigte ein Kleinkind mit dicken rosa Wangen, braunen Haaren und braunen Augen. Das Zweite war ein kleines Mädchen, das vor einer Geburtstagstorte mit sechs brennenden Kerzen saß. Bea und ihr Mann standen mit gespitzten Lippen hinter der Kleinen, um ihr beim Ausblasen zu helfen. Sage betrachtete das Kind und seine Eltern und erkannte, dass Bea eine ältere Mutter gewesen war – vielleicht in den Vierzigern, als sie ihre Tochter zur Welt brachte.

Das dritte Foto sah aus wie von einem Abschlussball der Highschool, mit demselben Mädchen, nur älter, das sich an ihren Begleiter lehnte. Es war ein großer junger Mann, der sie ansah, als wäre sie der einzige Mensch auf Erden. Das letzte Bild zeigte dasselbe Mädchen, das jetzt eine junge Frau war. Sie saß und hatte einen Quilt auf ihrem Schoß, und bei näherem Hinsehen erkannte man, dass Beas Tochter nicht die Wärme der Steppdecke genoss, sondern sie nähte. Es war der Quilt, der am Fußende von Beas Bett lag. Offensichtlich war es ein Geschenk der Liebe.

Es tat ihr weh zu wissen, dass dies Beas Tochter war. Der Schmerz, den sie ertragen hatte, um diesen Verlust zu überleben, musste unbeschreiblich gewesen sein. Der Kummer über die Menschen, die sie geliebt und verloren hatte, verließ Sage nie.

Dies war Beas privates Reich, ihr Heiligtum, und sie hatte das Gefühl, dass es ihr nicht zustand, hier einzudringen. Sie verließ den Raum und schloss die Tür, um zu Otis zurückzukehren. Eine weitere Tür in der Nähe der Fensterwand führte sie in die Landhausküche. Auf dem Küchentresen stand eine altmodische Kaffeemaschine, wie sie ihre Großmutter benutzt hatte. Sie durchsuchte die Schränke auf der Suche nach Kaffee. Kein *Starbucks* für Bea. Es gab nur Kaffee der Marke *Folgers*. Sie stellte die Maschine an und ging hinaus, um einige ihrer Sachen aus dem Auto zu holen.

Sie würde nicht bleiben, rief sie sich in Erinnerung. Sie würde lange genug hier sein, um Katie dabei zu helfen, die Bäckerei auf Vordermann zu bringen und die Jungvermählten durch ihr romantisches Wochenende zu begleiten. Danach würde sie fortgehen.

Ihre wichtigste Entscheidung an diesem Abend würde sein, wo sie schlafen sollte. Sie entschied sich für das erste Zimmer am Ende des Gästekorridors wegen seines einfachen Zugangs. Warum ihre Sachen weiter schleppen als nötig, wenn sie sowieso bald wieder zusammenpacken und abreisen würde?

Zurück in der Küche füllte sie Otis eine Schüssel mit Trockenfutter und schenkte sich selbst eine Tasse faden Kaffees ein.

Sie suchte die Post zusammen und machte es sich auf der Couch bequem, um Beas Korrespondenz zu sortieren. Sie warf die unwichtigen Sachen auf den Kaffeetisch und legte die wichtigen, die eingehender begutachtet werden mussten, zurück in den Korb. Das letzte Schriftstück in ihrer Hand war eine an den derzeitigen Bewohner adressierte Postkarte. Es war eine Anzeige eines Immobilienmaklers, der an dem Objekt interessiert war. Sage betrachtete dies als ein Zeichen, zückte ihr Handy und hinterließ eine Nachricht. Sie nannte ihren Namen und ihre Adresse und bat den Makler, vorbeizukommen und sich umzusehen.

Ihr nächster Anruf galt Lydia, die beim ersten Klingeln abnahm. „Ich wollte gerade ein Suchteam nach dir losschicken. Du hast gesagt, du rufst an, wenn du da bist."

Wie erzählte sie ihrer Schwester am besten, dass ihr Tag nicht ganz so gelaufen war wie geplant? Sie ging einfach an die Sache heran, wie an eine Patientenakte. Es würde keine Beschönigungen geben. Nur Fakten.

„Ich bin in einer Geisterstadt angekommen. Habe eine Freundin gefunden. Habe mir einen Feind gemacht. Habe eins auf die Nase bekommen. War beim Doktor der Stadt. Rief meine erste zahlende Kundin an, um ihren Aufenthalt zu bestätigen. Habe abscheulichen Kaffee gemacht. Dann das Haus inspiziert, und jetzt rede ich mit Dir."

„Das klingt ja großartig", sagte sie, als hätte Sage ihr nicht gerade erzählt, dass sie angegriffen worden war. „Wie ist der Arzt?"

„Oh, du meinst den, der meine gebrochene Nase gerichtet hat?" Sage legte ihre Füße hoch auf den Tisch, der aus einem Baumstamm gefertigt war. „Er ist alt, aber fähig. Er betreibt eine Praxis hinter einer Drogerie, die tatsächlich eine gute Auswahl an rezeptfreien Medikamenten und ein ausgezeichnetes Sortiment an Süßigkeiten hat. Er verkauft sogar diese neuen Erdnussbuttertörtchen von *Butterfinger* und saure Gummibärchen."

„Das klingt ja himmlisch."

„Oh. Mein. Gott. Hörst du mir überhaupt zu? Ich bin in der Hölle. Du würdest es für eine feurigglühende Grube im Mittelpunkt der Erde halten, aber das stimmt nicht. Es ist eine kleine Stadt in den Bergen von Colorado."

„Aufgegeben wird noch nicht. Ich habe Matthew McConaugheys Agenten angerufen und ihm gesagt, dass ich ein Zimmer zu vermieten habe."

„Das ist kein Scherz, Lydia. Ich komme nach Hause."

„Aber nicht heute Nacht, meine Liebe. Ich habe Adam bereits eine Textnachricht geschrieben und ihm gesagt, dass ich nackt im Bett warten würde."

„Ist er auf dem Weg nach Hause?"

„Nein, er übernimmt eine Schicht für jemanden." In

ihrer Stimme schwang Resignation und Verärgerung mit. „Wir werden uns morgen im Flur begegnen."

„Das tut mir leid."

„Mir auch." Lydias Stimme wurde leise. „Ruf mich bald wieder an, Schwesterchen. Ich freue mich, dass dort alles so gut klappt." Sie legte auf, ohne Sage die Möglichkeit zu geben, zu antworten.

Sie war sich nicht sicher, ob sie durch ihr Telefon greifen sollte, um ihre Schwester zu schütteln oder zu umarmen. Lydia wollte ihr nur Mut machen, damit sie Aspen Cove eine echte Chance geben würde, aber wozu Zeit verschwenden? Hier gab es nichts für sie. Keine Möglichkeit für einen Neuanfang. Kein *Starbucks*. Und keine Chance auf Liebe.

Sie sehnte sich danach, verliebt zu sein, aber vielleicht war Liebe nicht so gut, wie sie in ihrer Vorstellung sein sollte. Ihre Schwester war verliebt und einsamer als sie. Sie fand ihr wunderschönes Fellbaby in der Küche vor, das gerade seine Mahlzeit beendete. Sie klopfte leicht auf ihren Oberschenkel und er folgte ihr in ihr Zimmer. Das war echte Liebe.

KAPITEL ZWÖLF

Sage wachte von einer Pfote im Gesicht auf. An jedem beliebigen Tag war es schön, so den Morgen zu begrüßen, aber nicht heute.

„Oh, verdammt, Otis." Sie befühlte ihre Nase. Aus Angst, sie würde wieder bluten, glitt sie aus dem Bett und in ihre Hausschuhe hinein, um ins Badezimmer zu sprinten. In der Gewissheit, dass ihr eine blutige Überraschung bevorstand, zog sie ihre Hand langsam weg. Ihre Augen waren schwarz und blau und der Nasenrücken hatte die Farbe ihres Lieblingscabernets, aber es war kein Blut zu sehen.

Otis saß zu ihren Füßen und wirkte reumütig, oder vielleicht war er auch nur hungrig. „Es ist okay, mein Großer, ich werde es überleben. Willst du Gassi gehen?"

„Gassi gehen" rief die gleiche Reaktion hervor wie das Wort „Leckerli". Der Hund tänzelte und tollte herum, bis sie die Tür öffnete und ihn in den großen Raum führte.

Hinter den Fenstern spiegelte der See einen wolkenlosen Himmel wider. Nur das Plätschern der fressenden Fische durchbrach die glasähnliche Oberfläche. Sie goss sich eine Tasse Kaffee vom Vortag ein und stellte sie in die Mikrowelle, bevor sie die Hintertür aufstieß.

Otis sprang vorwärts und rannte los wie ein Windhund, der ein Kaninchen jagt. Sage machte einen Schritt und stolperte über einen herumliegenden Körper.

Sie strauchelte, konnte sich aber am hölzernen Geländer festhalten, das über die gesamte Länge der Veranda verlief. Sie betrachtete den alten Mann, der draußen lag, wie ein Teppich. Er ächzte und rollte sich zur Tür, wobei er sein Gesicht an das Holz presste. Es war ihr Nachbar, Ben Bishop.

Sie würde ihn auf keinen Fall anfassen, es sei denn mit einem Stock – einem langen Stock. Sein Schlag auf ihre Nase war noch zu frisch, um ihn vergessen zu haben, und sie war kein Freund körperlicher Gewalt.

Nachdem Otis sein Geschäft verrichtet und am Ufer des Sees einen Vogel gejagt hatte, stiegen beide über Ben hinweg und gingen zurück in die sichere Küche.

Sie war hin- und hergerissen, was sie mit ihrem unerwarteten Gast machen sollte. Sollte sie ihm Frühstück servieren? So tun, als wäre er nicht da und hoffen, dass er aufwachen und weiterziehen würde? Sollte sie ihm ein Kissen und eine Decke bringen und ihn seinen Rausch ausschlafen lassen?

Nach ein paar Sekunden inneren Abwägens wurde ihr klar, dass ein ohnmächtiger Betrunkener nicht ihr Problem war. In Denver war das ein Polizeiproblem. Sie warf Ben einen letzten Blick zu und griff zum Telefon, um die Polizei anzurufen.

„Sheriff Cooper, ist das ein Notfall?"

Sie hielt eine Sekunde lang inne, um seine Begrüßung zu verarbeiten. Der Sheriff ging selbst ans Telefon.

„Hallo?" Die tiefe Stimme vibrierte durch die Leitung.

„Ähm, ja. Hier ist Sage Nichols am 1 Lake Circle. Ben Bishop liegt ohnmächtig auf meiner Veranda."

„Und?" Seine Stimme verriet keinerlei Besorgnis.

Sie erkannte, dass kein Leben in Gefahr war, außer vielleicht das von Ben, falls er in aggressiver Stimmung aufwachte. „Sie müssen kommen und ihn von meiner Veranda schaffen."

„Miss Nichols, wenn Sie wissen, dass es Ben Bishop ist, dann wissen Sie auch, dass er nebenan wohnt. Gehen Sie und sagen Sie Cannon Bescheid, und er wird rüberkommen und seinen Vater abholen."

„Nein, ich habe nicht vor, ihn zu holen. Er ist gefährlich."

Sheriff Cooper lachte. „Sie beschuldigen Cannon Bishop, gefährlich zu sein?"

Sie starrte den Mann an, der auf ihrer Veranda lag. „Ist das eine so verrückte Vorstellung?"

„Kennen Sie Cannon?"

Sie nahm ihren Kaffee aus der Mikrowelle, ging in den großen Raum und setzte sich auf das Sofa. „Nicht persönlich, aber ich habe ihn in Aktion gesehen, und ich habe Grund zur Annahme, dass er gewalttätig ist."

„Sie glauben, Cannon ist gewalttätig?" Ein lauteres Lachen erfüllte ihre Ohren.

„Ja, ich war Zeuge, wie er gestern seinen Vater misshandelt hat, und ich werde ihn nicht anrufen."

Es war gut, dass sie nicht in der Stadt blieb. Was nützte ein Sheriff, wenn er ernst zu nehmende Beschwerden ignorierte? Es mochte eine Geisterstadt sein, aber sie war auch gesetzlos.

Der Sheriff stieß einen Atemzug aus, der in seiner Kehle vibrierte und sich dort in ein Grummeln verwandelte. „Ich werde gleich bei Ihnen sein. Lassen Sie ihn einfach in Ruhe und tun Sie sich selbst einen Gefallen und fassen ihn nicht an."

Keine Sorge.

Dreißig Minuten später öffnete Sage die Tür und fand einen gepflegten Mann vor, der von Kopf bis Fuß in Braun gekleidet war. Auf seiner Brust prangte ein goldener Stern.

Nachdem er seinen Blick von ihren Verletzungen losgerissen hatte, streckte er ihr seine Hand entgegen, um ihre zu schütteln. „Ich bin Sheriff Aiden Cooper. Willkommen in Aspen Cove."

Sie musterte ihn misstrauisch. Konnte sie jemandem vertrauen, der ihr im Grunde genommen sagte, sie solle seinen Job machen? Er hätte einem Filmcasting für „Bonanza" oder einem anderen Cowboyfilm aus dem letzten Jahrhundert entsprungen sein können, außer, dass Sheriff Cooper gewaschen und seine Uniform gebügelt war.

„Sie haben da ein ziemliches Veilchen. Wie haben Sie sich das denn angelacht?"

Sie machte einen Schritt zur Seite, um den Mann eintreten zu lassen. Otis schnüffelte an seiner Hose und zog sich dann dorthin zurück, was er bereits als seinen Sessel in Beschlag genommen hatte.

„Das habe ich von Ben." Sie schloss die Tür hinter ihnen. „Es war ein Willkommensgeschenk für eine neue Nachbarin." Sie versuchte, ihre Stimme zu beherrschen, aber sie war ironisch und schnippisch.

Der Sheriff betrachtete sie mit einem undefinierbaren Ausdruck. Die meisten Menschen würden ihn als gut aussehend bezeichnen, wenn man große, düstere und gefährlich aussehende Typen mochte. Eines musste man Aspen Cove lassen, es gab tatsächlich hübsche Männer. Sogar Doktor Parker war auf seine Verrückte-Professor-Art attraktiv.

„Das ergibt mehr Sinn, als dass Cannon gefährlich ist." Sein Nicken bekräftigte seine Worte.

„Ich kam gegen Ende einer Schlägerei dazu. Ich überraschte Ben und er holte aus. Es war nicht seine Schuld."

Sie führte ihn durch die Küche und zeigte auf die Tür.

„Sie sind nicht die Erste, die Begegnung mit Bens Faust gemacht hat. Wollen Sie Anzeige erstatten?"

Sie schüttelte den Kopf. „Nein, er ist ein bedauernswerter alter Mann." Sie öffnete die Tür und bemerkte, dass er sich keinen Zentimeter bewegt hatte. Ohne das Heben und Senken seiner Brust hätte sie ihn für tot gehalten. „Schauen Sie ihn an. Er ist eine wandelnde Leiche. Er ist unterernährt, schmutzig und seine Haut ist fahl und schlaff. Sie bieten hier doch sicher irgendwelche Maßnahmen an, um älteren Menschen zu helfen."

Der Sheriff blickte auf Ben hinunter und schloss dann die Tür. „Ich hole ihn von Ihrer Veranda und bringe ihn zu seinem Haus, aber Sie müssen ein paar Dinge über ihn und diese Stadt verstehen." Er lehnte sich an den Küchentresen und setzte einen Stiefel vor den anderen. Er sah entspannt aus, als hätte er schon viele Male zuvor in genau dieser Position in dieser Küche gestanden.

„Ich weiß nur, was ich gesehen habe. Cannon hielt den Mann am Boden fest. Er war der Angreifer."

Der Sheriff verschränkte die Arme vor seiner breiten Brust. „Die Dinge sind nicht immer so, wie sie scheinen."

„Dann erklären Sie mir doch mal, Sheriff, wie die Dinge hier in Aspen Cove genau sind?" Sie stemmte ihre geballten Fäuste in die Hüften. Es machte sie wahnsinnig, wenn Menschen das schlechte Verhalten anderer rechtfertigten. Sie war dazu erzogen worden, die Welt realistisch zu betrachten. Sie trug keine rosarote Brille, außer natürlich, es ging um die Menschen, die sie liebte, aber sie empfand nichts für die Menschen dieser Stadt. Dies war eine Schwarz-Weiß-Situation, keine Grauzone. Ben war ein klassischer Fall von Missbrauch an älteren Menschen. „Ich bin seit weniger als vierundzwanzig Stunden hier und wurde angegriffen. Auf meiner Veranda liegt ein Mann, der Hilfe braucht, und als ich Sie angerufen habe, rieten Sie mir, ich solle den Mann holen, der die größte Bedrohung darstellt."

„Auch hier denke ich, dass Ihre Befürchtungen unbegründet sind." Er nickte Richtung Tür. „Das ist Ihr Angreifer. Wenn Sie gesehen haben, wie Cannon seinen Vater festhielt, dann nur, um sie beide zu beschützen. Dieser Junge ist normalerweise das Ziel von Bens Fäusten, also ist Ihre Sorge um ihn, obwohl sehr nett, fehlgeleitet."

„Aber er ist alt und gebrechlich."

„Er ist sechsundfünfzig und gebrechlich, weil er sich von Alkohol ernährt. Er ist bösartiger als ein nasser Kater, und der einzige Grund, warum er noch am Leben ist, ist Cannon."

Sage wusste, was sie gesehen hatte, aber sie wollte sich nicht mit einem Mann streiten, der ihr mehr Probleme bereiten als Vorteile bieten konnte.

„Brauchen Sie sonst noch etwas von mir?" Sie war weniger als eine Stunde auf den Beinen und wollte sich nur noch ins Bett verkriechen und den Tag vergessen. „Muss ich etwas unterschreiben?"

Der Sheriff stieß sich vom Tresen ab und ging zur Tür. „Nicht nötig. Ich werde mich um ihn kümmern. Diese Stadt kümmert sich um ihre Mitbürger. Wir ignorieren keine Nöte, wenden uns nicht von Gefahren ab oder vernachlässigen unsere Einwohner. Aber man kann niemanden retten, der sich nicht selbst retten will." Er öffnete die Tür und trat hinaus.

Sie hatte in den letzten Tagen viel über das Retten von

Menschen gehört. Wenn Ben vorhatte, sich zu Tode zu trinken, konnte sie ihn kaum davon abhalten. Trotzdem schwor sie sich zu helfen, wo immer sie konnte, während sie in der Stadt war. Vielleicht brauchte er eine warme Mahlzeit oder eine Dusche, starken Kaffee oder ein offenes Ohr. Das waren Dinge, die sie anbieten konnte. Was Cannon anging, würde sie versuchen, unvoreingenommen zu sein. Vielleicht hatte sie ihn falsch eingeschätzt. Es war unwahrscheinlich, aber sie musste die Möglichkeit in Betracht ziehen.

Sie wünschte, Bea hätte ihr eine kurze Biografie über die Stadtbewohner hinterlassen, aber andererseits ließ sie das Wenige, das sie über Bea wusste, vermuten, dass diese wollte, dass sie ihre eigenen Schlussfolgerungen zog. Sie war sogar überzeugt davon, dass Bea enttäuscht sein würde, dass sie die Stadtbewohner bereits verurteilt hatte.

Um ehrlich zu sein, hatte sie für diese Einschätzung keinen Tag gebraucht, und das war wirklich kaum Zeit genug, um irgendetwas zu entscheiden. Jeder hatte schlechte Tage. Schade nur, dass ihre auch die von Cannon zu sein schienen.

Durch das große Fenster sah sie zu, wie der Sheriff Ben, über seine Schulter gelegt, nach nebenan trug. Sie ging zu ihrem Kaffee zurück und zog einen weiteren Schokoriegel aus ihrer Handtasche. Wenn sie ein paar Tage blieb, brauchte sie unbedingt etwas Richtiges zu essen.

Beim Durchwühlen von Beas Schränken fand sie nichts weiter als Hühnersuppe und Kräcker. Wenn sie es nicht so eilig hätte, würde sie sich hinsetzen und einen Teller essen, aber sie hatte eine Stunde, um sich fertig zu machen und zum Friedhof zu fahren, und in Anbetracht des Zustands ihres Gesichts würde sie jede Minute brauchen, um die Blutergüsse zu kaschieren.

In der nächsten halben Stunde bewies sie, dass ihr Talent definitiv nicht im Auftragen von Make-up oder Spezialeffekten lag. Sie hatte das Klebeband entfernt und alles abgedeckt, was ihr möglich war, aber als sie das Haus verließ, sah sie immer noch aus wie ein Preisboxer, allerdings ohne den Preis.

KAPITEL DREIZEHN

Hinter einem Dutzend Lastwagen geparkt, stieg Sage aus ihrem Geländewagen und bearbeitete ihre schwarze Hose mit einer Fusselrolle. Hunde mit goldfarbenem Fell und dunkle Kleidung waren keine gelungene Kombination. Sie wäre klug gewesen, in 3M-Aktien zu investieren, angesichts ihres riesigen Verbrauchs an Klebeband, aber im Nachhinein war man immer schlauer.

„Warten Sie“, rief eine leise Stimme hinter ihr.

Als sie sich umdrehte, sah sie Katie, die ihr entgegenlief und eher wie ein Model gekleidet war, als eine verarmte Bäckereibesitzerin.

„Hey, Sie haben es geschafft.“ Sie hatte ihre Verletzung so gut wie vergessen, aber der entsetzte Ausdruck auf Katies Gesicht rückte sie wieder in den Mittelpunkt.

„Was zum Teufel ist denn mit Ihnen passiert?“ Katie hob ihre Hand, um Sages Nase zu berühren.

„Nicht anfassen.“ Ihre Stimme war messerscharf und ließ Katie zurückschrecken. „Tut mir leid, Sie so anzuschnauzen, aber es tut sehr weh.“

„Es sieht fürchterlich aus.“ Ihre Augen wurden riesig.

„Na, vielen Dank auch.“ Sage bedeckte ihre Verletzung mit der flachen Hand. Sie hatte gehofft, nicht aufzufallen, aber als sie Katies Reaktion sah, wusste sie, dass das nicht funktionieren würde.

„Ich will Ihnen nicht zu nahe treten, aber wie geht es denn Ihrem Gegner?“

Sie dachte an Ben. „Beinahe tot.“

Katie hob die Hand zu einem gegenseitigen Abklatschen. „Gut gemacht.“ Sie griff in ihre Handtasche und holte eine übergroße Sonnenbrille heraus – die Art, wie sie Filmstars trugen, wenn sie nicht erkannt werden wollten, was eigentlich unsinnig war, denn Sonnenbrillen dieser Größe schrien ja förmlich: *Schaut mich an*. „Setzen Sie die einfach auf. Sie wird die Veilchen verstecken.“

Sage platzierte sie vorsichtig auf ihrem Nasenrücken. „Was würde Bea sagen, wenn sie mich jetzt sehen könnte?“

Katie zuckte mit den Schultern. „Da kann ich Ihnen leider nicht helfen.“ Sie musterte sie noch einmal gründlich, bevor sie weiter den Schotterweg hinaufgingen. „Was ist denn wirklich passiert?“

Was sollte sie Katie sagen? Es war offensichtlich, dass sie Aspen Cove eine Chance geben würde, und es wäre nicht gut, ihre Meinung über die Stadt oder deren Bewohner zu beeinflussen. Katie stand vor genug Herausforderungen und sollte sich nicht zusätzlich Gedanken über einen alten Mann machen, der aggressiv sein könnte oder auch nicht.

„Es war ein dummer Unfall. Ich bin in etwas hineingelaufen.“

„Was Sie nicht sagen.“

Sie gingen weiter zum Grab, wo der Gottesdienst stattfand, hielten sich aber abseits. Es waren viele Leute da, um

Bea die letzte Ehre zu erweisen. Die Menge war so dicht gedrängt, dass sie den Sarg kaum sehen konnten.

Sage zählte schnell die Anwesenden, aber verlor nach den ersten hundert den Überblick. Sie hatte sich in Bezug auf die Einwohnerzahl von Aspen Cove geirrt, und vielleicht hatte sie sich auch in anderen Dingen geirrt, einschließlich Cannon. Sie suchte die Menge ab und fand ihn ganz vorne, wo die Familie stehen würde. Er hatte einen identischen Satz blau geschlagener Augen – höchstwahrscheinlich ein Geschenk seines Vaters.

Sie beobachtete, wo jeder Stadtbewohner genau stand und fragte sich, ob es irgendeine Rangordnung gab. Hatte Cannon Bea nahegestanden? Neben ihm stand Doktor Parker, der sie lange gekannt und ein Faible für die freundliche Frau gehabt hatte. Zu seiner Rechten befand sich der Sheriff.

Die schwangere Frau, die sie mit ihrer Kinderschar auf der anderen Straßenseite gesehen hatte, war ein paar Reihen vor Sage, aber nicht in Begleitung ihrer Kinder. Sage fragte sich, ob auch sie vielleicht ein Fan von 3M-Produkten war. Vielleicht hatte sie Klettverschluss oder Klebeband anstelle eines Babysitters verwendet, während sie den Gottesdienst besuchte.

Katie beugte sich vor und sagte: „Schauen Sie sich diese vielen Leute an. Woher sind die alle gekommen?"

Während Sage über Klebeband nachgedacht hatte, waren weitere zwanzig Leute eingetroffen.

Ein Mann stand auf einer Holzkiste, damit man ihn über die Menge hinweg sehen konnte. Da er ein Priesterhemd trug, nahm sie an, dass er in offizieller Funktion dort war. Er begann mit einem Gebet, aber das war auch schon alles, was an Religion erinnerte.

„Bea Bennett war eine sture alte Ziege", sagte er. „Sie

war auch eine liebevolle Nachbarin, eine gute Frau und eine wunderbare Freundin.“ Er zog ein rosafarbenes Blatt Papier aus seiner Bibel und öffnete es. „Dies waren Beas letzte Wünsche.“ Mit einem Schütteln seiner Hand öffnete er die dreifach gefaltete Seite. „Normalerweise nie um Worte verlegen, war Bea auch ziemlich direkt in Bezug auf ihre letzten Wünsche.“ Er zog eine Brille aus der Tasche seines frisch gebügelten, schwarzen Hemdes. „Ich will euch nicht an meinem Grab. Geht alle in *Bishop's Brewhouse.* Trinkt auf mein Wohl. Vergießt keine Träne und betrauert meinen Tod nicht. Lacht stattdessen und feiert mein Leben. Teilt eine Erinnerung. Bringt Essen mit. Bewegt euch.“

Alle schienen auf mehr zu warten. Der Pfarrer räusperte sich.

„Jeder hier ist ein Empfänger von Beas Großzügigkeit. Auch wenn dies nicht Teil von Beas Begräbnisplänen ist, möchte ich euch 1. Timotheus 6:18 mit auf den Weg geben: „Sag ihnen, sie sollen ihr Geld verwenden, um Gutes zu tun. Sie sollten reich an guten Werken sein und den Bedürftigen großzügig geben und immer bereit sein, mit anderen zu teilen, was Gott ihnen gegeben hat.“

Sie ließen Bea in die Erde hinab, und eine Handvoll Erde wurde liebevoll auf ihren Sarg gestreut. Der Pfarrer stieg vom Holzpodest herunter und der Sheriff betrat es. „Cannon öffnet die Bar früher als gewöhnlich für die Feier von Beas Leben. Kommt vorbei, trinkt und esst gemeinsam und erzählt Geschichten.“

Sage und Katie blieben zurück und ließen die Menge an sich vorbeiziehen. Als diese sich langsam lichtete, gingen sie den unbefestigten Weg hinunter zu ihren Autos.

Eine Hand legte sich auf Sages Schultern, und als sie sich umdrehte, entdeckte sie Doktor Parker. Er sah an Sage vorbei zu Katie. „Sie müssen Katie sein. Wie fühlen Sie sich?"

Es kam Sage seltsam vor, dass der Doktor eine Fremde fragte, wie sie sich fühlte, aber andererseits standen sie auf einem Friedhof und er war Arzt, also gehörte es wahrscheinlich zu seinen normalen Gepflogenheiten.

„Gut, danke."

Der Doktor stellte sich vor und Katie schenkte ihm ein warmes Lächeln.

„Ihr Mädels kommt doch auch, oder?"

Sie schüttelten den Kopf.

Sage sprach zuerst. „Da gehöre ich nicht wirklich hin. Ich denke, das ist eher ein Zusammensein von Menschen, die sie gut kannten." Sie schaute Katie an, die mit einem Nicken zustimmte. „Außerdem habe ich nichts, was ich beitragen könnte."

Die Augen des Doktors verengten sich zu schwarzen Punkten. „Sie hat genug von Ihnen gehalten, um Ihnen alles zu hinterlassen, also nehme ich an, Sie können ein paar Minuten für sie erübrigen." Er eilte voraus. Über seine Schulter sagte er: „Was das Essen betrifft, werden die Leute von Aspen Cove genug mitbringen, um eine ganze Armee zu verpflegen. Sie haben keine Ausrede."

KAPITEL VIERZEHN

Cannon zapfte mehrere Krüge Bier aus der Anlage, während Dalton und einige der jüngeren Männer der Stadt Tische an die Wand schoben, für das Essen, das mitgebracht werden würde, denn nichts drückte „Lebwohl“ so gut aus wie ein Thunfischauflauf.

Er beobachtete, wie die Leute in die Bar strömten, bis es nur noch Stehplätze gab.

„Hat dein Vater dich wieder geschlagen?“, fragte Bobby Williams.

„Ja, aber genug von mir. Hast du keine Autos zu reparieren oder Babys zu zeugen?“ Cannon kam es so vor, als ob der Mann vor ihm an einer ganzen Fußballmannschaft arbeitete. Die arme Louise hatte ihre Zehen seit fast acht Jahren nicht mehr gesehen.

„Babys zu machen bringt mehr Spaß als Wiederholungen anzusehen.“

„Du hattest seit zehn Jahren kein Kabelfernsehen mehr.“ Cannon reichte seinem Freund einen Krug und ein Glas.

Ein verschmitztes Lächeln breitete sich auf Bobbys

Gesicht aus. „Du solltest eine Frau finden und Babys machen."

„Ich verzichte. Frauen bedeuten Ärger und Babys sind teuer und ich habe sowieso schon alle Hände voll zu tun." Er zog eine Rolle mit 25-Cent-Stücken aus der Kasse und bat Bobby, sie auf die Jukebox zu legen.

Seinen Blick auf den Eingang geheftet, versuchte er sich einzureden, dass er nur sehen wollte, wer kommen würde, um Bea die Ehre zu erweisen, aber das war eine Lüge. Seine Augen waren auf die Tür gerichtet und suchten nach einer kleinen rothaarigen Frau.

Jemand warf einen Vierteldollar in die Jukebox und wählte D-34, „The Dance" von Garth Brooks. Cannon ging ins Hinterzimmer, um ein paar Pakete Taschentücher zu holen, denn wenn dieses Lied irgendetwas auslöste, dann waren es Tränen.

Sheriff Cooper kam herein und steuerte direkt auf die Bar zu. Cannon schenkte ihm eine Tasse Kaffee ein. Obwohl der Mann ein paar Bier herunterstürzen konnte, trank er nie im Übermaß und nie im Dienst. Tatsächlich hatte er Coop noch nie betrunken gesehen.

Mark Bancroft, sein Hilfssheriff, folgte ihm. Er war jung, ungefähr vierundzwanzig und noch grün hinter den Ohren, aber Coop hatte ihm eine Teilzeitstelle angeboten, als Mark nach vier Jahren in der Armee wieder nach Aspen Cove zurückkehrte. Die Einwohner von Aspen Cove kümmerten sich um ihre eigenen Leute.

Er wandte der Menge den Rücken zu und widmete seine ungeteilte Aufmerksamkeit Mike, einem einäugigen Straßenkater, der sich in der Ecke der Bar niedergelassen hatte. Er hatte das arme Ding in einem Müllcontainer in Copper Creek gefunden, vor dem Spirituosen-Discounter, wo er die Vorräte einkaufte.

Mike hatte keine Verletzung. Er wurde einfach ohne Auge geboren, aber für einen einäugigen Kater war er ein ausgezeichneter Mäusefänger.

„Hallo, Freundchen. Hast du heute was gefressen?" Er zog eine Schachtel mit Mikes Lieblingsleckereien aus dem Schrank und stellte ein paar vor ihn hin. Der Kater sah ihn an, als hätte er den Verstand verloren, weil er es mochte, wenn seine Leckereien um die Theke herum versteckt waren. Es war eine Art Spiel mit ihnen. Mike arbeitete gerne für sein Essen. „Tut mir leid, aber heute sind zu viele Leute hier." Cannon kratzte Mike am Kopf, drehte sich um und sah das Mädchen, das alle Sage nannten, am Ende der Bar stehen. Ihre Augen waren mit einer lächerlich großen Brille bedeckt, was bedeutete, dass sein Vater seine Spuren hinterlassen hatte.

Obwohl er sie gestern angeschnauzt hatte, fühlte er sich heute schlecht, weil er im Nachhinein erkannte, dass sie nur versucht hatte, zu helfen. Es war ein undankbarer Job, der ihm seit Jahren aufgebürdet war.

„Kann ich ein Bier bekommen?" Ihre Stimme war leise und unsicher. „Egal, welches."

Er holte einen gefrosteten Becher aus der Gefriertruhe unter der Theke. „Lieber hell oder dunkel?"

Sie starrte ihn eine Minute lang an. Ihr Blick konzentrierte sich auf seine Nase und den violetten Schatten unter seinen Augen.

„Ich bevorzuge dunkel." Sie glitt auf den leeren Barhocker und nahm ihre Brille ab.

Er zuckte angesichts ihrer Verletzung zusammen. „Es tut mir so leid, dass Sie gestern einen Schlag abbekommen haben."

Sie strich mit den Fingerspitzen über die Haut unter

ihren Augen. „Oh, das ist schon okay. Es ist schmerzhafter, als es aussieht." Sie schenkte ihm ein halbherziges Lächeln.

„Es sieht ziemlich schrecklich aus."

„Ich habe versucht, es zu kaschieren, aber mit meinen Make-up-Fähigkeiten ist es leider nicht weit her." Sie beugte sich vor, um seine Verletzung besser begutachten zu können. „Wir könnten Zwillinge sein."

Er goss ihr einen halben Liter „Amber Bock" ein und stellte das Glas vor sie hin. „Wenn das so wäre, bin ich der Hässliche von uns beiden." Er lächelte und hoffte, dadurch freundlich und sympathisch zu wirken.

„Ich glaube, unser Kennenlernen stand unter keinem guten Stern." Sie wischte ihre Hand an ihrer Hose ab und reichte sie ihm. „Ich bin Sage Nichols und im Moment Ihre neue Nachbarin."

Er trocknete seine Hand an einem Handtuch ab und nahm ihre kleine in seine. Hätte er seine Hand geschlossen, wäre ihre nicht mehr zu sehen gewesen. „Ich bin Cannon Bishop. Nett, Sie kennenzulernen."

Sie sah Mike an, der ausgestreckt neben der Kasse lag. Sein orangefarbener Schwanz schlug träge hin und her.

„Ihre Katze hat nur ein Auge."

Er legte seinen Finger an die Lippen. „Pst, er weiß nicht, dass er anders ist."

Als sie lächelte, taute sein eisiges Herz auf.

KAPITEL FÜNFZEHN

Sage wünschte sich so sehr, Cannon Bishop nicht zu mögen. Es war einfacher, ihn für einen schrecklichen Menschen zu halten, als für einen freundlichen, der sich um einen einäugigen, getigerten Kater kümmerte. „Wie heißt er?" Sie nippte an ihrem Bier und ließ das kühle Prickeln der Kohlensäure ihre Kehle hinabgleiten.

„Mike, nach ‚Die Monster AG'. Der Kater erinnerte mich an die einäugige Zeichentrickfigur. Albern, ich weiß, aber ‚Mike' war ein besserer Name als ‚Zyklop'."

Sie lachte und spuckte fast ihr Bier über die Theke. „Ich finde, der Name passt perfekt zu ihm. Außerdem liebe ich diesen Film, obwohl ich ‚Boo' lieber mag als alle anderen Monster."

Wieder ergab nichts an Cannon einen Sinn für sie. Er wirkte schroff und unfreundlich, aber das passte nicht zu dem Mann, der einen Kater mit einer leichten Behinderung liebte. Sie hasste es, dass sie ihn mochte. „Sie wirken nicht wie jemand, der Zeichentrickfilme mag."

„Sie haben mich also bereits durchschaut, obwohl wir uns kaum kennen?" Beim Anheben seiner Brauen weiteten sich seine Augen und zeigten eine Farbmischung, die als Grün an der Pupille begann und am Rand zu einem Schieferblau verblasste.

„Ich will mir auf keinen Fall ein Urteil über Sie erlauben, Cannon. Ich kann nur von meiner Erfahrung ausgehen." Ihr erstes Kennenlernen war alles andere als angenehm gewesen. „Wie geht es Ihrem Vater?"

„Wie jeden anderen Tag. Er ist entweder betrunken oder verschwunden." Er wischte über die bereits saubere Theke.

„Kann ich irgendwie helfen?"

Sie bemerkte, wie sich bei der Erwähnung seines Vaters eine Mauer zwischen ihnen auftürmte.

„Nur, weil Sie in das Haus einer Heiligen gezogen sind, bedeutet das nicht, dass Sie ihre Flügel tragen dürfen." Er ging zum anderen Ende des Tresens und begann eine Unterhaltung mit dem Sheriff. Sie sahen ein paar Mal zu ihr herüber, was sie davon überzeugte, dass sie das Gesprächsthema war.

„Oh, mein Gott, haben Sie das hier probiert?" Katie zog einen Hocker an ihren heran. „Ich liebe einfach gute Aufläufe."

Sage sah auf den Teller herab, auf dem sich Nudeln, grüne gebackene Bohnen und eine Auswahl an Desserts auftürmten, die umfangreich genug war, um ein ganzes Dorf zu ernähren. „Naschkatze?"

„Es ist wichtig, die Konkurrenz zu kennen." Sie nahm einen Keks, biss hinein und verdrehte genießerisch die Augen. „So gut. Sie sollten sich etwas zu Essen holen."

Sage wusste, dass sie recht hatte. Alles, was sie gestern gegessen hatte, waren Süßigkeiten gewesen, also rutschte sie vom Hocker herunter und ging zu den Tischen, auf denen mindestens zwei Dutzend Aufläufe und ein halbes

Dutzend Pasteten standen. Nicht die im Laden gekauften, sondern die mit frischem Obst und selbst gebackenem Teig.

In diesem Moment vermisste sie ihre Großmutter umso mehr. Sie hatten in der Stadt gewohnt, weil Dotty Nichols wollte, dass ihre Enkelinnen alle Möglichkeiten hatten, aber es war ein Ort wie Aspen Cove, an den ihre Großmutter wirklich gehört hätte. In ihrem Herzen wusste sie, dass Dotty und Bea Freundinnen geworden wären, hätten sie sich kennengelernt.

Da sie keine weitere Person in Aspen Cove beleidigen wollte, gab Sage einen Löffel von jeder dargebotenen Speise auf ihren Teller. Auf dem Weg zurück zu Katie traf sie ein paar Einheimische – Frauen, die einer Fremden gegenüber warmherzig und aufgeschlossen waren.

Eine Imkerin namens Abby führte sie durch den Raum, um sie anderen vorzustellen, und als sie wieder bei Katie ankam, war sie von der allgemeinen Freundlichkeit überwältigt.

Kaum war sie wieder auf den Hocker geklettert, als Doktor Parker an ein Glas klopfte, um die Aufmerksamkeit der Menge auf sich zu ziehen.

„Wenn es nach Bea gegangen wäre, hätte sie noch hundert Jahre gelebt, weil sie diese Stadt und alle darin liebte." Er sah sich im Zimmer um und deutete auf einen alten Mann, der mit seinem langen Bart und seiner rußgeschwärzten Haut einem Bergmann ähnelte. „Außer dir, Ray, dich hat sie weniger geliebt." Der ganze Saal brach in schallendes Gelächter aus.

Katie und Sage zuckten die Schultern. Ein anderer alter Mann beugte sich zu ihnen und erzählte, dass Ray dabei erwischt worden war, wie er Beas Rosen für eine Frau abschnitt, die er mochte.

„Wie süß", sagte Katie, „und irgendwie romantisch."

„Es sei denn, es sind Ihre Rosen", erwiderte Sage.

„Vermutlich, aber trotzdem." Katie hatte diesen warmen, verschwommenen Blick, den man bekam, nachdem man sich einen romantischen Film auf dem *Hallmark*-Fernsehsender angesehen hatte.

Der Doktor fuhr fort: „Ich hatte das Vergnügen, Bea in ihren letzten Tagen zu besuchen." Er hielt einen Stapel rosa Umschläge hoch. „Ihr alle kanntet Bea und wie sie immer darauf bestanden hat, das letzte Wort zu haben." Er ging durch den Saal und verteilte die Briefe an die jeweiligen Empfänger.

Katie hatte sich auf die Suche nach einem anderen Keks gemacht, als Sage sah, wie der Doktor ihr einen rosafarbenen Umschlag in die Hand drückte. Sie hoffte, dass dies Katies Verbindung zu der lieben alten Frau erklärte.

Doktor Parker durchquerte den Raum und kam wieder an der Bar an, wo er ihr einen Umschlag gab. Es war merkwürdig, wie sich der Kreis um das rosafarbene Papier geschlossen hatte. Sie steckte den Umschlag in das Innenfach ihrer Handtasche. Es war ein Déjà-vu-Moment. Einer, von dem sie hoffte, dass er ihr Leben nicht noch einmal verändern würde.

Der Doktor gab Cannon einen Umschlag, den er in eine Schublade unter der Kasse legte.

Das Stimmengemurmel verstummte, als der Doktor erneut sprach: „Bevor ich euch gleich verlasse, möchte ich euch Katie vorstellen", er deutete auf den Desserttisch, „und Sage." Er zeigte mit seinem Kinn zur Bar hinüber, wo sie saß. „Diese beiden Frauen waren Bea wichtig, und sie möchte, dass ihr sie in Aspen Cove willkommen heißt."

Ohne viel nachzudenken, hob Sage ihre Hand wie ein Kind in der Schule. Alle Augen waren auf sie gerichtet. „Wenn Bea euch so viel bedeutet hat, warum war sie dann allein, als sie starb?“ Es war die zentrale Frage gewesen, die sie seit Tagen beschäftigte. Alle diese Leute verfügten über erstaunliche Erinnerungen und Anekdoten, aber die einzige Person, die sie besucht hatte, war Doktor Parker gewesen.

Außer einem weiteren Song von Garth Brooks, den die Jukebox spielte, war kein Ton zu hören. Es war, als wären alle verschwunden, und nur sie zurückgeblieben.

Der Doktor räusperte sich. „Bea wollte keine Besucher. Sie hat absichtlich ein Krankenhaus ausgesucht, das für einen Besuch zu weit entfernt war. Sie hat mir nur erlaubt zu kommen, weil sie jemanden brauchte, der ihre Briefe abholte und sie persönlich an die Menschen übergibt, die sie liebte, einschließlich Ihnen. Abstand war das, was Bea wollte, und wir respektierten ihren Wunsch.“

Sage sank zurück auf den Hocker und versuchte, sich kleiner zu machen. Sie fühlte sich schlecht, weil sie die Integrität einer Gruppe von Menschen infrage gestellt hatte, die sie nicht kannte. Seit sie in der Stadt angekommen war, hatte sie viele Vermutungen angestellt, und jedes Mal, wenn sie etwas angenommen hatte, wurde sie eines Besseren belehrt.

Trotz ihres Ausbruchs und ihres persönlichen Angriffs kamen die Leute von Aspen Cove auf sie und Katie zu und hießen sie in der Stadt willkommen. Als sich die Bar geleert hatte, besaßen die beiden Frauen genug gespendete Lebensmittel für Wochen.

Cannon kam mit ein paar Kartons aus dem Hinterzimmer. „Die könnten Sie brauchen. Schauen Sie auf der Unterseite des Gerichts nach dem Namen und dem Rezept. Auf diese Weise wissen Sie, wie Sie es nachkochen und wem Sie das Geschirr zurückgeben können.“

Katie hob sofort das Tablett mit Keksen hoch und

streckte triumphierend die Faust in die Luft. „Ich liebe Lorelei Watson jetzt schon."

Sie packten ihre Kartons und gingen zur Tür, als Sage sich zu Cannon umdrehte. „Wir sehen uns in der Nachbarschaft."

Die einzige Bestätigung, die sie von ihm bekam, war ein Anheben seines Kinns.

„Ich glaube, er mag Sie", sagte Katie.

„Das Einzige, was Cannon an mir mag, ist meine Absicht, zu gehen."

„Sie müssen zugeben, dass er süß ist. Nicht meine Art von süß, aber ich kann mir Sie beide gut zusammen vorstellen." Katie ging voran zur Bäckerei, wo sie mit einem Hüftstoß die unverschlossene Tür öffnete.

„Sind Sie verrückt? Wir sind wie Hund und Katze." Sage stellte ihre Kiste auf den Tisch und folgte Katie in die Küche. „Ich habe nicht gefragt, aber wo haben Sie gestern eigentlich übernachtet?" Sie spürte, wie sich eine Decke aus Schuldgefühlen um sie legte. Als sie von ihrem Selbstmitleid verzehrt wurde, hatte sie keinen Gedanken an irgendjemand anderen verschwendet. Soweit sie wusste, könnte Katie auch neben dem Mixer auf dem Boden geschlafen haben. Ihre Abneigung gegen sich selbst wuchs mit jedem Fehler, den sie machte.

„Oben gibt es eine Wohnung."

Erleichterung überschwemmte sie. „Oh, Gott sei Dank. Ich hätte fragen sollen, weil ich leere Zimmer habe, und ich hätte Ihnen eines anbieten können."

Katie stapelte die Auflaufformen in den riesigen Kühlschrank. „Kommen Sie es sich ansehen."

Sie stiegen eine Hintertreppe hinauf. „Bea hat sich wirklich alles gut überlegt, oder? Über der Bäckerei zu wohnen ist perfekt für die Frau, die um halb drei aufstehen muss, um die Muffins zu backen."

„Das hat sie", sagte Katie seufzend. „Schade, dass ich sie enttäuschen werde."

Sie gingen in ein kleines Wohnzimmer, wo Katie sich auf ein blaues Sofa fallen ließ und Sage auf ein Kissen daneben.

„Was meinen Sie?" Sie sah sich in der Wohnung um, die mit neueren Möbeln und größerem Fernseher moderner war als die Frühstückspension mit ihren Antiquitäten.

Rechts davon befanden sich eine Pantryküche und ein Flur, der wahrscheinlich zu einem oder zwei Schlafzimmern führte. Ein großes Erkerfenster gab den Blick auf einen Berggipfel frei.

Wenn sie es nicht besser wüsste, wäre sie nie auf die Idee gekommen, dass diese Wohnung über der Bäckerei lag. Sie war offen und luftig und fühlte sich wie ein Zuhause an.

„Ich habe eine Wohnung und eine Bäckerei und Rezepte, aber sonst nichts. Ich kann keine Muffins aus Luft machen." Sie beugte sich vor und stützte ihre Ellbogen auf ihre Knie. „Ich kann es mir nicht leisten, Seife zum Putzen zu kaufen, geschweige denn Zutaten, um einen anständigen Muffin zu backen."

„Unten ist nichts?" Sage rückte näher an ihre neue Freundin heran und legte einen Arm um ihre Schulter.

„Ich kann nicht sagen, dass es nichts gibt. Ich fand Zucker und Mehl und etwas Butter. Es gibt eine Tonne Vanille und eine Dose Salz. Ich habe die Grundprodukte. Ich kann wahrscheinlich einen Butterkeks machen."

„Hier kommt noch ein kluger Rat von Sage."

Katie setzte sich auf. „Ich höre."

„Und nicht vergessen, es ist nur ein weiser Rat, weil er von mir kommt, nicht weil er unbedingt weise ist."

Sie lachten beide.

„Ich sterbe vor Neugier."

„Es ist eine kleine Weisheit aus dem Film ‚Feld der Träume' mit Kevin Costner und sie lautet: ‚wenn du es baust, werden sie kommen'."

Katie verdrehte die Augen. „Ich hätte bessere Chancen, Kevin Costner zu einem Besuch zu bewegen, als genug Kunden, um das Geschäft am Laufen zu halten. Ich bin hierhergekommen, um unabhängig zu sein und schauen Sie mich an. Cannon hatte wahrscheinlich recht, und am Ende der Woche bin ich bankrott."

„Es hört sich so an, als wären Sie jetzt schon an dem Punkt, also haben Sie nichts zu verlieren." Sage wurde klar, dass es ihr genauso ging. Alles, was sie opfern musste, war Zeit, und davon hatte sie reichlich. „Schlimmstenfalls leihe ich Ihnen etwas Bargeld."

„Ich möchte kein Almosenempfänger sein, aber ich nehme trotzdem gerne die Gratis-Arbeit an."

„Otis und ich kommen morgen mit Reinigungsmitteln. Das ist etwas, was ich habe, und wie Sie heute schon oft gehört haben, kümmern wir uns hier in Aspen Cove um unsere Leute."

„Wer ist Otis?"

„Das werden Sie dann sehen, und ich denke, es wird Zeit, dass wir uns endlich duzen."

KAPITEL SECHZEHN

Als Sage am nächsten Morgen vor der Bäckerei hielt, fand sie Katie auf dem Bürgersteig davor, vornübergebeugt und mit zitternden Schultern. Sie brauchte nur Sekunden, um Otis loszulassen und ihrer Freundin zu Hilfe zu eilen.

Sie kniete neben ihr und erwartete rote, geschwollene Augen und Tränen zu sehen. Stattdessen fand sie Katie hysterisch lachend vor.

„Du hast mir gesagt, ich soll es bauen, und sie würden kommen.“ Sie deutete auf die Türöffnung und lachte noch mehr.

Den Eingang versperrten Mehlsäcke, Zucker, Butterfässer und Kisten voll mit Beeren. Alles, was sie brauchte, um ihre ersten Muffins zu backen, stand direkt in der Tür.

Tränen stiegen in Katies Augen auf, aber es waren nicht die, die man aus Kummer vergoss. Es waren riesengroße Glückstropfen.

„Sie räumen besser den Bürgersteig auf, oder ich muss Ihnen wegen irgendetwas einen Strafzettel schreiben“, erklang eine tiefe Stimme hinter Sage, die sie als die des Sheriffs erkannte.

Sie drehten sich gemeinsam um und sahen, dass er noch breiter lächelte als Katie.

Sage erhob sich und sah den Mann an, der trotz seines Lächelns gefährlich und bedrohlich aussah. Seine dunklen Augen, sein dunkles Haar und seine schiere Größe könnten einen Gladiator zum Zittern bringen.

„Wissen Sie, wer die Sachen hier abgeladen hat?" Sage warf einen Blick über ihre Schulter auf das Geschenk, das genau zur rechten Zeit kam.

Der Sheriff zuckte die Achseln. „Schwer zu sagen in dieser Stadt." Er ging nach vorne, um die Vorräte zu inspizieren. „Himbeeren sind meine Lieblingsfrüchte." Seine dicken Finger pflückten eine rote Beere aus dem obersten Korb und steckten sie in seinen Mund. „Brauchen Sie Hilfe beim Reintragen der Sachen?"

Katie nickte und öffnete die Haustür. „Ich kann es mir nicht leisten, Hilfe abzulehnen."

Sie mussten zweimal gehen, um alles in die Bäckerei zu bringen. Katie wusch eine Tasse Beeren und reichte sie dem Sheriff. „Sobald ich alles aufgeräumt habe, mache ich Ihnen ein paar Muffins, Sheriff. Sie können mein offizieller Geschmackstester sein."

Er zog an seinem Gürtel. Der Mann hatte kein Gramm Fett an sich. „Ich habe noch ein oder zwei Löcher in meinem Gürtel und würde sehr gerne probieren, was Sie backen." Er sah die beiden an. „Brauchen Sie noch etwas?"

Katie schüttelte den Kopf. „Jetzt schaffe ich es alleine. Danke für Ihre Hilfe." Sie machte sich daran, die Zutaten wegzuräumen.

„Ich bringe Sheriff Cooper raus und hole die Putzutensilien." Als Sage vom Hinterzimmer in den Cafébereich ging, fand sie Otis zusammengerollt in der Ecke. Sie verstand nicht, wie Tiere so viel schlafen konnten und dachte, dass es vielleicht ein Beweis dafür war, dass er ein wirklich gutes Leben hatte.

Der Sheriff nickte kurz in Richtung der Ecke. „Habe ihn vorhin gesehen, gehört er Ihnen?"

Sage nickte. „Ja. Das ist Otis."

„Hübscher Hund."

„Er ist etwas Besonderes." Sie hörte ein fröhliches Summen aus dem Hinterzimmer kommen. „Apropos besonders, es wäre großartig zu wissen, wer die Vorräte hinterlassen hat, damit Katie sich bedanken kann." Sie warf dem Sheriff einen Bitte-verraten-Sie-es-mir-Blick zu.

„Die Menschen in dieser Stadt brauchen kein Dankeschön, aber sie brauchen offensichtlich Himbeermuffins." Er hielt die Tür auf. „Was ist mit Ihnen, brauchen Sie etwas?"

Sage kaute auf der Innenseite ihrer Wange herum. „Ähm ... ich brauche den Namen eines Immobilienmaklers." Sie ging nach draußen und blickte die Straße hinunter auf die verlassenen Ladenfronten. „Hier in Aspen Cove gibt es nichts für mich."

Er behielt seine Freundlichkeit bei, aber sein Kiefer verkrampfte sich deutlich. „Wie können Sie sicher sein, wenn Sie doch erst seit zwei Tagen hier sind?"

Sie war nie jemand gewesen, der schnell aufgab, aber sie war auch nicht dumm. Die beste Entscheidung wäre, ihre Niederlage rasch einzugestehen und nach Denver zurückzukehren. Sie könnte hier unter Fremden unzufrieden sein oder unglücklich mit ihrer Familie leben. Sie tendierte dazu, zu der Misere zurückzukehren, die sie kannte. „Ich bin sicher."

„Das ist sehr bedauerlich."

Wenn Sheriff Cooper die Worte des Doktors wiederholen würde, dass Bea eine gute Menschenkennerin gewesen sei, würde sie schreien. Sie war ein guter Mensch, aber Aspen Cove war nicht gut zu ihr gewesen. Sie würde diesen Willkommensfaustschlag noch tagelang spüren. „Es ist auch für mich bedauerlich."

Ein Teil von ihr würde ihre Entscheidung zu gehen bereuen, weil sie wollte, dass Bea stolz auf sie war. Beas Vermächtnis würde nicht weiter bestehen, weil sie nicht die richtige Wahl war. Ihr alter Chef, Mr. Cross, hatte Recht. Alles starb. Personen. Hoffnungen. Träume. Nichts wurde vom Tod verschont. Das war Teil ihres Problems. Sie wollte, dass alles und alle lebten, aber vielleicht bestand die Lektion darin, einen geeigneten Weg zu finden, sie sterben zu lassen.

„Ich werde heute Abend jemanden bei Ihnen vorbeischicken."

Sie war erst seit zwei Tagen bei Bea, aber irgendwie hatte das Haus am See schon ein winziges Loch in ihrem gebrochenen Herzen gefüllt. Es war eine Verbindung zu einer Frau, die mehr gab, als sie nahm. Sage hoffte, dass sie für *B's Bed & Breakfast* einen würdigen Nachfolger finden würde.

Der Sheriff ging davon, während sie die Putzutensilien von der Ladefläche ihres Geländewagens holte. Als sie die Bäckerei betrat, hockte Katie auf ihren Fersen und betrachtete Otis.

„Das ist also der berühmt-berüchtigte Otis." Der Hund sah zu ihr auf, als wollte er sagen: *Schön, dich kennenzulernen.*

„Ja, Verehrteste. Das ist der Mann in meinem Leben." Sage stellte die Vorräte auf einen Tisch und kniete sich hin, um Otis' Bauch zu kraulen. „Ihm fehlt ein Bein, aber er macht das mit seinem großen Herzen wett."

Katie rieb den Stumpf des Hundes. „Das ist ein gutes Tauschgeschäft. Ohne Herz kann man nicht leben."

Die beiden Frauen fingen in der Küche an, wo das Kochen beginnen würde, sobald die Geräte sauber waren.

„Ich bin sehr dankbar für deine Hilfe." Katie füllte einen Eimer mit Wasser und Seife. „Ich wünschte, ich könnte dich bezahlen."

„Ich werde für Essen arbeiten. Tatsächlich kommen meine ersten und einzigen Gäste am Freitag an, und da es sich um eine Frühstückspension handelt und ich etwas im Nachteil bin, weil ich nicht koche, tausche ich meine Putzdienste gegen ein paar Muffins ein, um sie meinem Brautpaar zu servieren."

Katie sprang auf und ab, und das Seifenwasser spritzte aus dem Eimer auf den weißen Linoleumboden. „Du hast zahlende Gäste? Natürlich mache ich dir Muffins. Ich kann nicht versprechen, dass sie ihnen schmecken werden, aber ich werde sie backen. Und ich wette, sie werden nicht deine einzigen Gäste bleiben."

Sage wollte Katie zwar nicht sagen, dass sie die Stadt wieder verlassen würde, aber es war nicht fair, zu lügen. „Ich bleibe nicht. Ich bin nur so lange hier, weil ich dich mag und dir helfen wollte."

„Was meinst du damit, du bleibst nicht?" Katie zog einen Schwamm aus dem Eimer und säuberte den Edelstahltisch. „Dieser Ort ist magisch. Gestern saß ich im selben Boot wie du. Um ehrlich zu sein, ich hatte gestern Abend meine Koffer gepackt und sie neben die Tür gestellt. Mein Plan war, dich draußen zu treffen und dir Lebewohl zu sagen, aber sieh dir an, was passiert ist. Du hattest recht, und ich werde Bea vertrauen. Obwohl ich sie nie getroffen habe, hat sie mir eine Chance auf ein neues Leben gegeben.

Ich werde ihrer Großzügigkeit nicht den Rücken kehren, und das solltest du auch nicht."

Sage tauchte einen trockenen, leblosen Schwamm in den Eimer und sah zu, wie er größer wurde. Dasselbe war Katie passiert. Gestern noch war sie leer wie der Schwamm gewesen und heute voller Hoffnung.

„Lass uns hier schnell aufräumen, denn ich habe Heißhunger auf einen Himbeermuffin." Sage wischte die Drahtregale ab und warf die Muffinförmchen in das Waschbecken mit heißem, schaumigen Wasser.

„Netter Ablenkungsversuch, aber ich lasse dich nicht gehen, bis du diesem Ort eine ehrliche Chance gibst. Vielleicht wachst du morgen mit einer Veranda voller zahlender Gäste auf."

„Hüte deine Zunge. Das ist mein schlimmster Albtraum." Sage warf ihren Schwamm nach Katie, was eine Wasserschlacht auslöste. Als sie schließlich aufhörten, waren beide Frauen durchnässt, und auf dem Boden befand sich mehr Wasser als im Waschbecken.

„Oh. Mein. Gott. Schau uns an." Katies einst perfektes Haar hing feucht über ihre Schultern. Wimperntusche floss in dunklen Linien über ihr Gesicht, aber sie sah immer noch strahlend aus. „Das hat so viel Spaß gemacht." Sie hob ihren Schwamm auf und schleuderte ihn auf Sage, wobei sie sie mitten ins Gesicht traf. „Es tut mir so leid." Katie schnappte nach Luft und rannte nach vorne, um zu helfen.

Sage lachte. „Eigentlich ist alles in Ordnung. Gestern war es schmerzhafter, als es aussah. Heute ist es umgekehrt." Sie fand einen Mopp in der Ecke und wischte das Wasser auf, während Katie den großen Mixer putzte und ihre Rezeptkarten und Zutaten holte.

Der Mixer surrte, während Sage sich draußen an die

Arbeit machte. Es gab nichts, was ein wenig Muskelkraft und Glasreiniger nicht erledigen konnten.

Hinter ihr summten die Öfen, und die Hitze breitete sich im ganzen Raum aus. Die Vitrine funkelte unter den Deckenlampen und wartete darauf, Katies erste Köstlichkeiten zu präsentieren.

Sage fand Kaffee und stellte die Kanne auf Brühen ein, während sie den Getränkeautomaten reinigte und den Kompressor einschaltete. Die Eismaschine heulte auf, bevor sie in ein sanftes Vibrieren verfiel.

„Das war‘s", sagte Katie, als sie das erste Dutzend Muffins in den vorgeheizten Ofen schob.

Sage öffnete ihre Arme und umarmte ihre neue Freundin. Als sie zurücktrat, zeigte sie auf die beiden Muffinformen, die auf dem mittleren Rost backten. „Das dort ist der Anfang."

Sie schnappten sich eine Tasse Kaffee und setzten sich an einen der Tische und warteten auf die Köstlichkeiten, als würden sie die Geburt eines Kindes erwarten.

„Was hat dich dazu veranlasst, alles stehen und liegen zu lassen und nach Aspen Cove zu kommen?" Sage nippte an ihrem Kaffee und wartete darauf, dass Katie antwortete.

„Ich kann es nicht erklären, aber es fühlte sich richtig an."

„Was hast du in Dallas gemacht?"

Katie runzelte die Stirn. „Datenerfassung für ein Versicherungsunternehmen."

„Oje. Das klingt schrecklich. Da hätte ich auch alles hingeschmissen."

„Das hast du doch auch getan. Warum eigentlich?" Otis trottete herüber und ließ sich zu Katies Füßen nieder. Dann seufzte er und legte seinen Kopf für ein weiteres Nickerchen auf ihre Schuhe.

„Das ist eine lange Geschichte."

Katie sah auf den Wecker, den sie auf ihrem Handy eingestellt hatte. „Wir haben elf Minuten, also, schieß los."

Sage guckte sich in der Bäckerei um und war erstaunt, wie schnell sich die Dinge ändern konnten. Noch vor wenigen Stunden war das hier ein staubiges, verlassenes Geschäft gewesen. Die Luft hatte nach Verzweiflung gerochen, und jetzt roch sie nach Muffins und Hoffnung.

„Am Tag, an dem Bea starb, wurde ich vom Dienst suspendiert."

Katies Augen wurden groß. „Oh, nein. Das klingt ernst."

Katies Gesichtsausdruck verriet ihr, dass sie vermutete, sie hätte etwas Unrechtes getan.

„Mein einziges Verbrechen war, mich zu sehr zu kümmern. Wenn das falsch ist, dann bin ich tatsächlich schuldig." Indem sie ehrlich zu sich selbst war, war sie auch ehrlich zu Katie. „Es fällt mir schwer, Menschen loszulassen."

Katie legte ihre Hand auf die von Sage. „Oh, Süße, Mitgefühl ist nie verkehrt."

„Ich habe die Rolle von Krankenschwester Ratched in ‚Einer flog über das Kuckucksnest' nie richtig verstanden. Das liegt nicht in meiner Natur."

„Gott sei Dank, bösartige Krankenschwestern gibt es wie Sand am Meer." Katie sagte es so, als hätte sie einige Erfahrung. „Du bist ein Sensibelchen wie ich."

„Apropos mitfühlende Menschen, hast du deinen Umschlag von Bea geöffnet?"

Katies Lächeln verschwand kurz und erstrahlte dann. „Ja, es waren noch mehr Rezepte und eine Notiz darin."

Sage fragte sich, ob sie den einzigen Brief bekommen hatte, der für jemand anderen bestimmt war. Letzte Nacht, bevor sie ins Bett stieg, öffnete sie Beas letzte Korrespondenz in der Hoffnung, dass sie ihr einen klugen Rat geben würde, aber darin befand sich ein weiterer Umschlag, auf dem stand: „Für Katie an ihrem schwärzesten Tag".

„Du hast auch einen bekommen, nicht wahr?"

Der Küchenalarm klingelte, und Katie erhob sich von ihrem Stuhl und ging zum Ofen, um die ersten von vielen Muffins herauszunehmen, wie Sage hoffte.

„Ja, ich habe auch eine Nachricht bekommen." Das war die Wahrheit. Sie war nur nicht für Sage persönlich, sondern für Katie. Das größte Problem bestand darin, herauszufinden, wie sie von Katies schwärzestem Tag erfahren würde, wenn sie die Stadt verließ.

„Bist du bereit, mein Versuchskaninchen zu sein?", fragte Katie, während sie auf die köstlich aussehenden Muffins starrten.

„Ein Mädchen kann sich ja nicht nur von Thunfischauflauf ernähren." Sage füllte ihre Kaffeetassen und wartete darauf, dass Katie die Muffins servierte.

Sie saßen sich gegenüber, nahmen von den kleinen Leckereien und führten sie zum Mund. „Auf drei", sagte Katie, „und wenn sie schrecklich sind, dann lüg einfach und sag, dass sie gut sind, okay?"

„Lügen ist wohl das Einzige, was ich niemals tun werde." Sage bereitete ihren Muffin vor und zählte. „Eins. Zwei. Drei." Sie biss hinein und schloss ihre Augen, während die Aromen über ihre Zunge tanzten. Süß. Salzig. Sauer. Eine perfekte Kombination.

„Es schmeckt wie ..." Perfekt wollte sie nicht sagen, denn es war so viel mehr als das. Die Zukunft dieser Frau hing von einem Himbeergebäck ab, wobei es in Wahrheit gar nicht um den Muffin ging, sondern um die Liebe einer Stadt. „Es schmeckt nach ... Erfolg."

Katie atmete erleichtert auf. „Ziemlich gut, was?"

Sage aß ihren auf und leerte ihre Kaffeetasse. „Mehr als gut, aber verlass dich nicht auf mich. Geh und frag den Sheriff. Er mag diese Sorte am liebsten, und du hast ihm versprochen, dass er dein persönlicher Geschmackstester sein kann."

Katie erhob sich zur gleichen Zeit von ihrem Stuhl wie Sage. Otis stellte sich auf seine drei Beine und Katie sah sich die abblätternde Tapete und den beschädigten Boden an. „Es wird einige Zeit dauern, das alles hier zu erneuern, aber ich kann es schaffen."

Sage war davon überzeugt, dass sie es konnte. Katie hatte Herz, und das war allemal wichtiger als Geld oder Ehrgeiz.

KAPITEL SIEBZEHN

Cannon ging in der Garage umher und starrte auf seine unvollendeten Träume. Vor langer Zeit hatte er in Los Angeles als Praktikant bei einem Möbelhersteller gearbeitet, aber das war gewesen, bevor sein Leben in eine Sackgasse geriet.

Er hatte gesägt und geschnitzt und zusammengefügt, bis seine Finger bluteten, und als er das Handwerk beherrschte, machte er sich auf die Suche nach seinem Traum.

Nach dem Abitur packte er seinen Truck mit seinen besten Arbeiten und tauchte vor Sebastian Raines Haustür auf. Er hatte die Werke des Mannes jahrelang studiert, was bedeutete, dass Nachbildungen die Häuser vieler Bewohner von Aspen Cove füllten.

An die Wand gelehnt stand ein halb fertiges Kopfteil, das aus dünnen Ästen der Espen geflochten war, die die Bucht berühmt gemacht hatten. In das Holz waren Pfeilspitzen und Felsstücke eingearbeitet, die er bei seinen Spaziergängen rund um den See gefunden hatte. Es waren diese Gegenstände, die die Arbeit einzigartig machten.

Keine zwei Stücke würden sich jemals gleichen, aber der Tag, an dem seine Mutter starb, war der gleiche, an dem sein Verlangen, Dinge zu erschaffen, sich für immer verabschiedete.

Vor ihm lagen die Überreste eines nicht gelebten Lebens. Er ging zu dem vernachlässigten Kopfteil hinüber und strich mit den Fingern über das glatte Holz. Wie viele Stunden hatte er es geschliffen? Wie viele Schichten Wachs waren notwendig gewesen, um diesen Glanz zu erreichen? Selbst unter dem Staub von fast einem Jahrzehnt war das Holz noch schön.

Er nahm eine Ahle und ritzte in den Eckpfosten. Zunächst war es eine tiefe Linie. Unscheinbar und grob – ein Fehler für das nicht geschulte Auge, aber Cannon hatte eine Vision. Er machte mit einer Ansammlung feinerer Schnitte weiter.

Er blies den überschüssigen Holzstaub weg und betrachtete die Anfänge eines Kiefernzweiges. Er zog einen Hocker heran und arbeitete weiter, bis mehrere Stunden vergangen waren. Warum hatte er mit der einzigen Sache aufgehört, die ihm Freude bereitete?

Er lehnte sich zurück und bewunderte den Kiefernzapfen auf einem Bett aus Nadeln. Er hatte aufgehört, weil das, was ihm so viel Freude bereitete, auch gleichzeitig eine Erinnerung an genauso viel Schmerz war.

Dies wäre das Hochzeitsgeschenk für Bowie und Brandy gewesen, wenn sie nicht mit seiner Mutter gestorben wäre.

KAPITEL ACHTZEHN

Nachdem Otis gefressen hatte, verzog er sich auf seinen Sessel und starrte aus dem Fenster auf den See hinaus.

Sage nahm ihr Telefon und rief ihre Schwester an.

„Lydias Liebesnest, wie kann ich Ihnen helfen?"

Sage lachte. „Hat es also endlich mit dem Sex geklappt?"

„Ja", Lydia stieß einen verärgerten Seufzer aus, „aber es war ein Quickie auf der Küchenarbeitsplatte vor meiner Schicht. Man sollte meinen, Adam wäre zu mehr fähig."

„Die Arbeitsplatte, auf der wir Essen zubereiten?"

„Ich habe sie abgewischt. Außerdem wohnst du nicht mehr hier."

„In dieser Woche." Sie ging zum Fenster und lehnte ihren Kopf an das kühle Glas.

„Hast du immer noch vor, Bea im Stich zu lassen? Ich dachte, du sagtest, das Haus sei schön?"

Im Hintergrund hörte sie die *Keurig*-Kaffeemaschine spucken und stottern. „Machst du Kaffee?"

„Jepp, *Starbucks* beste Mischung."

„Für eine Tasse guten Kaffees würde ich töten."

„Ich würde für besseren Sex töten. Jeder bekommt das, was er verdient. Wie geht es der Nase?"

Sage machte ein Selfie und schickte es ihrer Schwester.

„Heiliger Bimbam, du bist das Paradebeispiel für häusliche Gewalt. Komm nicht nach Hause, bis das verheilt ist, denn ich möchte nicht, dass jemand denkt, ich hätte dich geschlagen, weil du deinen Job verloren hast."

„Apropos ... hat jemand angerufen und eine Nachricht für mich hinterlassen?" Sie kontrollierte ihr Telefon regelmäßig und hoffte, eine Nachricht von der Personalabteilung vorzufinden, die ihr mitteilte, dass eine Stelle frei geworden war.

„Nein, es ist im Moment ein schwieriger Arbeitsmarkt, und niemand verlässt seine Stelle. Es könnte einige Zeit dauern. Hast du genug Geld?"

Im Gegensatz zu Katie war Geld nicht ihr Problem. Sie hatte ein anständiges Sparkonto. Die Lebensversicherung ihrer Eltern hatte das College bezahlt, also waren weder Sage noch Lydia mit Studienkrediten belastet. Seit sie bei ihrer Schwester lebte, waren ihre Ausgaben fast null, und sie hatte einen schönen kleinen Notgroschen angespart.

„Ich habe reichlich Geld, aber kein *Starbucks*." Beim Gedanken an eine gute, starke Tasse Kaffee lief ihr das Wasser im Mund zusammen.

„Ich bin mir sicher, dass es einen *Costco*-Supermarkt oder *Target* oder so etwas gibt. Kauf dir eine *Keurig* und ein paar passende Kaffeekapseln dazu."

Für Lydia schien alles so einfach, weil sie Aspen Cove nicht gesehen hatte.

Das Gespräch schlug ihr auf den Magen. „Hast du mir überhaupt zugehört? Ich bin mitten in Timbuktu. Schon mal davon gehört? Es ist eine kleine Stadt, die von zwei Bergen verschluckt wird. Ich habe einen Eckladen, eine

Bar, einen *Diner*, der an zwei Tagen in der Woche geöffnet ist und eine Bäckerei, die heute ihre ersten Muffins gebacken hat."

„Oh, ich liebe Muffins. Waren sie gut?"

Sie räusperte sich lautstark. „Ja, sie waren gut, aber darum geht es nicht. Hier zu leben wäre so, als würde ich dich bitten, eine Schusswunde mit einer Pinzette und einem Pflaster zu versorgen."

Es gab einen Moment der Stille. „Wahrscheinlich könnte ich das."

Das Schlimmste an diesem Gespräch war, dass Lydia jemandem mit einer Pinzette und einem Pflaster das Leben retten konnte, weil sie eine ausgezeichnete Ärztin war.

Während Lydia über ihre letzte Schicht in der Notaufnahme sprach, ging Sage vom Fenster weg und sank in das weiche Kissen des anderen karierten Sessels. Aus dem Kamin kam ein Geräusch. Höchstwahrscheinlich war es ein Lufthauch, der durch ihn hindurch wehte, und sie ignorierte es, bis Otis den Kopf hob und knurrte.

„Hey, ich muss auflegen. Otis hört irgendwas. Außerdem kommen meine ersten Gäste bald, und hier muss alles gründlich geputzt werden."

„Also bleibst Du?"

„Für ein paar Tage."

„Das ist großartig. Hab dich lieb und bring niemanden um."

„Wie du meinst." Sie legte auf. Was ihre Schwester nicht wusste, war, dass diese Möglichkeit tatsächlich bestand, wenn sie das Frühstück für ihre Gäste selbst zubereiten müsste.

Als Sage das Geräusch wieder hörte, ging sie der Sache nach. Auf Händen und Knien kroch sie in die Kaminöffnung und schaute nach oben. Nichts als Finsternis begrüßte sie. Da die Nächte so kalt waren, wusste sie, dass sie den Kamin für ihre Gäste anfeuern würde, und ein verschmutzter Schornstein wäre gefährlich. Das Letzte, was sie tun sollte, war, die einzige Frühstückspension der Stadt niederzubrennen.

Otis war zu diesem Zeitpunkt ganz Ohr und Zähne. Das tiefe Knurren war eine Warnung für alles, was im Kamin lauerte. „Ruhig, mein Großer. Es sind wahrscheinlich Kiefernzapfen, die sich festgesetzt haben.“ Sie tätschelte seinen Kopf. „Wir werden ihn einfach sauber machen.“

Sie packte den Metallgriff für den Rauchabzug und zog daran. Eine Wolke aus Ruß und Trümmern fiel auf den Backsteinboden, während mehrere schwarzgefiederte Kreaturen auf sie zuflogen. Ihr markerschütternder Schrei erfüllte die Luft.

Eine der gefiederten Bestien verhedderte sich in ihrem Haar, während eine andere den Gästeflur hinunterflog und Otis ihr nachjagte. Sie rannte durch den großen Raum und schlug nach allem, was sich an ihren Haaren festkrallte. Ein dumpfer Schlag, ein Knall und ein Krachen kamen aus einem Zimmer am Ende des Flurs.

Sage schlug nach der Kreatur, fest davon überzeugt, dass es eine Fledermaus war. Schreiend, als würde ein Bär sie verfolgen, rannte sie nach draußen, in der Hoffnung, dass die Aussicht auf frische Luft und die Freiheit das verdammte Ding dazu bringen würde, loszulassen.

Als sie sich mit den Händen durchs Haar fuhr, spürte sie einen stechenden Schmerz in ihrer Haut. Das Tier befreite sich und flog davon. Alles, woran Sage denken konnte, war Tollwut und wie schmerzhaft die Behandlung sein würde. Sie inspizierte ihren Finger und war dankbar, dass ihre Haut nicht verletzt war.

Als sie einen leichten Druck auf ihrer Schulter verspürte, wirbelte sie herum, überzeugt davon, dass die Fledermaus für einen richtigen Biss zurückgekehrt war, aber stattdessen sah sie Cannon dort stehen, während sie sich bemühte, ihr Gleichgewicht zu behalten.

„Was zur Hölle ist mit Ihnen los?“ Er packte sie bei den Schultern, damit sie nicht umfiel.

„Da war eine Fledermaus.“ Sie strich sich mit den Händen durchs Haar. „Sie war in meinem Haar und hat mich gebissen.“ Sie streckte ihm ihren Finger entgegen, um ihm die Abdrücke zu zeigen.

„Wirklich? Eine Fledermaus?“ Er hob seine Hand, um ihr das wild zerzauste Haar aus dem Gesicht zu streichen. „Ich denke, es könnte eine Fledermaus gewesen sein, aber ich habe noch nie eine gesehen. Gewöhnlich halten sie sich von belebten Gebieten fern.“

Sie sah auf ihren Finger herab. „Sie hat mich gebissen und Sie können mir nicht erzählen, dass die hundertfünfzig Menschen, die in dieser Stadt leben, sie zu einem belebten Gebiet machen.“ Sie hob ihren Finger zum Mund und saugte an dem immer noch erkennbaren Abdruck.

„Lassen Sie mich mal sehen.“ Er zog ihren Finger von ihrem Mund und dicht an sein Gesicht, um ihn zu inspizieren. „Die Haut ist nicht verletzt.“

„Es tut immer noch weh“, jammerte sie.

Cannon tat etwas Unerwartetes. Er zog ihren Finger an seine Lippen und küsste ihn. „Besser?“

Irgendwie war es tatsächlich so. Ein warmes Gefühl breitete sich in ihrem Körper aus. „Ja, Dankeschön.“

„Was die Einwohnerzahl betrifft, so sind wir weit über siebenhundert, wenn man den gesamten Bezirk mitzählt, Tendenz steigend, besonders wenn Bobby Williams seine Frau nicht in Ruhe lässt.“

„Schwangere Frau, die an einem Baseballteam arbeitet?" Sie neigte ihren Kopf. „Ich sah sie in den Eckladen gehen."

„Anständige Leute, aber sie brauchen dringend Kabelfernsehen."

Otis kam aus dem Haus und Cannon kniete sich hin, um ihn zu streicheln. „Wer ist das denn?"

Sage stellte Otis vor und erzählte Cannon die Geschichte des Hundes.

„Es scheint, als hätten wir etwas gemeinsam", sagte er. „Wir sammeln Streuner ein."

Er bestätigte gerade ihre Vermutung. Sie hatte Cannon falsch eingeschätzt. „Ich würde Sie ja auf einen Kaffee einladen, aber ich bin mir ziemlich sicher, dass noch eine Fledermaus im Haus ist." Otis bellte, als würde er ihre Geschichte bestätigen.

„Dann schlage ich vor, Sie machen Kaffee und ich finde die Fledermaus."

Das war das beste Angebot seit Langem. „Abgemacht." Sie führte ihn ins Haus und zeigte ihm den Weg den Flur hinunter. „Suchen Sie nach dem Zimmer mit dem zerbrochenen Glas."

Augenblicke später erschien Cannon mit zusammengelegten Händen. Er öffnete seine Handflächen und brachte einen verletzten Sperling zum Vorschein.

„Oh, mein Gott, ich habe ihn getötet."

Cannons warmes Lächeln beruhigte ihren rasenden Puls. „Er ist nicht tot, nur verletzt, aber er wird so schnell nicht fliegen."

Der Vogel schlug mit den Flügeln, um abzuheben, aber ein Flügel funktionierte nicht richtig. Er lag schlaff in Cannons großer Hand. Er legte seine Handflächen um den Vogel und führte ihn an seinen Mund, wo er in beruhigendem Ton flüsterte: „Scht, alles wird gut."

In diesem Moment wusste sie, dass sie Cannon niemals hassen könnte. Er war ein Vogelflüsterer. Wie konnte sie das nicht lieben?

„Was jetzt?"

„Wo haben Sie die Vögel gefunden?"

Sie zeigte auf den Kamin.

„Öffnen Sie Ihre Hände."

Sie tat wie geheißen und er legte das winzige Ding in ihre Handflächen. Sie schloss ihre Hände darum und drückte es an ihre Brust, während Cannon vor dem Kamin auf die Knie ging. Er griff hinein, zog ein Nest heraus, und Sage war am Boden zerstört. Sie hatte eine ganze Familie in Sekundenschnelle ausgelöscht.

„Ich bin eine Vogelmörderin." Sie liebkoste den verletzten Sperling und flüsterte eine Flut von Entschuldigungen.

Er hielt ihr das Nest hin, um ihr zu zeigen, dass es leer war. „Es ist noch nicht so weit. Sie hatten noch keine Zeit, Nachwuchs zu produzieren. Keine Eier."

Erleichterung durchflutete sie, war aber nur von kurzer Dauer, als ihr klar wurde, dass sie immer noch einen verletzten Vogel in ihren Händen hielt. „Was ist mit dem hier?"

Er sah sie an und schaute sich dann im Haus um. „Sie können ihn nach draußen stellen und eines würdevollen Todes sterben lassen, oder Sie können ihn gesund pflegen und hoffen, dass er wieder fliegen wird."

„Können Sie ihn nicht mitnehmen und aufpäppeln?" Sie könnte einen Menschen gesund pflegen, wenn es irgendwie möglich wäre, aber sie wollte es nicht mit einem Vogel versuchen.

Sein schallendes Gelächter hallte bis zu den Deckenbalken hinauf. „Nein." Er schüttelte den Kopf. „Wenn ich mich recht entsinne, sind Katzen und Vögel keine kompatiblen Hausgenossen. Sie könnten ihn genauso gut nach draußen stellen und der Natur ihren Lauf lassen."

Das Gefühl der Wärme, das sie Cannon gegenüber gehabt hatte, verflog schnell. Sie platzte beinahe mit etwas Unangenehmem heraus, wie, *wenn er schon seinen Vater im Stich ließe, sie auch nicht erwarten könne, dass er sich um einen Vogel kümmerte*, aber ein Klopfen an der Tür bewahrte sie davor, ins Fettnäpfchen zu treten.

Sie hielt das winzige Ding, öffnete die Tür und sah Doktor Parker auf ihrer Veranda stehen. Er schaute über seine Schulter zu Cannon und lächelte.

„Hausbesuch?", fragte Cannon.

Der Doktor schüttelte den Kopf, als er eintrat. „Nein, heute bin ich in einer anderen Eigenschaft hier. Sage hat nach einem Immobilienmakler gefragt und ich bin der einzige in der Stadt."

Sie schloss die Tür hinter ihm. „Sie sind der Makler, den Sheriff Cooper geschickt hat?"

Er verneigte sich mit einer übertriebenen Verbeugung. „Paul Parker, Immobilienmakler und Arzt und noch so einiges mehr."

„Sie wollen also die Stadt verlassen?" Cannon sagte es, als wäre er überrascht. „Geben Sie mir den Vogel, damit ich ihn in einen Busch stecken und hoffen kann, dass er schnell stirbt."

„Nein, ich lasse ihn nicht sterben." Sie drückte den Vogel an ihre Brust und wandte sich von Cannon ab.

„Sie können ihn nicht pflegen, wenn Sie gehen, und es wäre grausam, ihn mitzunehmen. Sein armer Gefährte ist schon weggeflogen, und Sie können ihn nicht mit nach Hause nehmen."

Der Doktor stand abseits und beobachtete, wie die beiden stritten. Ein verschmitztes Lächeln umspielte seine Lippen, als hätte er das Geplänkel genossen.

„Also gut", schrie sie. „Ich bleibe, bis der Vogel geheilt ist."

Der Doktor drehte sich um und ging zur Tür. „Wenn Sie bleiben, brauchen Sie mich nicht."

„Warten Sie", rief sie. „Wenn Sie schon mal hier sind, könnten Sie ihn sich vielleicht ansehen?" Sie streckte ihre Hände aus.

Der Doktor grummelte. „Ich habe viele Aufgaben in dieser Stadt. Tierarzt gehört nicht dazu." Trotz seines Einwands drehte er sich um und ging in die Küche. „Ist das Kaffee, den ich rieche?" Er zog seinen Mantel aus und hängte ihn über einen Stuhl. „Bringen Sie mir eine Tasse und ein Handtuch."

Minuten später war der Vogel in den Händen von Doktor Parker, der seinen Patienten nicht anders untersuchte als einen Menschen.

Der arme Vogel versuchte, mit seinem verletzten Flügel zu schlagen. Der Doktor wandte sich an Cannon. „Beruhige ihn, mein Junge." Sobald Cannon den Kopf des Vogels bedeckte, entspannte er sich, was Sage überraschte, weil sie nichts an Cannon beruhigend fand. Seine bloße Anwesenheit ließ ihr Herz rasend schnell schlagen.

Cannon nahm die Tasse Kaffee, die Sage ihm einschenkte, und nippte daran. Er erschauderte sichtlich. „Das schmeckt ja fürchterlich. Muss ich Ihnen zeigen, wie man eine anständige Tasse Kaffee macht?"

Sie lachte. „Trinken Sie einfach. So schlecht schmeckt

es gar nicht und es ist ja nicht so, als würden Sie jeden Tag *Starbucks* trinken.“

Der Doktor nahm einen Schluck und verzog das Gesicht. „Du hast recht, es ist ein ziemliches Gesöff.“ Er ging zur Tür und verschwand für ein paar Minuten, um mit einer schwarzen Arzttasche zurückzukommen.

„Machen Sie wirklich Hausbesuche?“, fragte Sage.

„Nicht, wenn ich es verhindern kann.“ Er zog ein Stück Gaze heraus, bewegte den Flügel und sagte: „Er sieht nicht gebrochen aus und er blutet nicht. Ich würde sagen, es ist eine Muskelzerrung, aber was weiß ich schon? Ich bin kein Ornithologe.“ Er fixierte den Flügel und packte seine Tasche.

„Womit soll ich ihn füttern?“

Der Arzt zuckte die Schultern. „Mit einem Cheeseburger?“ Er sah Cannon an. „Kaufst Du morgen Alkohol ein?“

Er nickte. „Brauchen Sie etwas aus der Stadt?“

„Nein, aber du kannst Sage mitnehmen. Fahr an der Zoohandlung vorbei, damit sie Wurmmehl oder Saatgut besorgen kann, oder was auch immer man an Vögel verfüttert.“ Der Doktor ging zurück zur Tür. „Halten Sie Ihren gefiederten Freund warm und ruhig und geben Sie ihm Wasser.“ Er war schon fast draußen, als er sich zu ihr umdrehte und sagte: „Jetzt stehen Sie schon zum zweiten Mal in meiner Schuld. Ich erwarte Sie am Montag in der Praxis.“

Cannon mischte sich ein: „Wenn sie dann noch hier ist.“

„Oh, sie wird hier sein“, sagte der Doktor. „Ihr zwei Turteltauben habt eine gute Nacht.“ Er zog die Tür hinter sich zu.

KAPITEL NEUNZEHN

Cannon führte seinen Vater vom Beifahrersitz seines Trucks, wo er die Nacht verbracht hatte, ins Haus, wo er ihn wusch und ins Bett brachte.

Warum sein Vater nicht die zusätzlichen zwanzig Schritte durch die Haustür gehen konnte, blieb ihm ein Rätsel, aber zumindest landete er dieses Mal zu Hause und nicht auf einer fremden Veranda.

Er nahm zwei Tassen, eine Thermoskanne mit Kaffee und einen leeren Schuhkarton und kletterte dann auf den Fahrersitz seines Trucks.

Selbst ein Spritzer seines Eau de Cologne konnte den Geruch von abgestandenem Alkohol, Schweiß und Urin, der das Führerhaus erfüllte, nicht überdecken. Er kurbelte die Fenster herunter, fuhr die hundert Meter nach nebenan und stieg dann mit seinen Gaben aus dem Truck.

Oben auf der Treppe begrüßte ihn der Bär, den er mit fünfzehn geschnitzt hatte. Über der Tür hing das Schild, das er mit zehn Jahren für Bea gemacht hatte. Alle Mitglieder von Beas Familie hatten Namen, die mit einem „B“ begannen, also war es sinnvoll, einen Buchstaben zu verwenden, der alle würdigte. *B's Bed & Breakfast.*

Da er keine Hände frei hatte, stieß er leicht mit seinem Stiefel gegen die Tür und wartete. Sekunden später wurde sie geöffnet und Sage stand da. Trotz ihres kläglichen Versuchs, ihre Verletzung zu kaschieren, war sie wunderschön.

„Guten Morgen", begrüßte ihn ihre liebliche Stimme.

Seit ihrer ersten Begegnung auf dem Bürgersteig hatte sie seine Gedanken beherrscht und er hasste es. „Ich komme mit Geschenken." Er hielt die Thermoskanne und die Tassen hoch.

Sie vollführte einen Freudentanz, bevor sie einen Schritt zurücktrat und ihn hereinließ. „Bitte sagen Sie mir, dass das echter Kaffee ist."

Ein Lächeln umspielte seine Lippen. „Von der starken Sorte." Seiner Erfahrung nach brauchte man mehr als eine gute Tasse Kaffee, um einer Frau eine Freude zu machen. Die Einfachheit seines Geschenks und ihre überschwängliche Reaktion darauf führte dazu, dass sie ihm noch besser gefiel. Sie war nicht die, für die er sie hielt. Kein Bauunternehmer und kein Investor, sondern Beas Krankenschwester, wie er am Abend zuvor erfahren hatte, als sie sich um den kleinen verletzten Vogel kümmerten.

„Sie haben mich zwar beschuldigt, eine Heilige sein zu wollen, aber heute tragen *Sie* die Flügel." Sie brachte die Thermoskanne und die Kaffeetassen in die Küche und goss schnell jedem einen Becher ein.

Er ging zum Tisch, wo ein großer Suppentopf mit teilweise geschlossenem Deckel stand. „Ich habe dem Vogel ein geeigneteres Quartier mitgebracht."

Sage lachte. „Sie halten es also für keine gute Idee, ihn in einem Suppentopf neben dem Herd aufzubewahren?"

Er öffnete den Deckel und brachte das winzige Ding zum Vorschein, das auf einem weichen Handtuch saß. „Ich werde mir erst dann Sorgen machen, wenn Sie Wasser und Gewürze dazugeben."

Sie boxte spielerisch seinen Arm, und es fühlte sich gut an, einen Moment der Leichtigkeit zu erleben, in einem Leben, das ziemlich wolkenverhangen war.

Er öffnete den löchrigen Schuhkarton und überführte den Vogel in sein neues Zuhause.

Nachdem Sage ihren ersten Schluck genommen hatte, seufzte sie wohlig neben ihm. „Oh, mein Gott, das ist so gut."

Seine Gedanken spielten mit ihren Worten, und er stellte sich vor, wie sie nackt und unter seinem Körper das Gleiche sagen würde, aus völlig anderen Gründen. Er verdrängte das Bild aus seinem Kopf.

„Es ist nur Kaffee." Er stellte die kleine Wasserschale seitlich in den Karton und legte den Deckel wieder auf. „Sind Sie fertig?"

Wie ein Schatz hielt sie den Becher in ihren Händen. „Das ist ein Lebenselixier, und ja, ich bin bereit." Sie klemmte sich die Thermoskanne unter den Arm und schnappte sich ihre Handtasche vom Tisch. „Darf Otis mitkommen? Er liebt Autofahren."

Cannon spähte in den großen Raum und fand Otis an der Tür wartend vor. „Kein Problem."

Er ging schnell voraus und öffnete Sage und ihrem Hund die Tür. „Soll ich ihn reinheben?"

Sage beugte sich vor und flüsterte: „Mal sehen, ob er es alleine schafft. Er weiß nicht, dass er anders ist."

Die Bemerkung traf ihn mitten ins Herz, denn er dachte genauso, wenn es um seinen Kater ging, und sie verstand das. Er verhätschelte Mike nicht, weil er nur ein

Auge hatte. Er war stolz auf seine Fähigkeit, Hindernisse zu überwinden. Man konnte viel davon lernen, wie Tiere mit Widrigkeiten umgingen.

Er klopfte auf den Sitz und sah zu, wie Otis ohne Hilfe hinaufsprang. Sage hingegen brauchte eine kleine Unterstützung, oder vielleicht wollte er sie auch einfach nur berühren.

Seine Hände legten sich um ihre schlanke Taille und er hob sie auf den Sitz. Ihr eng anliegender Pullover und ihre Jeans blieben nicht ohne Wirkung. Sie war ein winziges, perfektes Geschöpf. Ihre Persönlichkeit war so feurig wie ihr rotes Haar, aber ihm gefiel, dass sie Temperament hatte. Sie war eine willkommene Abwechslung zu seinem alltäglichen Leben in Aspen Cove. Ein Teil von ihm wollte sie ignorieren, weil sie nicht bleiben würde. Der andere Teil wollte es genießen, Zeit mit ihr zu verbringen, während sie hier war. Er ging um die Vorderseite des Trucks herum und kletterte auf den Fahrersitz. Otis saß wie eine Anstandsdame zwischen ihnen.

„Ich frage ungern, aber können wir bei einem Lebensmittelgeschäft anhalten? Ich habe Gäste, die heute Abend ankommen."

„Freunde?" Sein erster Gedanke war *Freund.*

Sie schüttelte den Kopf. „Nein, es sind noch von Bea gebuchte Gäste."

Er fuhr aus der Einfahrt und Richtung Norden. „Wirklich? Ich hätte vermutet, dass Sie ihnen absagen würden."

Sie drehte sich zu ihm um. „Oh, das hatte ich vor, bis die Frau anfing zu weinen. Ich brachte es nicht übers Herz, ihr Wochenende zu ruinieren. Sie ist frisch verheiratet."

„So eine sind Sie also." Otis rollte sich zu einer Kugel zusammen und legte seinen Kopf auf Cannons Schoß.

„Was für eine?"

„Ein mitfühlendes Herz." Sie war tatsächlich warmherzig. Es zeigte sich in ihrer Sorge um seinen Vater und in der Art und Weise, wie sie mit dem Vogel umging. Ein weiterer Beweis saß neben ihm und sabberte auf seinen Schoß. Die meisten Menschen würden keinen Hund mit drei Beinen adoptieren. Sage war eine Retterin.

„Nennen Sie mich, wie Sie wollen, aber ich konnte der jungen Frau nicht das Wochenende ihrer Flitterwochen nehmen, wenn es so einfach ist, es ihr zu ermöglichen."

Gegen ihre Logik konnte er nichts einwenden. Das hatte ihn zurück nach Aspen Cove gebracht. Er konnte seinen Vater nicht allein verkümmern lassen, also kam er wieder nach Hause, ohne zu ahnen, dass er an dessen Seite verkümmern würde.

„Sie sollten viele Gästereservierungen haben. Dies ist die Zeit des Jahres, in der es wieder aufwärtsgeht. Ich werde den Angel- und Ködershop bald für die Angler eröffnen müssen."

„Sie betreiben also die Bar und den Laden?"

Er zuckte mit den Schultern. „Ich habe kaum eine andere Wahl." Er ließ die Worte unausgesprochen und hoffte, dass sie seinen Vater nicht erwähnen würde. „Ich betreibe tagsüber den Laden und nachts die Bar."

„Das ist eine Menge Arbeit."

„Ich hatte nie Angst vor harter Arbeit. Was ist mit Ihnen? Erzählen Sie mir mehr über sich."

In den nächsten vierzig Minuten erfuhr er, dass Sage eine Waise war und eine ältere Schwester hatte, die Ärztin war.

„Es ist lustig", sagte sie, „aber der Plan war, dass wir eines Tages zusammenarbeiten werden. Sie als praktische Ärztin und ich als ihre Krankenschwester."

„Ist das möglich?" Er hielt vor dem Getränkeladen an und stellte den Motor ab.

„Nicht wirklich. Sie machte ihre Facharztausbildung in der Notfallmedizin und ich bekam eine Stelle auf einer anderen Station."

Ihre Hand lag auf Otis' Rücken, und er legte seine Handfläche auf ihre. „Geben Sie Ihre Träume nicht auf."

„Was ist mit Ihnen?" Sie nahm ihre Hand nicht fort, sondern legte ihre andere auf seine. „Was sind Ihre Träume?"

Ihre Berührung erzeugte ein Gefühl der Verletzlichkeit. Würde er es wagen, Dinge über sich mit einer Frau zu teilen, die fest vorhatte, die Stadt zu verlassen? „Im Moment ist es mein Traum, unsere Besorgungen zu erledigen und zum Mittagessen den besten Burger im Umkreis von hundert Meilen zu genießen." Er löste seine Hand aus ihrer und verließ den Truck.

Sie hatte ihre Tür geöffnet und war herausgesprungen, bevor er bei ihr war. Cannon deutete mit seinem Kinn in Richtung Hund. „Bleibt er oder kommt er mit?"

„Er bleibt."

Sie folgte ihm in das Warenhaus.

Ausgerechnet heute hatte Melanie Schicht. Normalerweise arbeitete sie freitags nicht. War es Zufall, dass sie gerade an dem Tag hier war, an dem er immer die Vorräte holte?

Mel näherte sich ihm so langsam und vorsichtig wie eine Fassadenkletterin. Ihre Augen glühten vor Eifersucht. „Schön, dich wiederzusehen, Cannon." Sie ignorierte Sage und presste ihren Körper an seinen.

Sage machte einen Schritt zurück und es behagte ihm nicht, dass Mels Anwesenheit seinen Tag durcheinanderbrachte.

„Mel, das ist meine neue Nachbarin, Sage."

Mel befeuchtete ihre Lippen und lächelte. „Hallo." Sie beugte sich vor, als würde sie die Konkurrenz genauer unter die Lupe nehmen. „Das sieht schmerzhaft aus. Ich hoffe, den anderen Typ hat es schlimmer erwischt." Sie sah Cannon an. „Du bist aber nicht der andere Typ, oder?"

Sage hob ihre Hand an ihre Nase. „Das ist er nicht, und alle haben überlebt."

Mel ignorierte Sage und richtete ihre Augen wieder auf ihn. „Ich kann heute Abend in die Bar kommen." Sie zog so fest an ihrem tief ausgeschnittenen T-Shirt, dass Cannon befürchtete, sie würde sich entblößen.

„Ich kann dich nicht davon abhalten zu kommen, aber alles, was du von mir bekommst, ist ein Bier." Er sprang über den Rollwagen und stellte sich neben Sage. Er war sich nicht sicher, ob er sie beschützte oder Zuflucht suchte.

„Daltons Freunde sind aber immer noch da, falls es dich interessiert."

Dunkle Röte breitete sich von Mels Nacken bis zu ihren Wangen aus. „Du kannst so ein Arschloch sein." Sie wandte sich an Sage. „Am besten lassen Sie die Finger von diesem Typ. Er ist aalglatt." Sie drehte sich um und stapfte davon.

„Verschmähte Freundin?", fragte Sage, als sie die Reihen mit Whisky hinuntergingen.

„Sie war nie meine Freundin." Er stellte eine Kiste *Jack Daniels* auf den Wagen und ging zum *Jim Beam*.

„Dann einfach nur verschmäht."

„So was in der Art." Er wollte genauso wenig über Mel reden wie über seinen Vater. „Brauchen Sie etwas von hier? Ich bekomme Rabatt."

Ihr Lächeln war so breit, dass es fast ihr Gesicht zerriss. „Wein. Ich könnte ein paar Flaschen gebrauchen."

Cannon führte sie zum Weingang, wo sie zwei Rotweine und zwei Weißweine auswählte. Er ging weiter, um mehrere Fässer Bier mitzunehmen, und dann ging es an die Kasse.

Nächster Halt war die Tierhandlung, um Würmer und Körner zu kaufen. Die letzten Besorgungen führten sie zu *Target.* Er hatte noch nie eine Frau gesehen, die wegen eines Großmarktes so aus dem Häuschen war, aber sobald sie zum Gang mit den Haushaltsgeräten ging und eine *Keurig* in ihren Einkaufswagen legte, verstand er. Eine gute Tasse Kaffee machte den Unterschied an einem Tag aus.

„Hätte ich gewusst, dass so etwas hier verkauft wird, hätte ich nicht tagelang dieses schreckliche Zeug getrunken." Sie warf alles von Hundesnacks bis zu Eiern in ihren Wagen. Als sie an der Blumenabteilung vorbeikam, stieß sie einen Freudenschrei aus. „Flieder ... das sind meine Lieblingsblumen." Sie berührte die rosafarbenen Blütenblätter. „Sie sehen aus wie Pompons."

Sie senkte ihre Nase zu den Knospen herunter und inhalierte. „Ich weiß auch nicht. Es sind Blumen, die glücklich machen. Sie sehen hoffnungsvoll aus." Sie machte einen Schritt zurück und starrte auf die zarten Blütenblätter. „Ich schaue sie mir an und sehe etwas Wunderbares. Wenn die Natur etwas so Perfektes hervorbringen kann, dann ist alles möglich." Sie steckte mehrere Blumensträuße in ihren Korb, und er folgte ihr zur Kasse.

Sie legten ihre Einkäufe in den Truck, dankbar, dass er ein so riesiges Fahrerhaus hatte. „Sollten wir heute noch irgendetwas einkaufen, muss Otis hinten sitzen." Cannon schloss die Tür zu den Rücksitzen. „Haben Sie Hunger?"

Otis hob den Kopf, als Sage nickte. „Verhungert. Ich habe mich durch die Aufläufe gefuttert, aber irgendwann kann man einfach keine Nudeln mehr sehen."

Copper Creek bot viele Möglichkeiten zum Essen, aber sein Lieblingslokal war ein kleines, unscheinbares Lokal namens „Chico's", das die besten Grüne-Chili-Burger der Gegend verkaufte.

„Wie mutig sind Sie?"

Sie lachte. „Ich habe mein Auto gepackt und bin nach Aspen Cove gefahren."

„Dann lassen Sie uns zu ‚Chico's' gehen." Cannon fuhr zu dem kleinen versteckten Juwel. Als er geparkt hatte, sah er Otis an. „Kann er mitkommen oder wollen Sie ihn hierlassen?"

Sage schüttelte den Kopf. „Wenn Hamburger in der Nähe sind, würde er auf gar keinen Fall im Truck bleiben." Sie kletterte aus dem Wagen, dicht gefolgt von Otis.

Sie fanden einen Außentisch und Cannon ließ sie dort kurz allein zurück. Die Sonne stand hoch am Himmel, und ihre Wärme drang durch ihn hindurch, oder vielleicht war es Sages Anwesenheit. Solange sie ihn nicht anbrüllte oder über seinen Vater sprach, mochte er sie. Es war einfach, in ihrer Nähe zu sein. Unkompliziert.

Als er zurückkam, hatte er zwei mit grünem Chili beladene Hamburger und eine Rindfleischfrikadelle für Otis dabei.

„Ich glaube, Sie versuchen, das Herz meines Hundes zu gewinnen." Sie nahm das Essen vom Tablett und deckte den Tisch für sie beide.

„Ich denke, dass Ihr Hund, genau wie mein Kater, jeden mag, der etwas zu essen hat."

Sie nickte. „Heutzutage gibt es einfach keine Loyalität."

„Vielleicht vertrauen Sie einfach den falschen Leuten." Er nahm seinen Burger und biss hinein.

„Ich vertraue jedem so lange, bis ich es nicht mehr kann."

„Ich vertraue niemandem, bis ich es kann." Er wusste viel über Vertrauen. Er hatte im Leben ein paar schlechte Erfahrungen gemacht und auf schmerzhafte Weise herausgefunden, dass Vertrauen nicht grenzenlos ist.

„Ich vertraue darauf, dass dies der beste Burger ist, den ich je gegessen habe, weil Sie es gesagt haben."

„Ich bin mir nicht sicher, ob man mir vertrauen sollte." Er wollte der Typ Mann sein, auf den sich eine Frau wie Sage verlassen konnte, aber er war sich nicht sicher, ob er etwas zu geben hatte.

Sie nahm einen Bissen und ihre Augen wurden groß. „So gut." Sie wartete ein paar Sekunden. Ihre Wangen verfärbten sich von rosa zu rot und sie griff nach ihrer Limonade. „So scharf."

„Aber gut, oder?"

„Besser geht nicht." Sie fächelte ihrem Gesicht Luft zu. „Ich würde sagen, man kann Ihnen vertrauen."

Eine Stunde später waren sie wieder in Aspen Cove und luden ihre Einkäufe aus. Während sie sie wegräumte, kümmerte er sich um den Vogel, der in den Samen und Würmern herumpickte, die er in die Kiste gelegt hatte.

„Ich sollte gehen." Er erhob sich vom Stuhl und ging zur Haustür. Er hatte tausend Leben in diesem Haus verbracht. Einige seiner schönsten Erinnerungen hatten sich in dem großen Zimmer abgespielt, in dem beide Familien zu Spieleabenden und Abendessen zusammenkamen.

Er drehte sich herum, um sich zu verabschieden, aber sah Sage, die direkt neben ihm stand. Sie warf sich ihm entgegen, schlang ihre Arme um seine Taille und legte ihren Kopf an seine Brust. Obwohl er gut dreißig Zentimeter größer war als sie, passte sie perfekt zu ihm.

Er hielt sie eine Minute lang fest, bevor sie beide ihre Arme senkten und sich voneinander lösten.

„Tut mir leid“, sagte sie. „Ich wollte nur ... es war schön heute. Vielen Dank.“

Als ihre Augen seine fixierten, wurde ihm klar, dass er in großen Schwierigkeiten steckte. Diese Frau würde ihn verrückt machen, aber er war sich nicht sicher, ob es gut verrückt oder schlecht verrückt war.

„Es war wirklich irgendwie schön, nicht wahr?“ Er erklärte nicht näher, wovon er genau sprach, aber er hatte den Tag und die Umarmung genossen.

KAPITEL ZWANZIG

Sage hatte zwei Stunden, bevor ihre Gäste eintreffen würden. In dieser Zeit hinterfragte sie alles, vom Wein, den sie in das Gästezimmer stellte, bis hin zu der Blumenvase.

Sie hatte keine Ahnung, was die Gäste erwarteten, aber deren Aufenthalt sollte ein Erfolg werden, und daher übertrieb sie es vielleicht etwas. Neben die Weingläser und den Wein stellte sie ein Tablett mit Snacks, darunter Pralinen, Kekse und frisches Obst.

Sie schüttelte Kissen auf und faltete Handtücher zu hübschen kleinen Paketen. Sie schrieb eine Begrüßungsnachricht, in der sie dem Paar auch eine glückliche und lange Ehe wünschte. Nachdem sie zum zweiten Mal Staub gewischt hatte, verließ sie das Zimmer.

Der Kamin war bereit, mit gestapelten Holzscheiten und zerknülltem Papier. Man musste nur noch ein Streichholz anzünden.

Sie brachte den Vogel in ihr Zimmer und schloss die Tür zum Gästetrakt. Mit einem Glas Wein und Otis direkt auf den Fersen, ging sie auf die hintere Terrasse und setzte sich in einen der Adirondack-Stühle.

Otis ließ sich vor dem Holzgeländer nieder, um durch die Spindeln auf den See zu starren. Sie war froh, die umschlossene Veranda zu haben, obwohl er niemals weglaufen würde. Otis mochte Futter und Sages Bauchkraulen viel zu sehr.

Während sie auf die Ankunft ihrer Gäste wartete, rief sie Katie an.

„Kannst du hellsehen?" Katies Stimme war lebhaft und fröhlich. „Ich wollte dich anrufen, weil ich dir so viel zu erzählen habe."

„Ich bin ganz Ohr."

„Anscheinend ist Samstag Apfel-Zimt-Muffin-Tag."

Sage richtete sich in ihrem Stuhl auf. „Eine neue Lieferung?"

„Ja, Gnädigste. Alles, um die besonderen Samstags-Muffins zuzubereiten."

Aspen Cove war klein, wenn es um Annehmlichkeiten ging, aber hatte ein großes Herz. Sie hießen Katie willkommen – eine Fremde. „Wie lief es heute mit den Himbeermuffins?"

Sie nippte an ihrem Wein und machte es sich auf ihrem Stuhl bequem, da Katie eher langatmig war. Es dauerte fünf Minuten, bis sie zum Kern der Geschichte kam. „Ich hatte zwei Dutzend Muffins vorbereitet und dachte, ich würde darauf sitzen bleiben, aber um zehn Uhr war ich ausverkauft und musste neue anrühren."

„Klasse. Wer hat sie gekauft?"

„Viele Leute sind gekommen. Einige erkannte ich. Einige andere nicht. Sheriff Cooper kaufte die Hälfte. Er sagte, ich würde nicht genug verlangen, aber wie kann ich für einen Muffin, der aus gespendeten Zutaten hergestellt wurde, überhaupt Geld verlangen?"

„Zeit für einen neuen Sage-Ratschlag. Der Sheriff hat

recht. Deine Muffins sind mit Liebe gemacht. Wie kann man dafür einen fairen Preis festlegen?“

Sage erzählte Katie von dem Vogel und ihrer Reise nach Copper Creek.

„Wie war es, den Morgen mit Cannon zu verbringen?“

Wie sollte Sage Glückseligkeit beschreiben? „Er ist nicht der, für den ich ihn hielt. Ich mag es immer noch nicht, wie er seinen Vater behandelt hat, aber ich glaube nicht, dass er so schlimm ist, wie ich dachte.“

„Du magst ihn also?“ In ihrer Stimme lag ein Anflug von Begeisterung.

„Ich würde nicht sagen, dass ich ihn mag, aber er ist erträglich.“ Sie wollte Katie keine falschen Hoffnungen machen. Cannon zu mögen, würde ihr einen weiteren Grund geben, in Aspen Cove zu bleiben, und sie brauchte diese Versuchung nicht. Anfangs hatte die Stadt viel weniger geboten als Denver, aber jetzt geriet sie in Zwiespalt. Aspen Cove hatte Katie und Cannon und Denver hatte beides nicht.

Sage hörte ein Geräusch an der Haustür. „Ich glaube, meine Gäste sind hier. Ich muss gehen.“

Katie versprach, die Muffins bis um halb acht am nächsten Morgen zu liefern, bevor sie auflegte.

Nach dem Klopfen an der Tür zählte sie bis fünf, um nicht zu übereifrig zu wirken. Es überraschte sie, dass sie aufgeregt war, aber andererseits scheute Sage vor keiner Herausforderung zurück. Wie viele Menschen konnten sich ganz ohne Risiko an einer neuen Karriere versuchen?

Sie überprüfte ihr Gesicht im Spiegel. Ihre Blutergüsse waren verblasst und die neue Abdeckcreme, die sie gekauft hatte, verbarg die schlimmsten Verletzungen ziemlich gut. Noch vor wenigen Tagen hatte sie gehofft, dass das Paar sie ansehen und weglaufen würde, aber heute hoffte sie, dass sie blieben.

Mit einem Lächeln im Gesicht öffnete sie die Tür. Dort stand, eng aneinandergeschmiegt wie ein Klettverschluss, ein junges Pärchen, nicht älter als Mitte zwanzig, und dem glücklichen Ausdruck auf ihren Gesichtern nach zu schließen, waren sie verliebt.

„Herzlich willkommen." Sie trat beiseite und öffnete ihr Haus für ihre Gäste. *Ihr Haus? Ihre Gäste?* „Ich bin Sage Nichols, Ihre Gastgeberin."

Das Paar ging hinein. „Wo ist Bea?", fragte die junge Frau.

Sage lächelte und sagte einfach: „Bea konnte es nicht schaffen." Auf keinen Fall würde sie ihnen sagen, wo Bea wirklich war. Das wäre ein ziemlicher Wermutstropfen für die Flitterwochen.

Sie zeigte ihnen das letzte Zimmer am Ende des Flurs und betete, dass das eine Zimmer zwischen ihr und dem jungen Paar als Puffer ausreichen würde. Sie wollte das Brautpaar nicht stören, war aber auch noch nicht bereit, in Beas Zimmer umzuziehen.

„Im Kühlschrank finden Sie Getränke, Kaffee ist in der Kanne und Frühstück gibt es um neun, wenn Sie es nicht früher möchten."

Die Morellos sahen sie an und lachten. „Selbst neun klingt zu früh", sagte der Ehemann. Er beugte sich zu seiner Braut hinüber und knabberte an ihrer Lippe. „Alles, was ich brauche, habe ich schon hier."

Das war Sages Stichwort, die beiden allein zu lassen. Sie ging aus dem Zimmer, schloss die Tür und noch bevor sie das Ende des Korridors erreichte, ertönte ein dumpfer Schlag von dort. Der Lärm nahm einen stetigen Rhythmus an – wie ein unaufhörliches Hämmern. Sie errötete für das

Pärchen, das keine Zeit verschwendete, um das Bett zum Schaukeln zu bringen, sodass dessen Rahmen gegen die Wand schlug.

Sie verließ den Flur, schloss die Tür hinter sich und versuchte, dem Lärm zu entkommen, der sich mit Stöhnen und Ächzen und Kraftausdrücken vermischte, die einen Truckfahrer erröten lassen würden. Sie schenkte sich ein Glas Wein ein und ging mit Otis auf die Veranda. Sie entfernten sich immer weiter vom Zimmer in dem Bemühen, dem leidenschaftlichen Liebesspiel, das im Haus vor sich ging, zu entkommen.

Eines musste sie Mr. Morello jedoch lassen. Er hatte wirklich Ausdauer. Sie dachte an seine Frau und fragte sich, ob sie einen Eisbeutel brauchen würde.

Etwa dreißig Minuten lang herrschte Ruhe und Stille, bevor der Lärm aufs Neue begann. Dieses Mal verzichtete Sage darauf, den Wein gläserweise zu trinken und nahm stattdessen gleich die ganze Flasche und einen Stuhl mit zum Uferrand. Doch selbst auf diese Entfernung konnte sie sich der leidenschaftlichen Verliebtheit des Paares nicht entziehen.

Jedes Mal, wenn sie die Stille hörte, schlich sie sich ins Haus, um sich das zu holen, was sie brauchte. Eine Jacke. Snacks. Mehr Wein.

Die Sonne war untergegangen und die Luft kühlte ab, aber die Lichter, die über den stillen See flackerten, faszinierten sie. Otis legte sich auf ihre Füße und hielt sie warm. Jedes Mal, wenn ein *Oh Gott* oder ein *Ja* aus dem Haus zu hören war, hob er den Kopf, und sie die Flasche.

Ein Schatten fiel über sie. „Kein guter Tag?“

Sie erschrak, sah über ihre Schulter und entdeckte Cannon. „Das ist noch untertrieben.“ Er ließ sich neben ihrem Stuhl auf den Boden fallen.

Beim nächsten *Ja! Ja! Ja!* lachte er. „Oh, jetzt verstehe ich."

Sie schauten beide zum hintersten Zimmer zurück, wo das Licht zwischen den Vorhängen hindurchdrang.

Sie nahm die Weinflasche und leerte sie. „Sie sind schon seit ihrer Ankunft beschäftigt, und ich weiß nicht, ob ich eifersüchtig oder genervt sein soll. Ich tendiere zu genervt."

Er lehnte sich nach vorne und schlang seine Arme um seine Knie. „Warum genervt?"

Sie wandte sich ihm zu. Das Mondlicht fing das Blau in seinen Augen auf. Vielleicht war es der Wein oder die beständige Geräuschkulisse, die im Hintergrund spielte, aber er sah verdammt sexy aus.

„Ernsthaft? Ich sitze hier draußen in der Kälte, während die beiden sich … was auch immer sie tun, das tausendmal *Oh Himmel* und *Ja* erfordert. Ich bin mir ziemlich sicher, dass die Wand jetzt schon Löcher vom hämmernden Kopfteil hat." Sie hielt die leere Flasche zwischen Daumen und Zeigefinger und ließ sie wie ein Pendel schwingen. „Zu allem Übel habe ich keinen Wein mehr, also kann ich den Lärm nicht einmal mit Alkohol übertönen."

Er stand auf. „Ich bin gleich wieder da."

Er verschwand für ein paar Minuten und kehrte mit einem Stuhl, einer Decke, einer Flasche Wein und zwei Gläsern zurück. „Sieht so aus, als bräuchten Sie Verstärkung." Er stellte den Stuhl neben ihren und legte ihr die Decke um die Schultern, bevor er ihr ein Glas Wein anbot.

Während sie trank, kletterte Otis unter das Zelt, das die Decke geschaffen hatte, und seufzte, als wäre sein Leben perfekt. Für einen Hund war das Leben einfach. Essen. Schlafen. Ein bisschen mehr essen. Wieder schlafen.

„Halten Sie es für klug, Alkohol im gleichen Haus mit

ihrem Vater aufzubewahren?" Sie wollte keine Spannung zwischen ihnen erzeugen, aber es war nicht viel anders, als einem Diabetiker einen Schokoriegel anzubieten.

Er starrte auf den Wein in seinem Glas und drehte es, bis die rote Flüssigkeit das Glasinnere benetzte. „Es gibt nichts, worauf er Zugriff hat. Ich bewahre meinen Vorrat im Waffensafe auf, verschlossen."

„Das ist gut." Sie musste ihm mehr Vertrauen entgegenbringen. „Danke für den Wein."

„Auf die Nachbarschaft." Er hob sein Glas und stieß es an ihres. „Wenigstens, solange Sie bleiben."

Ihr Blick flog über seine Schulter hinweg zu dem Haus, in dem er wohnte. Es war dunkel und leer. „Sie sollten reingehen. Ich bin mir ziemlich sicher, dass es in Ihrem Haus warm und ruhig ist."

Er nippte an seinem Wein und musterte sie. „Wahrscheinlich, aber es wäre nicht nachbarschaftlich, Sie hier draußen allein zu lassen. Außerdem gefällt mir Ihre Gesellschaft besser als meine eigene." Er ließ den Kopf hängen. „Ich würde Sie ja einladen, aber mein Vater ist unberechenbar."

„Wahrscheinlich ist es ratsam, an Ort und Stelle zu bleiben, oder zumindest weniger schmerzhaft." Zu viel Wein brachte Sage immer zum Kichern. „Sie könnten bis Sonnenaufgang hier draußen sein. Ich schwöre, die beiden haben die Ausdauer von olympischen Athleten."

„Ich werde Ihnen Gesellschaft leisten, bis die beiden erschöpft sind." Er füllte ihre Weingläser und starrte auf den See.

„Ich bin mir nicht sicher, dass das möglich ist. Haben Sie jemals …?" Sage schüttelte den Kopf und ließ den Satz unvollendet. Sie konnte nicht glauben, dass sie ihn beinahe gefragt hätte, ob er jemals ein Mädchen so zum Schreien gebracht hätte.

„Ja."

Ihr Kopf schnellte zu ihm herum. „Sie wissen ja nicht mal, was ich sagen wollte."

„Das lässt sich leicht erraten. Im Hintergrund läuft eine nicht jugendfreie Geräuschkulisse, und Sie haben diesen schmachtenden Blick."

„Er ist nicht schmachtend." Sie hob ihr halb leeres Glas. „Ich bin betrunken und Sie haben keine Ahnung, was ich sagen wollte."

Er rückte seinen Stuhl näher heran und zog die Ecke der Decke auch um seine Schultern. Sein Körper, der ihren berührte, erwärmte den Teil, den der Wein nicht betäubt hatte.

„Es gibt mehrere Fragen, die ich aus diesem Blick ableiten kann. Eine wäre, ob ich jemals eine ganze Nacht lang Sex hatte. Eine andere wäre, ob ich es schaffe, eine Frau vor Ekstase zum Schreien zu bringen? Vielleicht haben Sie sich auch nur gefragt, ob ich jemals das wollte, was die beiden da drin haben? Dann ist die Antwort auf alle drei Fragen Ja."

Der Mann hatte die schönsten Lippen. Sie beobachtete, wie sie jedes Wort sprachen. Wären sie so weich wie ein Daunenkissen? Warm? Nass? Sie ließ ihre Augen von seinen Lippen zu seiner Hand wandern. Würden die Finger, die das Glas so sanft hielten, sich auch so zart auf ihrem Körper anfühlen? Dabei erwischt, wie sie ihn anstarrte, wandte sie sich verlegen ab.

„Sie irren sich. Ich wollte fragen, ob Sie jemals draußen gesessen haben, weil es drinnen zu laut war, um es aushalten zu können?"

Cannon schmunzelte. „Sicher. *Das* haben Sie gedacht.

Dann ist auch die Antwort darauf Ja. Mein Bruder und seine Freundin waren aktiv und laut."

„Sie haben einen Bruder?"

„Ja, aber er wohnt nicht mehr hier." Cannon blickte zu seinem Haus hinüber, als würde er sich an etwas erinnern. „Sie sperrten mich dann immer aus." Er nahm die Flasche, teilte den Rest zwischen ihnen auf und deutete auf die Anlegestelle. „Ich habe viele Stunden auf diesem Bootssteg verbracht."

Sage rückte näher an Cannon, um mehr von seiner Körperwärme aufzunehmen. „Ich könnte mir schlimmere Orte vorstellen, an denen man feststeckt. Wenn es nicht so kalt wäre, wäre es perfekt."

„Das hier fühlt sich irgendwie perfekt an."

Er rückte die Decke zurecht und zog sie näher. Die Armlehne ihres Stuhls grub sich in ihre Seite, aber sie beschwerte sich nicht. Zum ersten Mal, seit sie in Aspen Cove angekommen war, war sie nicht allein oder einsam. Es war ein seltsames Gefühl, sich mit einem Mann so wohlzufühlen, der ihr Temperament auflodern und ihr Inneres weich werden ließ. Das Bemerkenswerteste war, dass er ihr ein anderes Gefühl gab als diese schreckliche Leere. Sie würde Wut und Leidenschaft jederzeit der Gleichgültigkeit vorziehen.

Minutenlang saßen sie in kameradschaftlichem Schweigen da. Cannon drehte sich zu ihr herum und neigte seinen Kopf. Ein Kuss stand bevor und alles, was sie über seine Lippen wissen wollte, würde beantwortet werden. Sie beugte sich vor, entspannte ihre Lippen und atmete ein. Gerade als sich ihre Augenlider schlossen, spürte sie, wie er sich bewegte.

„Ich glaube, sie sind fertig." Er stellte sich auf die Füße, wobei er die Decke wegzog. „Sie sollten reingehen, um sich aufzuwärmen.“ Er reichte ihr seine Hand und zog sie auf die Füße. „Ich werde hier aufräumen.“ Sein Arm leicht auf ihren Rücken gelegt, begleitete er sie zur Tür.

Sage war noch nicht bereit, sich zu verabschieden, aber es war eine kluge Entscheidung. Es hatte keinen Sinn, etwas anzufangen, das keine Zukunft hatte. Sie schlang ihre Arme um ihn und umarmte ihn fest. „Vielen Dank. Das war wahrscheinlich die beste Nacht, die ich seit Langem hatte.“

Er hielt sie fest und seine Lippen berührten ihren Haaransatz mit einem sanften Kuss. „Sie müssen mehr rauskommen.“

„Das stimmt. Das stimmt wirklich.“

„Sie sollten morgen Abend in die Bar kommen.“ Er machte einen Schritt zurück. „Es ist Karaoke-Nacht. Bringen Sie Otis mit.“

„Okay.“ Sie nickte. Es würde der erste Samstagabend sein, an dem sie keine Schicht hatte oder zusammengerollt auf der Couch verbrachte und sich Wiederholungen ansah.

„Dann haben wir eine Verabredung.“ Er wandte sich ab und ging die Treppe hinunter.

„Haben wir?“ Meinte er eine echte Verabredung oder war das nur eine Floskel?

„Kommen Sie einfach in die Bar.“ Er verschwand in der Nacht. Sie beobachtete seine Umrisse, als er die Gläser und Flaschen am Wasser aufhob und zu seinem Holzhaus ging.

Sie kicherte, als sie ihr Haus betrat. Plötzlich störte sie nichts mehr. Nicht ihre Nase. Nicht die Jungvermählten, die sich wie die Kaninchen vergnügten. Nicht der Gedanke daran, an diesem Ort festzusitzen, bis das Haus verkauft war.

Eine Stimme in ihrem tiefstem Inneren sagte ihr, dass sie hier glücklich sein könnte, wenn sie es zulassen würde. Sie ließ sich auf ihr Bett fallen, grinste an die Decke und dachte an die magische Wirkung, die eine lange Umarmung und ein leichter Kuss vom richtigen Mann haben konnten. Sie war sich nicht sicher, ob es der Wein oder ihre Hormone waren, aber irgendetwas sagte ihr, dass sie Cannon vertrauen sollte.

KAPITEL EINUNDZWANZIG

Sage schaffte es kaum, ein Auge für Katie zu öffnen, die pünktlich um halb acht vorbeikam, um Muffins zu liefern. Der Duft von Apfel und Zimt erfüllte die Luft, sobald sie das Haus betrat.

Da sie ihre Gäste nicht wecken wollte, zog sie ihren Finger in einer Sei-still-Bewegung an ihre Lippen und führte Katie in die Küche, wo eine anständige Tasse Kaffee auf sie wartete.

„Was schulde ich dir?", flüsterte sie und griff nach ihrer Handtasche, die sie unter der Spüle versteckt hatte. Sage lebte nach den Regeln der Großstadt. Nachts schloss sie ihre Türen ab und versteckte ihre Handtasche.

Katie schüttelte den Kopf. „Du bezahlst mich nicht. Ich bin deinetwegen und einem Haufen Verrückter hier, die ständig Mehl und andere Produkte vor meiner Haustür abladen."

„Schon wieder?" Sage setzte sich an den Eichentisch und klopfte auf den Stuhl neben ihrem. „Was ist heute gekommen?"

Katie schob eine Kaffeekapsel in den Schlitz und drückte den Knopf. „Bananen und Walnüsse."

Sage rutschte aufgeregt auf ihrem Stuhl hin und her. „Ich liebe Bananen-Nuss-Muffins." Sie nahm einen Zwanzig-Dollar-Schein aus ihrer Handtasche und schob ihn über den Tisch. „Kann ich morgen früh vorbeikommen und welche abholen?"

Sobald ihr Kaffee fertig war, setzte sich Katie neben Sage, ignorierte aber das Geld und genoss ihren ersten Schluck. „Ich liefere, wenn du mir eine Tasse Kaffee machst. Ich brauche eine dieser Maschinen für die Bäckerei."

„Vergiss die *Keurig*. Nimm lieber eine Espressomaschine."

„Eine Espressomaschine wäre ein Traum." Sie zeigte auf einen Topf auf dem Küchentresen. „Im Moment ist das die Realität."

Sage schob das Geld zu ihrer Freundin hinüber. „Das wir dich deinem Traum näherbringen."

Katie starrte den Zwanziger an, als würde sie mit sich selbst kämpfen, aber sie musste gewusst haben, dass Sage darauf bestehen würde, also nahm sie ihn und steckte ihn in die vordere Tasche ihrer Jeans.

„Was ist mit dir? Wie geht es deinen ersten Gästen?"

Ihre Wangen röteten sich. „Ach, du lieber Gott. Sie haben nicht aufgehört, Sex zu haben. Sogar Otis kletterte gegen drei Uhr morgens unter die Decke, um den Lärm zu ersticken."

„Das kann nicht sein. Wirklich?" Sie starrte aus dem Fenster. „Ich kann mich an kein einziges Mal erinnern, dass ich Sex mit einem Typen hatte und eine Wiederholung wollte, geschweige denn einen Marathon."

„So schlimm?“ Sage dachte an ihre Beziehung zu Todd zurück. Es war nicht so, dass der Sex schlecht war, aber ihn als *gut* zu bezeichnen, würde seine Fähigkeiten überbewerten. Es gab sicherlich kein *Oh Himmel* oder *Ja*. Nur Sex. Kein Vorspiel. Kein Kuscheln. Im Nachhinein erkannte sie, dass Todd nahm und sie, wie ihre Schwester sagte, immer gab.

„Ich kann nicht behaupten, dass es gut war.“

„Das musst du ändern. Was ist mit dem Sheriff?“ Sie zog die Brauen hoch. „Er mag deine Muffins.“

„Und er ist bereit, dafür zu bezahlen, aber er ist nicht mein Typ. Erstens ist er zu alt. Er ist ungefähr vierzig. Zweitens stehe ich auf einen bestimmten Typ Mann.“

Sage sah Katie an. Ihr Haar war gestylt und ihr Make-up perfekt. Ihre Kleidung war konservativ, elegant und teuer. Sie schätzte ihren Typ auf Sohn schwerreicher Eltern oder Banker.

„Ich bin mir nicht sicher, ob du hier in Aspen Cove Schönlinge finden wirst.“

Katie nahm einen Schluck Kaffee und lachte so sehr, dass er ihr aus den Mundwinkeln tropfte. Sie rannte und holte sich eine Serviette, um die Flüssigkeit zu beseitigen, die an ihrem Kinn herunterlief. „Du liegst völlig daneben. Ich mag die kaputten Typen, dunkel und grüblerisch. Die Sorte Mann, die aussieht, als würden sie dich im Schlaf ermorden, dich aber in Wirklichkeit in ihren Armen halten, um dich zu beschützen.“

„Ich habe dich nicht für jemand gehalten, der auf Neandertaler steht.“ Sage schnappte sich einen Muffin aus der Schachtel, hob ihn an ihre Nase und lächelte, als sie sich vorstellte, wie Bea ihrer Familie an diesem Tisch Muffins serviert hatte.

„Neandertaler ziehen Frauen gerne an Haaren hinter sich her." Sie fuhr sich mit den Fingern durch ihre perfekt gelegten Locken. „Ich würde jeden Mann umbringen, der meine Haare zerzaust."

Sage lachte und erinnerte sich an ihre schlafenden Gäste. „Du bist wie Aschenputtel ohne Kleid, gläserne Schuhe und gute Fee."

„Ich bin mir ziemlich sicher, dass Bea meine gute Fee war und Glasschuhe gehen gar nicht. Stell dir nur vor, wie schrecklich die gewesen sein müssen? Ich hatte übrigens so ein Kleid bei meinem Debütantinnenball. Es war nicht blau, sondern weiß und konnte es mit der Schönheit jedes Hochzeitskleides aufnehmen."

„Finden diese Bälle immer noch statt?"

„Jedes Südstaatenmädchen, das etwas auf sich hält, wird mit Etikette und Spitzen überhäuft, um an diesem einen Tag in die Gesellschaft eingeführt zu werden." Katies Südstaatenakzent wurde mit jedem Wort stärker.

„Und ich dachte immer, ein Abschlussball wäre eine große Sache."

„An dem habe ich auch teilgenommen, aber ich trug Rot. Meine Mutter ist fast in Ohnmacht gefallen und hat gesagt, Rot zu tragen sei eine Sünde."

„Ich werde einige Zeit brauchen, um aus dir klug zu werden." Sage stand auf und holte Teller aus dem Schrank.

„Heißt das, du bleibst?"

Sie schüttelte den Kopf. „So weit bin ich noch nicht, aber heute packe ich meine Koffer nicht." Sie deckte den Tisch für das Brautpaar und holte die verschiedenen Sachen heraus, die sie für das Frühstück gekauft hatte. Sie arrangierte Müsli, Joghurt und Obst. Während sie arbeitete, erzählte sie Katie von dem Vogel und Cannon.

„Ich finde, ihr beiden wärt einfach ein süßes Paar."

Sie ignorierte den Kommentar, denn obwohl sie Cannon Bishop sehr reizvoll fand, war er gleichzeitig ein streitsüchtiger Dickschädel. Das war nicht unbedingt eine gute Mischung.

Als das Hämmern begann, schauten sie beide in Richtung Gästeflur. Das Brautpaar war wach.

„Jetzt geht es wieder los." Sage bedeckte ihr Gesicht mit beiden Händen.

„Das ist mein Stichwort. Ich sollte auch gehen. Außerdem wartet der Sheriff um acht in der Bäckerei."

„Glaubst du, er ist derjenige, der die Vorräte bringt?" Sie brachte Katie zur Tür.

„Ich weiß nicht. Das ist ein weiteres Rätsel, das ich gerne lösen würde."

Sage stand an der Tür und sah ihrer Freundin nach, als sie wegfuhr.

Dann zog sie sich an, nahm den Schuhkarton, fütterte Otis und zog sich auf die Veranda zurück. Sie öffnete vorsichtig den Deckel und schaute nach dem Vogel. Er kauerte in der Ecke, bis sie seine Schale mit Samen und Wurmbrei füllte. Mit geöffnetem Deckel stellte sie ihn auf den Handlauf, um etwas frische Luft und Sonne zu tanken. Wenn er stark genug war, hoffte sie, dass er wegfliegen würde.

Links von ihr beugte sich ein Hirsch zum Wasser hinunter, um zu saufen. Es war ein junger Bock mit einem kleinen Geweih und er bot den schönsten Anblick, den Sage je gesehen hatte. Otis knurrte, und sie bedeutete ihm, still zu sein. Der Hirsch hob den Kopf, flüchtete aber nicht. Er beobachtete sie einige Sekunden lang, dann beugte er sich vor, um weiter zu saufen.

Otis erhob sich und wedelte mit dem Schwanz.

„Guten Morgen“, sagte Mr. Morello.

„Hier bin ich.“ Sage erhob sich vom Adirondack-Stuhl. „Ich überlasse ihnen beiden die Veranda.“ Sie schloss den Kartondeckel und rief Otis, ihr zu folgen.

„Nein, ist schon okay, wir essen nur etwas und machen dann einen Spaziergang um den See.“

Sage sah an ihm vorbei zu seiner Frau. Bei der vielen Betätigung, die sie hatten, war es ein Wunder, dass sie sich überhaupt bewegen konnte.

„Wir haben Sie nicht wachgehalten, oder?“ Eine feine Röte überzog die Wangen der jungen Frau.

Sage musste ihre gesamte Willenskraft aufbringen, um nicht die Augen zu verdrehen oder ein Geräusch von sich zu geben. „Nein, Otis und ich haben die Zeit mit einem Freund verbracht und waren gar nicht hier.“

„Oh, gut.“ Sie biss in einen der Muffins und seufzte. „Die sind erstaunlich. Haben Sie die gemacht?“

„Nein, die Bäckerei in der Stadt hat sie geliefert.“ Das Paar machte es sich auf Sages Platz auf der Terrasse bequem, als sie zurück ins Haus ging. „Viel Spaß beim Spaziergang.“

Sobald sie das Haus verließen, betrat sie das Zimmer der beiden, um das Bett zu machen. Als Krankenschwester war sie mit vielen Körperflüssigkeiten in Berührung gekommen, aber beim Gedanken daran, die Laken zu berühren, bekam sie eine Gänsehaut. Anstatt das Bett zu machen, zog sie die Bettwäsche ab und warf sie in die Waschmaschine. Sie startete einen Waschgang mit Kochwäsche und einer extra Portion Waschmittel. Anschließend bezog sie das Bett neu, bevor sie ins Badezimmer rannte und unter die Dusche stieg, um sich zu waschen.

Nachdem alles wieder ordentlich war, kletterte sie für ein langes Nickerchen unter ihre Bettdecke.

Das Hämmern des Kopfteils weckte sie. Sie hatte so lange geschlafen, bis die Sonne unterging. Da sie keine weiteren Runden frisch verheirateter Leidenschaft ertragen konnte, zog sie sich an und machte sich mit Otis auf den Weg zur Bar.

ALS SIE ANKAM, befanden sich etwa ein Dutzend Personen drinnen und sie erkannte einige von Beas Beerdigung wieder. Sie ging mit ihrem Hund zum Ende der Bar, wo sie sich auf einen Hocker setzte und Otis sich zu ihren Füßen zusammenrollte.

Cannon legte einen Untersetzer vor ihr auf den Tresen. „Bier? Wein?"

Ein weiteres Glas Wein würde ihr den Magen umdrehen und Kopfschmerzen verursachen. Sie hatte letzte Nacht zu viel getrunken, aber sie verspürte ein Verlangen nach Kohlensäure. „Ich hätte gerne ein Bier."

Das Klacken von Billardkugeln erregte ihre Aufmerksamkeit. Eine Gruppe raubeiniger Männer stand um den Tisch herum, und Sage dachte an Katie.

„Schön, dass Sie es geschafft haben. Haben Sie etwas Schlaf bekommen?" Er hob eine Augenbraue.

„Nicht viel. Ich habe ein Nickerchen gemacht, nachdem die beiden für eine Weile das Haus verließen."

Cannon stellte das dunkle Bier vor sie. Ihr entging nicht, dass er sich erinnerte, was sie getrunken hatte, als sie das letzte Mal auf demselben Barhocker gesessen hatte. Es schien eine Ewigkeit her zu sein, aber es war nicht einmal eine Woche seitdem vergangen. „Da Sie hier sind, nehme ich an, dass die beiden wieder aktiv sind." Er schob ihr eine Schüssel mit gemischten Nüssen hin.

„Das ist nicht der einzige Grund, warum ich gekommen bin. Ich kenne den Barkeeper, und er zapft ein hervorragendes Bier."

Als Cannon lächelte, erhellte sich der Raum. Sage verstand, warum das Mädchen im Spirituosenmarkt einen enttäuschten Eindruck gemacht hatte. Sie hatte dieses Lächeln wahrscheinlich das ein oder andere Mal gesehen, und wie Erdnuss-M&Ms oder Skittles, machte es süchtig. Nur ein paar davon, ab und zu, waren nie genug.

Er beugte sich über den Bartresen und Sage dachte, er würde sie berühren – oder mit seinen Lippen noch einmal über ihr Haar streichen. Stattdessen sah er auf ihren Hund hinunter. „Hey, Otis, friss Mike nicht auf, okay?" Er schob sich zurück, ging zum anderen Ende der Theke und ließ sie allein.

Sage schickte eine kurze Textnachricht an Katie und sagte ihr, sie solle vorbeikommen und ein Bier mit ihr trinken.

Fünf Minuten später kam Katie herein und verdrehte allen am Billardtisch den Kopf. Es schien, als würden Gegensätze sich anziehen.

„Du lieber Himmel." Sie setzte sich auf den Hocker neben Sage. „Das ist ja mal eine Auswahl heute Abend."

Der Kommentar überraschte sie. „Du warst schon mal hier?"

Katie zuckte mit den Schultern. „Ich wohne auf der anderen Straßenseite." Sie zeigte auf den Mann, der wie ein Verbrecher aussah, nur ohne die Handschellen. „Das ist Dalton. Du hast ihn bei der Beerdigung kennengelernt. Er ist Koch im *Diner*."

„Er sieht genau nach deinem Geschmack aus."

„Nicht wirklich. Er ist ein großer Teddybär."

„Er ist *genau* dein Typ. Groß, kräftig und gefährlich aussehend." Sage nippte an ihrem Bier.

„Man könnte es meinen, aber ich werde es wissen, wenn ich den einen sehe, und er ist es nicht." Katie sah sich im Raum um. „Der Junge da drüben ist Mark und er ist der stellvertretende Sheriff."

Sage erinnerte sich, dass sie die meisten Leute in der Bar getroffen hatte, mit Ausnahme der Männer am Billardtisch.

„Das sind Daltons Motorradfreunde", sagte Katie, als könnte sie Sages Gedanken lesen.

Jemand warf eine Münze in die Jukebox und ein Lied begann zu spielen.

„Oh, ich liebe dieses Lied." Katie nahm Sage den Bierkrug aus der Hand und schleifte sie an die einzige Stelle im Raum, wo man sich bewegen konnte. „Tanz mit mir."

„Ich tanze eigentlich ..."

„Heute schon."

Sie bewegte sich zum flotten Tempo und Sage verlor sich im Augenblick. Als sie zur Bar schaute, sah sie, dass Cannon sie anstarrte. Es war nicht der Blick eines Barbesitzers, der sich vergewisserte, dass es seinen Gästen gut ging, sondern der Blick eines interessierten Mannes, und eine Hitzewelle durchflutete sie.

„Du magst ihn, nicht wahr?" Katie folgte Sages Blick.

„Er hat seine guten Seiten."

„Was machst du dann hier mit mir? Los, geh schon." Katie ging zum Billardtisch und ließ Sage allein zurück.

Zurück an der Theke lag Otis nicht mehr zusammengerollt auf dem Boden. Ihr Herz schlug schnell in einem Anflug von Panik. „Otis." Sie beugte sich vor und suchte unter den Tischen.

„Ihm geht es gut, er ist hier." Cannon deutete vor sich auf den Boden.

Da Sage nicht so groß geraten war, musste sie auf den Bartresen klettern, um sich davon zu überzeugen. „Wie ist das denn passiert?" In der Ecke lag Otis, an Mike gekuschelt. Die beiden schliefen so friedlich, als wären sie zusammen aufgewachsen.

„Man sagt, Gegensätze ziehen sich an."

„Wenn das möglich ist", sie nickte in Richtung der Tiere, „dann bringe ich morgen den Vogel hierher." Es war nur ein Scherz, aber Cannons finsterem Blick nach zu schließen, fand er ihren Kommentar nicht witzig.

„Sie sollten Aspen Cove eine Chance geben." Hörte sie einen Hauch von Hoffnung in seiner Stimme?

„Es war ein Scherz. Ich sagte Ihnen doch, ich würde bleiben, bis der Vogel gesund ist."

„Was passiert danach?"

Ihr wurde flau im Magen. Sie hatte keinen Plan. „Ich weiß es nicht. Ich lebe von einem Tag zum anderen."

„Schon gut." Der Anflug von Enttäuschung verschwand. „Katie scheint sich gut einzuleben."

Sie sah zu der Frau hinüber, die noch vor wenigen Tagen in den Ärmel ihres Pullovers geweint hatte. Die Tränen waren verschwunden und an deren Stelle waren Optimismus und Hoffnung in ihre strahlend blauen Augen gerückt. In ihrer Hand hielt sie das Mikrofon. Es war Karaoke-Abend und Katie sorgte für die Unterhaltung.

„Sie backt fantastische Muffins", sagte Sage und dachte an die morgendliche Lieferung. „Irgendeine Ahnung, wer die Vorräte vor ihrer Tür ablädt?"

„Ich denke mir, dass es jeder sein könnte, der einen rosafarbenen Umschlag erhalten hat. Nur weil Bea gestorben ist, heißt das noch lange nicht, dass ihre Großzügigkeit es auch getan hat."

„Also waren die rosa Umschläge nicht unbedingt für die Leute bestimmt, die sie erhalten haben?" Sie war auf der Suche nach Antworten.

„Sagen Sie es mir. War Ihr rosafarbener Umschlag für Sie?"

KAPITEL ZWEIUNDZWANZIG

Sage kehrte von der Bar nach Hause zurück, machte sich aber nicht die Mühe, ihre Jacke auszuziehen. Sie ging durch die Vordertür, hörte das Brautpaar und dirigierte Otis in die Küche. Mit Taschen voller Leckerlis und einer mit Kaffee gefüllten Thermoskanne nahm sie ihren Platz am Wasser ein.

Frische Luft füllte ihre Lungen, während die Grillen sangen. Am kristallklaren Himmel hing ein Wandgemälde aus Sternen. Otis saß brav zu ihren Füßen, nicht, weil er gut erzogen war, sondern weil er Leckerchen liebte. Sie hoffte, dass das Brautpaar heute Nacht früh müde werden würde. Es war nach neun Uhr, und sie wollte nicht noch einen Abend wie den gestrigen verbringen. Andererseits war die letzte Nacht nett gewesen – mehr als nett, wenn sie ehrlich zu sich selbst war.

Das war das Problem. Sage war zwar ehrlich zu anderen, belog sich aber oft selbst. Ihre Beziehung zu Todd war ein Reinfall gewesen. Im Nachhinein erkannte sie, dass sie nicht mehr als Mitbewohner gewesen waren, die Sex miteinander hatten. Sie teilten sich eine Wohnung, einen

Beruf und ihre Körper. Sie hatte ihn damals auf der Suche nach einem Mitbewohner über das Schwarze Brett bei ihrer Arbeitsstelle gefunden und alles war ziemlich schnell gegangen. Sie hatte sich gewünscht, dass sich mehr daraus entwickeln würde, aber sie hätte es besser wissen müssen. Todd kümmerte sich um Todd, und Sage kümmerte sich um Todd. Für Todd war es ein gutes Geschäft.

Als ihre Taschen leer waren, suchte Otis am Strand nach etwas anderem. Er kam mit einem Stock zurück, und die nächste halbe Stunde spielten sie Apportieren, bis er müde wurde und sich vor ihren Füßen fallen ließ.

Sie schaute über den See. Wer lebte in den beleuchteten Häusern? Waren diese Menschen glücklich? Hatten sie ein erfülltes Leben oder waren sie wie sie immer noch auf der Suche nach dieser einen Sache, die ihr Dasein verändern würde?

Otis' tiefes, leises Knurren unterbrach alle Gedanken an ihr vergangenes Leben und sie richtete ihre Aufmerksamkeit auf das jetzige. „Was ist los, Großer?"

Tief und beharrlich knurrte er in die finstere Nacht.

Sage hatte bisher nicht viel über gefährliche Wildtiere nachgedacht. Sie hatte Vögel und ein oder zwei Hasen von Strauch zu Strauch huschen sehen. Da gab es auch noch den wunderschönen Hirsch, aber sie hatte nicht an etwas Bedrohliches gedacht. Wie dumm konnte man sein? Sie befand sich in den Bergen, und das brachte Raubtiere wie Bären, Berglöwen und Wölfe mit sich.

Sie bewegte sich langsam und griff nach der Thermoskanne. Es war das Einzige, was einer Waffe am nächsten kam. Otis stellte sich auf seine drei Beine und Sages Herz explodierte in ihrer Brust. Sie würde definitiv nicht als Abendessen für eine Bestie herhalten. Eine Bewegung zu ihrer Linken ließ sie die Thermoskanne wie einen Schlagstock benutzen und damit in der Dunkelheit herumwedeln, ohne irgendetwas zu treffen.

Statt eines hungrigen Bären oder Löwen sah sie den Schatten eines Mannes auf Cannons Bootsanleger. Seine Kleidung flatterte in der Luft. War das Ben? Für Spekulationen blieb keine Zeit, denn der dünne, blasse Körper verschwand mit einem Aufspritzen im eiskalten Wasser. Dann war nichts mehr. Kein Paddeln. Keine Bewegung. Nur Stille.

Darauf trainiert zu reagieren, rannte sie zum Ende des Stegs. Mit nur einem Hauch Mondschein war es schwierig, etwas zu erkennen. Sie suchte die Oberfläche nach Bewegung ab und sah dann ein paar Blasen aufsteigen. Ohne nachzudenken, schleuderte sie schnell ihre Schuhe von den Füßen und sprang kopfüber ins kalte Wasser. Wenn es Ben Bishop war und sie ihm helfen konnte, würde er heute Nacht nicht sterben.

Eiskaltes Wasser umhüllte sie, die Kälte so intensiv, dass es brannte. Sie suchte umher, und ihre Arme tasteten durch die Dunkelheit, um einen Körper zu finden. Sie konnte nicht richtig durchatmen, aber sie tauchte trotzdem unter die trübe Oberfläche. Die Kälte und die mangelnde Sicht machten ihre Mission unmöglich. Nach Luft schnappend, verharrte sie still und lauschte. Ihre Muskeln erschlafften und ihre Lungen schmerzten, aber sie gab nicht auf. Links von ihr durchbrach ein Körper die Wasseroberfläche, hustend und spuckend und um Atem ringend.

„Ich bin hier." Sie erreichte ihn mit drei Zügen. „Wehren Sie sich nicht, Ben. Ich bin heute Abend nicht in der Stimmung für Ihr Theater." Ihr rechter Arm schlang sich um seine Brust. Sie wendete die Kenntnisse an, die sie noch aus ihrer Ausbildung zum Rettungsschwimmer kannte, auf die Großmama Dotty bestanden hatte, als sie ein Teenager gewesen war.

Sie brauchte fünf Minuten, um ihn ans Ufer zu bringen und weitere zwei, um ihn aus dem Wasser zu ziehen. Sie ließ sich einfach auf ihren Hintern fallen und nahm den nur mit Unterwäsche bekleideten Mann in ihre Arme.

„Ich konnte es nicht", schluchzte er. „Ich war so nah dran, endlich wieder bei Carly zu sein."

Am schlammigen Ufer umarmte sie Ben fester und hörte zu, wie er weinte. Trotz der kühlen Luft war es draußen wärmer als im Wasser. Dampf stieg von ihren Körpern auf.

Otis trug seinen Teil dazu bei, indem er sich an sie schmiegte, aber innerhalb weniger Minuten zitterte sie unkontrolliert und ihre Zähne klapperten so stark, dass ihr Kiefer schmerzte.

„Ben, ich m-m-muss S-s-sie reinbringen. Sie w-w-werden s-s-s-sich sonst unterk-k-k-kühlen."

Er versuchte, sie abzuschütteln, aber sie hielt ihn fester. „Lassen Sie mich einfach hier und lassen Sie mich sterben."

„Das werde ich nicht tun." Sie stemmte ihre Absätze in den Schlamm und schob sich Zentimeter um Zentimeter zurück. „Sie müssen mir helfen."

„Lassen Sie mich einfach gehen." Ben kauerte sich zusammen und schluchzte.

„Ich kann nicht." Sie befreite sich aus ihrem nassen Mantel und wickelte ihn darin ein. Es war nur eine Frage der Zeit, bis es für sie beide gefährlich werden würde. Sie dachte daran, ihn lange genug allein zu lassen, um schnell ein paar Decken zu holen, befürchtete aber, er würde wieder ins Wasser gehen, und dass sie ihn nicht noch einmal retten könnte.

Stattdessen zog sie Otis näher an sich heran und wärmte sich an seinem Körper.

Trotz Bens Sprung in den See roch er immer noch wie eine Schnapsbrennerei. Sie wiegte ihn hin und her, während sie ihm zuhörte, wie er über den Verlust der Liebe seines Lebens weinte.

Ihr kam der Gedanke, dass Aspen Cove eine Stadt voll mit traurigen Menschen war, und vielleicht dachte Bea deshalb, dass sie hierher passen würde. Tiefes Leid war in jede einzelne von Sages Körperzellen gemeißelt. Es war schlimm genug, es mit sich herumzutragen, aber sie wollte nicht davon umgeben sein. Nein, das war ein weiterer Grund, warum Sage nicht bleiben konnte. Wenn sie am Montag ihre Schulden beim Doktor beglich, würde sie ihn bitten, das Anwesen zum Verkauf anzubieten.

„Was zur Hölle?" Cannon raste zu der Stelle, wo das Wasser die nackten Füße seines Vaters umspülte.

„Gott sei Dank. Ich konnte ihn nicht dazu bringen, r-r-reinzugehen. Ich kann ihn nicht t-t-t-tragen." Sie sah auf Ben herab, der auf ihrem Schoß liegend ohnmächtig geworden war. „Er ist bewusstlos, a-a-a-aber er friert."

Cannon beugte sich vor und hob seinen Vater hoch, als würde er nichts wiegen, dann sah er sie an. „Können Sie gehen?"

„Ja." Jeder Muskel in ihrem Körper schrie *Nein*, aber sie rappelte sich auf, und sie und Otis folgten Cannon in sein Haus.

Er nickte in Richtung eines Pelletofens. „Stellen Sie sich vor den Ofen, ich bin gleich wieder da."

Sie streckte ihre Hände nach vorne und saugte die Hitze auf, die von dem gusseisernen Gehäuse aufstieg. Beas Haus hatte Zentralheizung und einen Kamin. Das von Cannon wurde mit Holzpellets beheizt. Von dort kam also jede Nacht der Geruch von brennendem Holz. Geheimnis gelüftet.

Zwischen ihrem Bibbern begutachtete sie das Haus. Sauber und ordentlich erinnerte es sie an das *Bed & Breakfast*. Die Möbel waren alt, aber robust. Bücherregale säumten eine Wand. Zwischen Büchern lagen geschnitzte Holztiere. Sie suchte nach Fotos, aber es gab keine.

Das Zimmer war warm, aber nicht auf die Art eines gemütlichen Familienzuhauses, und sie vermutete, dass alles, was Ben an seine Frau erinnert hatte, verschwunden war.

„Es tut mir so leid." Cannon betrat den Raum mit einem Armvoll trockener Kleidung. „Ziehen Sie das an."

„Ich kann nach Hause gehen und mich umziehen." Sie rückte näher an den Ofen heran und versuchte, mehr Wärme aufzunehmen, bevor sie sich nach draußen wagen musste. Otis hatte einen Sessel gefunden, der ihm gefiel, war zusammengerollt und hatte es sich gemütlich gemacht. „Geht es Ihrem Vater gut?"

Cannon lachte, aber es war ein bitteres Lachen. „Nein, es geht ihm nicht gut. Hat er wieder versucht, sich zu ertränken?"

„Ja, ich habe draußen gesessen, weil ... na ja ... Sie wissen schon, und er hat ein Bad im See genommen." Sie starrte auf die Kleider, die er auf den Stuhl gelegt hatte, der ihr am nächsten stand. „Er braucht Hilfe, Cannon. Sie können ihn nicht ignorieren."

Er schüttelte den Kopf. „Ziehen Sie sich um und kommen Sie in die Küche." Er wartete nicht auf ihre Antwort, sondern ging stattdessen einfach hinaus.

Wasser sammelte sich in Pfützen auf dem Holzboden zu ihren Füßen. Mehr kalt als schüchtern, zog sie ihre Kleider aus und schlüpfte in die Jogginghose, in die sie viermal hineinpassen würde. Dem Himmel sei Dank für Kordelzüge. Sie schnürte die Taille so fest, wie sie konnte, und rollte die Hosenbeine gut dreißig Zentimeter hoch. Das weiche baumwollene T-Shirt erinnerte sie an Cannon und ihre Fahrt nach Copper Creek – es roch nach Kiefern und frischer Luft oder vielleicht auch nach Dufttüchern für den Trockner. Sie war sich nicht sicher, weil ihre Nase gerade erst anfing aufzutauen. Sie sammelte ihre nassen Kleider ein und brachte sie in die Küche, um sie in die Spüle zu legen.

Am Tisch saß Cannon, den Kopf in die Hände gestützt. Vor ihm standen zwei dampfende Tassen Kaffee.

Der Stuhl knarrte, als sie sich setzte, und er hob den Kopf, um sie anzusehen. „Wird Ihnen langsam warm?"

Sie legte ihre Hände um die heiße Tasse und nickte. „Ja, mir geht es gut." Sie steckte ihre kalten Füße unter den Stuhl und bereute es, die Jogginghose hochgekrempelt zu haben. „Hat Ihr Vater warme Kleidung an?"

„Ja, er liegt im Bett, in trockenen Kleidern und schläft. Er ist in besserer Form als Sie."

Sie gab auf und beugte sich vor, um die Trainingshose wieder herunterzurollen und ihre Füße zu bedecken.

„Ich hole Ihnen ein paar Socken." Er stand auf, aber sie schüttelte den Kopf.

„Nicht nötig, ich bin okay."

Er setzte sich wieder hin und klopfte auf seinen Schoß. „Dann geben Sie mir Ihre Füße."

Es war eine Anweisung, kein Vorschlag, und Sage war zu müde, um zu widersprechen. Sie rutschte mit ihrem Stuhl näher und legte ihre fast blauen Füße in seinen Schoß. Starke Hände rieben ihre Zehen warm. „Vielen Dank. Das fühlt sich richtig gut an."

„Danke, dass Sie sich um ihn gekümmert haben, aber es

ist vergebliche Liebesmüh." Er nahm seine Hand von ihren Füßen und strich damit über den ordentlich gestutzten Bart, der sein Gesicht umrahmte.

„Den Menschen zu helfen, die man liebt, ist nie Zeitverschwendung." Der schroffe Ton in ihrer Stimme überraschte sie. Ben konnte eine Nervensäge sein, aber sie würde ihn niemals als Zeitverschwendung betrachten.

Cannon bemühte sich weiterhin, Leben in ihre Zehen zu massieren. „Haben Sie jemals jemanden geliebt, der Sie nicht genug liebte, um zu bleiben?"

Seine Frage traf sie wie ein Schlag in die Magengrube. Tief in ihrem Inneren glaubte sie, dass ihre Eltern oder ihre Großmutter, hätten sie sie nur genug geliebt, stärker um ihr Überleben gekämpft hätten. Es war eine lächerliche Annahme, aber das Kind in ihr war schwer vom Gegenteil zu überzeugen.

Sie zog ihre Füße von seinem Schoß und ließ sie auf den Boden sinken. Anstatt in einer Wasserpfütze wie zuvor versanken sie jetzt in flauschiger Wärme. „Ich habe jemanden genug geliebt, dass ich wollte, dass er bleibt."

Seine Augen hefteten sich auf ihre. Erkannte er ihren Schmerz? Sie konnte seinen sehen, in seinen hängenden Schultern und den Falten auf seiner Stirn. Sie rückte ihren Stuhl näher und griff nach seinen Händen.

„Erzählen Sie mir von Ihrer Mutter."

Sie erwartete, dass er den Kopf schütteln und sich weigern würde. Er besaß eine zugeknöpfte, verschlossene Persönlichkeit, und sie war sich sicher, dass er mit niemandem viel redete. Cannon war nicht der Typ Mann, der seine Wunden aufriss und sie in der Öffentlichkeit bluten ließ. Anstatt zu schweigen, senkte er den Kopf und sprach.

„Sie war perfekt. Nicht, weil ich ihr Sohn bin, sondern

weil sie wirklich perfekt war. Sie war Lehrerin an der Schule in Copper Creek und unterrichtete die Zweitklässler. An dem Tag, an dem sie starb, sollte mein Vater eigentlich die Alkoholvorräte einkaufen, aber er wurde krank. Er lag mit Bronchitis im Bett, also kehrte sie nach einem vollen Arbeitstag um und fuhr zurück in die Stadt. Mein Bruder Bowie und seine Verlobte Brandy fuhren mit."

„Oh, nein, Ihr Vater fühlt sich verantwortlich." Es gab zwei Gründe, aus denen sie weinen wollte. Das Wissen, dass Ben das Gefühl hatte, es sei seine Schuld und die Tatsache, dass diese Brandy, von der Cannon sprach, Beas Tochter gewesen sein musste.

„Ja, aber er ist nicht der Einzige. Bowie ging es auch nicht gut, also schlief er auf dem Rücksitz. Ein Frühlingssturm kam auf, mit einer Mischung aus Regen und Schnee, die den Boden bedeckte. Meine Mutter traf auf eine glatte Stelle und das war es dann. Ihr Auto stürzte über die Klippe, an der einzigen Stelle, wo die Böschung in den See mündet. Sie und Beas Tochter starben und Bowie war der einzige Überlebende. Er versuchte, sie zu retten, aber es gelang ihm nicht."

Sie rückte ihren Stuhl näher heran und lehnte sich an seine Brust. „Es tut mir so leid. Das war eine schreckliche Tragödie. Was passierte mit Ihrem Bruder?"

„Ich habe damals in Los Angeles gelebt, also bin ich nach Hause gekommen. Einige Tage nach dem Unfall begruben wir Brandy und meine Mutter und am nächsten Tag verpflichtete sich Bowie bei der Armee. Seitdem war er nicht mehr in der Stadt. Mein Vater war ein Wrack, und ich konnte ihn nicht im Stich lassen, also musste ich bleiben."

Sein Arm legte sich um sie und sie stieg von ihrem Stuhl, um auf seinen Schoß zu klettern. Geschah es, um ihn oder sich selbst zu trösten? Sie konnte es nicht sagen. „Mein herzlichstes Beileid."

Seine Hände fuhren durch ihr jetzt nur noch feuchtes Haar. „Ich habe in dieser Woche alles verloren. Meine Mutter starb. Mein Bruder ging. Mein Vater suchte Trost in der Wodkaflasche."

Sie hob ihren Kopf von seiner Brust. „Habt ihr es mit Reha versucht?"

Jeder seiner Muskeln unter ihr erstarrte. „Glaubst du nicht, dass ich alles versucht habe? Ich halte die Bar und das Haus gerade so am Laufen. Ich habe alles verkauft, was ich konnte, um zwei Aufenthalte in der Reha zu bezahlen. Er kommt nüchtern nach Hause und hängt innerhalb von ein paar Wochen wieder an der Flasche." Er umfasste ihr Gesicht mit seinen Händen. „Ich weiß, dass du es gut meinst. Du bist eine erstaunliche Frau, und ich kann sehen, dass du einen endlosen Vorrat an Liebe und Mitgefühl hast, aber ich ... ich kann es mir nicht mehr leisten, mich weiter zu kümmern."

Sie zog ihn zu sich heran und flüsterte an seinen Lippen: „Dann werde ich es für uns beide tun."

Ihr Mund streifte ganz leicht seinen. Es war ein zaghafter Kuss, der schnell leidenschaftlicher wurde. Mund an Mund, Zunge an Zunge, Körper an Körper klammerten sie sich aneinander. Sage musste gebraucht werden, und sie vermutete, dass Cannon geliebt werden musste.

KAPITEL DREIUNDZWANZIG

Cannon hatte noch nie etwas so Tröstendes empfunden wie den Kuss, den Sage ihm gab. Zuerst war er von der Zärtlichkeit überrascht. Hier saß sie auf seinem Schoß, in Kleidern, in die sie zweimal hineinpasste. Sie wäre beinahe erfroren, um seinen Vater zu retten, und jetzt rettete sie ihn. Wusste sie, wie viel ihre Fürsorge und Zuwendung ihm bedeuteten?

Er war wie ein liebeshungriger Mann. Nicht, weil Frauen ihn nicht attraktiv fanden, sondern weil er nie einer von ihnen sein Herz öffnen wollte. Es war viel zu riskant, seine Seele preiszugeben und sich verwundbar zu machen. Jemand anderem die Macht zu geben, ihn zu verletzen, war nicht klug.

Als seine Hände durch ihr Haar fuhren und er sie inniger küsste, stillte er den Schmerz in seinem Herzen – den Schmerz, der jahrelang an seinen Eingeweiden genagt und ihn ausgehöhlt hatte. Je länger der Kuss dauerte, desto weniger Leere empfand er.

Er war von dem Gefühl durchdrungen, mit etwas

verbunden zu sein – mit jemandem – mit ihr. Er nahm, was sie ihm gab, und ließ sich davon wärmen, durch und durch. Obwohl sich ihr Körper eiskalt anfühlte, breitete sich die Hitze des Kusses in ihm aus, von einem Körperteil zum anderen. Er wollte diesen Moment – eine kurze Pause von seinem Alltag – eine Sekunde, in der er eine Frau küssen und das damit einhergehende Glück erleben konnte. Er könnte diese Nähe leicht ausnutzen, aber er würde es nicht tun, weil der Kuss einfach ein zu kleines Pflaster für seine riesige Wunde war.

Er wollte für immer so bleiben, ineinander versunken, Lippe an Lippe, Brust an Brust, Zunge an Zunge. Er wollte den Kuss mehr als er zugeben wollte. Es war ein perfekter Moment, den beide miteinander teilten. Sein Herz hielt an der Lüge fest, dass sie ihm gehörte. Die Wahrheit spielte sich außerhalb dieser Scheinwelt ab, und Sage würde gehen und er wäre allein – wieder einmal.

Sich von ihr zu lösen, war, als würde man gegen die Anziehungskraft eines Magneten ankämpfen. Er hatte sie seit dem ersten Tag gewollt, an dem er sie auf dem Bürgersteig gesehen hatte, aber er konnte nicht erwarten, dass sie das Allheilmittel für alle seine Probleme war. „Es tut mir leid. Das hätte nicht passieren dürfen." Er hasste den Ausdruck auf ihrem Gesicht. Das Verziehen ihrer rosafarbenen Lippen und die Frage in ihren Augen.

Sie streichelte seine Wange. „Vielleicht nicht, aber es ist passiert und ich bereue den Kuss nicht. Es war etwas, was wir beide brauchten."

„Aber ich will das nicht." Er hob sie hoch und setzte sie auf ihren Stuhl. Der Schmerz, eingegraben in ihr Gesicht, verursachte ihm Übelkeit. Belog er sich selbst oder sie? Wahrscheinlich beide. Er wollte sie unbedingt, aber er wusste, dass sie, wenn er sein Herz öffnete, einfach gehen und es mitnehmen würde. Ihm war so wenig von sich selbst geblieben, dass er es sich nicht leisten konnte, das Risiko einzugehen.

KAPITEL VIERUNDZWANZIG

Zwei Tage später schlugen ihre Fingerknöchel mit einer Kraft gegen die Haustür, die sie in ihrem Inneren nicht verspürte. Es war riskant sowohl für sie selbst als auch für ihr Ego, auf Cannons Veranda zu stehen und zu warten. Normalerweise war sie jemand, der seine Komfortzone nicht gerne verließ, daher schaute sie auf ihr Auto und überlegte, ob sie ihre Mission abbrechen sollte, falls ihr erster Versuch erfolglos blieb.

Wem wollte sie etwas weismachen? Sie konnte nicht aufgeben, denn der Kuss vor zwei Tagen hatte alles verändert. Er hatte sie erkennen lassen, dass das Leben ohne die Berührung eines anderen Menschen weniger lebenswert war. Indem sie sich selbst schützte, blieb sie einsam, und sie wollte mehr, aber Cannon würde ihr niemals etwas bieten können, wenn die Sorgen in seinem Leben weiterhin auf ihm lasteten.

Als er sagte, er wollte das nicht, hatte er gelogen. Wie sie selbst, wollte auch er sich schützen. Sie hatte seine Leidenschaft und sein aufkeimendes Verlangen an ihrem Körper gespürt. Der Geschmack der Sehnsucht war wie

Honig von seinen Lippen getropft, während sein Herz so heftig pochte, dass es in ihrer Brust widerhallte.

Cannon war genau wie sie – ein Lügner.

Wie oft hatte sie sich selbst etwas vorgemacht, um das Leben erträglich zu machen?

Verwundet. Gequält. Diese beiden Worte verwendete sie, um den Mann zu beschreiben, der ebenso faszinierend wie frustrierend war.

Ihre Großmutter hatte ihr einst geraten, einen Mann nicht zu beurteilen, bevor sie nicht eine Meile in seinen Schuhen gelaufen wäre. Nachdem sie gesehen hatte, was Cannon täglich durchmachte, verspürte sie das Bedürfnis, zu helfen.

Sobald er heute Morgen weggefahren war, eilte sie hinüber, in der Hoffnung, Ben zu Hause anzutreffen. Sie hob ihre Hand und klopfte erneut, dieses Mal hart genug, um sich die Knöchel zu verletzen. Augenblicke später waren hinter der Tür schlurfende Schritte zu hören.

Von kleiner Statur konnte sie niemanden in Angst und Schrecken versetzen. Meistens brachte sie die Leute, wenn sie einen grimmigen Gesichtsausdruck aufsetzte, eher zum Lachen. Sie war so angsteinflößend wie ein Wachhund in einem Ballettröckchen. Trotz ihres weniger als einschüchternden Äußeren straffte sie ihre Schultern und richtete sich so weit auf, wie ihre knapp ein Meter sechzig große Statur es zuließ.

In einen marineblauen Schwesternkittel gekleidet hörte sie zu, wie der alte Mann auf der anderen Seite der Tür fluchte und sich über den Lärm beschwerte.

Ben stieß die Eingangstür auf und stand vor ihr. Er sah aus wie ein Obdachloser, in schmutzigen Jeans und mit zerrissenem T-Shirt.

„Was wollen Sie?“, schnauzte er sie an.

Sie stürmte an ihm vorbei. „Guten Morgen, Ben.“ Ein Hauch von Angst lief ihr über den Rücken. Sie hatte keine zwei blauen Augen mehr, aber sie würde nie vergessen, wie sie sich anfühlten. Der Bluterguss war jetzt nur noch ein schwaches, grünliches Gelb, das sie so gut es ging, zu kaschieren versuchte. Leider gab es nichts, was eine verängstigte junge Frau auftragen konnte, um ihre Furcht zu verbergen oder ihre Angst zu überspielen.

„Was machen Sie hier?“ Er knallte die Tür zu und folgte ihr in die Küche.

„Ich bin gekommen, um Sie abzuholen.“ Ihre Zeit in Aspen Cove war keine völlige Zeitverschwendung gewesen. Sie hatte die hohe Kunst der Manipulation von Doktor Parker gelernt. Er hatte ihr geholfen und sie schuldete ihm etwas dafür, und jetzt galt dasselbe auch für Ben.

„Wozu wollen Sie mich abholen? Ich werde nicht noch einmal zur Reha gehen.“

Sie öffnete die Küchenschränke und fand eine Kaffeetasse. Ihre erste Herausforderung bestand darin, dafür zu sorgen, dass er Kaffee statt Wodka trank. „Keine Reha für Sie. Sie schulden mir etwas.“

„Ich schulde Ihnen etwas?“ Sein Atem schwebte durch die Luft wie eine grüne Wolke, der Geruch faulig und scharf. Das letzte Mal war ihr etwas so Übelriechendes in die Nase gestiegen, als Lydia ihr Eiersalat-Sandwich in eine Schublade anstatt in den Kühlschrank gestellt hatte. Es hatte drei Tage gedauert, bis Sage herausfand, woher dieser scheußliche Geruch kam. Sie konnte ihr aber nicht allzu böse sein, denn Lydia hatte eine dreißigstündige Schicht hinter sich gehabt.

Das Unwohlsein in ihrem Magen zwang sie dazu, durch den Mund zu atmen. Sie stellte eine Kaffeetasse in die Kaffeemaschine und drückte auf Brühen. Sie beugte sich über die Tasse, um die gemahlenen Kaffeebohnen zu riechen, und atmete tief ein.

„Ganz genau, Verehrtester.“ Sie schulden mir etwas, weil ich Ihnen das Leben gerettet habe. So wie ich das sehe, haben Sie mir mit Ihren Eskapaden die Zeit gestohlen, und meine Zeit ist wertvoll.“

Als die Maschine aufgehört hatte, Kaffee in den Becher zu tropfen, reichte sie ihn an Ben weiter. „Trinken Sie das.“ Der Ton, den sie benutzte, ähnelte dem Cannons, als er sie aufgefordert hatte, ihre Füße in seinen Schoß zu legen.

Ein triumphierendes Lächeln wollte sich auf ihren Lippen ausbreiten, als er die Tasse tatsächlich an seinen Mund führte. Er schluckte und zitterte von seinem silbergrauen Haar bis hin zu seinen nackten Füßen.

„Ich habe nicht um Ihre Hilfe gebeten.“

Selbstbewusster geworden zog sie einen Stuhl heran und deutete darauf, und zu ihrer Überraschung setzte er sich.

„Nein, das haben Sie nicht, aber das ist mir egal. Ich habe den gestrigen Tag damit verbracht, den Wert meiner Zeit und Mühe zu berechnen. Ein gerettetes Leben ist etwas wert, und Sie werden sich erkenntlich zeigen.“ Die Realität war, dass sie den gestrigen Tag damit verbracht hatte, sich den Kuss immer wieder in Erinnerung zu rufen und zu überlegen, wie sie in den Genuss weiterer Küsse kommen könnte. Sie hatte auch das Zimmer des Brautpaares gründlichst desinfiziert.

„Was wollen Sie von mir?“

Auf der Obstschale ganz oben lag eine Banane, die perfekt zu Bens Hautfarbe passte. Sie schälte sie und drückte sie ihm in seine freie Hand. „Essen Sie.“

„Wenn ich das esse, gehen Sie dann?“ Er hob seine

buschigen Brauen, bis sie fast seinen zotteligen Pony berührten.

„So leicht kommen Sie mir nicht davon. Sie haben mir die Nase gebrochen und meine Gefühle verletzt. Abgesehen davon, dass ich Ihretwegen fast erfroren bin, haben Sie meine Nerven ganz schön strapaziert. Die meisten Leute würden sich von Ihnen abwenden, aber ich nicht." Sie lachte. „Mir wird nachgesagt, ich hätte ein Helfersyndrom und Sie sind mein nächstes Projekt."

„So ein Blödsinn. Ich bin kein Projekt. Von niemandem!" Er biss von der Banane ab und trank noch mehr Kaffee.

Sie schickte dem Universum ein stilles Dankeschön. Sie war seit zehn Minuten bei Ben, und trotz seines schlechten Atems und seiner mürrischen Art war sie immer noch unversehrt. Kaffee und Banane wurden konsumiert, und auch das verbuchte sie als ihren Erfolg. „Wenn ich dem Doktor einen ganzen Tag für die halbe Stunde schulde, die er damit verbracht hat, meine Nase zu richten, dann schulden Sie mir mehr. Meinen Berechnungen nach würde ich sagen, dass es mindestens ein paar Arbeitstage sind."

Seine Kinnlade klappte herunter und gewährte ihr den Blick auf sein halb zerkautes Frühstück. „Ich habe heute schon was vor."

„Ja, haben Sie. Gehen Sie unter die Dusche, Ben, denn wir fahren in fünfzehn Minuten los."

Er schob sich das letzte Stück Banane in den Mund und trank den restlichen Kaffee, bevor er sie in der Küche allein ließ.

Bens Problem war nicht, dass er sterben wollte, sondern dass er keinen Grund zum Leben hatte. Man sollte meinen, dass zwei Söhne Grund genug wären, aber bei manchen Menschen zählte die Familie nicht.

Während sie gestern, nachdem sie eine Abfuhr erhalten hatte, ihre Wunden leckte, dachte sie über die Bedürfnisse der einzelnen Personen in der Stadt nach. Der Doktor brauchte heute ihre Hilfe. Sie schuldete ihm etwas, also würde sie helfen. Ben brauchte mehr Hilfe, als ihm irgendjemand geben konnte, aber er konnte Katie helfen, und vielleicht würde er sich selbst helfen, indem er ihr half.

Als er in die Küche zurückkam, erschien er als saubere Version seines betrunkenen Selbst. Mit zitternden Händen griff er unter die Spüle und holte eine Flasche Glasreiniger heraus, nur, dass es kein Reinigungsmittel war. Ihr erster Anhaltspunkt dafür? Die Flüssigkeit war klar. Ihr zweiter – Ben drehte die Kappe ab und genehmigte sich einen Schluck.

„Was machen Sie denn da?" Sie nahm ihm die Flasche weg und schnupperte daran. „Ist das Ihr Ernst, Ben? Versteckt in den Putzmitteln?"

Er zuckte mit den Schultern. „Ich bin zu nichts in der Lage, wenn ich wegen Entzugserscheinungen am ganzen Körper zittere."

Sage hatte seine Alkoholsucht nicht bedacht. Ein Mann wurde nach jahrelangem Alkoholmissbrauch nicht über Nacht trocken. Sie ging auf und ab, während ihre Augen auf die Flasche gerichtet waren. Sie musste einen Weg finden, um ihn von einem stolpernden Trunkenbold in einen normalen Trunkenbold und dann in einen Nicht-Trunkenbold zu verwandeln.

„Wie viel können Sie trinken und immer noch klarkommen?"

Ben grinste. „Ich komme immer klar."

„Herrje, Ben, Sie werden Anweisungen befolgen müssen. Wie viele Drinks brauchen Sie, um das Zittern zu unterdrücken?"

„Einen pro Stunde." Seine Antwort kam zu schnell, um ehrlich zu sein.

„Sie bekommen einen alle drei Stunden." Sage schnappte sich die Flasche von der Theke und schob sich an ihm vorbei. „Los gehts. Sie werden in der Bäckerei gebraucht und ich in der Praxis."

Otis wartete auf dem Beifahrersitz und wedelte aufgeregt mit dem Schwanz, als er sie sah.

Sobald Ben Platz genommen hatte, fuhr sie mit ihrem Geländewagen aus der Einfahrt und in die Stadt.

„Warum sitzt der Köter vorne und ich hinten?" Ben beugte sich zwischen den Sitzen vor, um Otis anzusehen.

„Er hat sich seinen Platz verdient, Sie nicht. Hören Sie, Ben, ich verstehe, dass Sie verletzt sind, aber lassen Sie uns diese Emotionen für etwas Positiveres einsetzen."

„Hat Cannon Sie dazu angestiftet?"

Sie schüttelte den Kopf. „Absolut nicht. Es geht hier um das, was Sie mir schuldig sind. Was Cannon betrifft, werden Sie selbst herausfinden müssen, wie Sie Ihre Schuld bei ihm begleichen, und nach allem, was ich gesehen habe, ist diese Schuld riesig." Sie sah ihn im Rückspiegel an. Er ließ weder den Kopf hängen, noch sah er schuldbewusst aus. Das einzige Anzeichen dafür, dass er sie gehört hatte, waren seine grimmig zusammengepressten Lippen.

„Ich bin nur hier, weil Sie meinen Vorrat beschlagnahmt haben und ich daran arbeite, ihn freizukaufen."

„Der Grund spielt keine Rolle." Wenigstens ertränkte sich Ben heute nicht in einer Flasche oder im See.

Letzte Nacht hatte sie Katie angerufen und um Hilfe gebeten. Dieses ganze Geben und Nehmen war für Sage ein befremdliches Konzept. Sie war noch nie jemand gewesen, der gerne um etwas bat, aber es gab eine gute Lektion, die man dabei lernen konnte. Indem sie andere um Hilfe bat, gab sie ihnen eine Aufgabe.

Sie hielt vor der Bäckerei und hatte fünfzehn Minuten Zeit, um Ben abzuliefern und einzuweisen und sich selbst zur Praxis zu begeben.

Der Geruch von Muffins drang durch den Türspalt. Die Vitrine war mit dem aktuellen Angebot des Tages gefüllt. Sage schloss die Augen und versuchte herauszufinden, was es war. Der Geruch von Gewürzen und Köstlichkeiten erfüllte die Luft, aber sie konnte es nicht erraten. Es gab aber keinen Zweifel, dass die richtigen Zutaten rechtzeitig eingetroffen waren.

Ben öffnete die Autotür, stand auf der Straße und sah aus, als würde er jeden Moment die Flucht ergreifen.

„Lassen Sie uns gehen, Ben." Sie hielt die Flasche mit Wodka hoch und schüttelte sie, wobei die Flüssigkeit hin und her schwappte.

Er grummelte etwas Unverständliches, folgte ihr aber in den Laden. Auf dem Tresen stand ein Tablett mit Kostproben, und Sage angelte sich zwei herunter. Sie steckte sich eine in ihren Mund und eine in Bens.

Beide seufzten genießerisch.

„Was denkt ihr?" Katie kam aus dem Hinterzimmer und wischte sich die nassen Hände an ihrer Schürze ab. Sie musterte Ben und lächelte.

Er runzelte die Stirn.

Sage versuchte, ihn mit Katies Augen zu betrachten. Er war dünn und seine Haut hatte eine kränkliche Blässe. Hier gab es keine schnelle Lösung, sondern es würde ein langer Weg sein. Wenigstens war er frisch geduscht und stand auf zwei Beinen. Sie wusste, dass Bens Erfolg von einem zitternden Atemzug zum nächsten gemessen werden musste.

Sie ignorierte seinen mürrischen Gesichtsausdruck und betrachtete das kleine Schild in der Vitrine mit der Aufschrift „Karottenkuchen“. „Die schmecken unglaublich.“ Sie machte einen Schritt zur Seite. „Das ist Ben. Lass ihn für dich arbeiten. Du weißt ja, was zu tun ist.“

Sage sah Ben an und steckte das Getränk seiner Wahl in ihre Handtasche. „Ich werde gegen zwölf wieder hier sein, um Ihnen Ihre Dosis zu geben.“

Sie hasste es, ihn Katie aufzubürden, aber die Freude der jungen Frau darüber, helfen zu können, minderte ihr schlechtes Gewissen.

Was hatte man ihr doch gleich gesagt, als sie in der Stadt ankam? *Aspen Cove kümmert sich um seine Leute.* Das schien für alle außer Ben zu gelten. War es nicht an der Zeit, dass sich jemand um ihn kümmerte?

Sie schnappte sich noch eine der kleinen Muffin-Kostproben und spazierte zur Tür hinaus. Nachdem sie Otis geholt hatte, gingen sie über die Straße, um ihre Schulden für die Pflege des Vogels und das Verarzten ihrer Nase zu begleichen. Keine gute Tat blieb ungestraft.

KAPITEL FÜNFUNDZWANZIG

Zwei johlende Jungs rannten an Sage vorbei. Sie erwischte einen an seinem Kapuzenpulli, bevor er den Werbeaufsteller für ein Mittel gegen Sodbrennen umrennen konnte.

„Dankeschön." Louise Williams watschelte aus dem Hinterzimmer zu den Jungen, die beide den reumütigen Blick mit niedergeschlagenen Augen und Schmollmund perfekt beherrschten.

„Setzt euch." Sie deutete in Richtung der Praxistür, wo eine Reihe von Stühlen die Wand säumte.

Es sah nicht so aus, als würden die beiden gehorchen. Die Jungs musterten Otis und Sage konnte erkennen, dass die beiden mit sich selbst kämpften. Sollten sie der Mutter gehorchen oder zum Hund laufen?

Um Louise die Mühe einer Bestrafung zu ersparen, sagte Sage: „Setzt euch, und ich bringe Otis rüber, um hallo zu sagen."

Ihre Gesichter strahlten, als sie in den Flur rannten, der zum Untersuchungsraum führte.

„Danke. Es sind gute Jungs, aber sie sind auch ziemlich anstrengend." Sie legte die Hände auf ihren dicken Bauch.

Er war wie eine Tischplatte. Würde man einen Teller mit Spaghetti daraufstellen, müsste Louise sie nur in ihren Mund schaufeln. Sie legte ihre Hand auf ihren eigenen Bauch und fragte sich, ob sie selbst jemals die Freuden der Mutterschaft erleben würde.

„Wie weit sind Sie?" Otis folgte ihr in den Flur, wo sechs erwartungsvolle Williamskinder wie Engel saßen.

„Ich bin fast durch mit der Schwangerschaft. Noch ein paar Wochen und dann sollte es so weit sein." Louise ging an den Kindern vorbei und setzte sich auf den freien Stuhl ganz am Ende.

Sage sah jedes Kind an, als sie an ihnen vorbeiging. Sie waren alle braunhaarig und braunäugig. Sie konnte daran, wie die meisten von ihnen auf ihren Sitzen schaukelten und herumzappelten, erkennen, dass sie sich kaum beherrschen konnten. „Sie haben da eine ganz schöne Rasselbande. Ich weiß nicht, wie Sie das machen." Es waren viele aus der Familie Williams anwesend, aber sie sahen alle gesund und sauber aus – und sehr gepflegt.

Otis' Schwanz klopfte ungeduldig auf den Boden. Er war bereit für die Aufmerksamkeit von sechs kleinen Rabauken, aber er wusste, dass er nicht loslaufen durfte. Sage hatte ihm das nicht beigebracht. Vielleicht war es das fehlende Bein, das seine Reflexe zügelte.

Sie wusste wenig darüber, wie er es verloren hatte, außer, dass er von einem Auto angefahren und von seiner Familie im Stich gelassen worden war.

„Ist es in Ordnung, wenn ich Otis den Kindern vorstelle?" Sein Schwanz schlug schneller und heftiger und ein *klopf klopf klopf* erfüllte die Luft. Auf den Stühlen zappelten kleine Körper wie frisch ausgegrabene Regenwürmer.

„Sie würden Ihren Hund zu gerne streicheln."

Sage hob ihre Hand, was Otis' Zeichen war, sich hinzulegen. Er ließ sich mitten im Flur fallen und rollte sich auf den Rücken.

„Okay, einer nach dem anderen." Die Kinder saßen nebeneinander aufgereiht wie die Orgelpfeifen. „Wir fangen mit dem kleinen Kerl hier an." Sage zeigte auf den jüngsten Williams, der nicht älter als achtzehn Monate sein konnte. Seine kaum größere Schwester ließ ihn los und er trottete auf den Hund zu.

„Das ist David", sagte Louise. Sie ging an den Kindern vorbei, die sich nacheinander erhoben, um an die Reihe zu kommen. Da waren Jill, Melissa, Thomas, Eric und Brian. Otis war glücklich, der Empfänger ihrer klebrigen Hände und schmatzenden Küsse zu sein. Das war das Wunderbare an Hunden. Für sie war Liebe ganz einfach Liebe, und es war egal, in welcher Verpackung sie daherkam.

„Werden Sie den ganzen Tag hier vertrödeln oder für Ihren Lebensunterhalt arbeiten?", kam eine schroffe Stimme von hinten.

Sage lächelte, wohl wissend, dass Doktor Parker sich hinter der Rolle des mürrischen, alten Mannes versteckte, aber in Wahrheit ein sanftes Gemüt hatte.

„Ich komme schon. Ich biete diesen warmen, einfühlsamen Teil der medizinischen Versorgung an, den Sie vor Jahren vergessen haben müssen."

„Keine Hunde in der Praxis." Seine Augen verengten sich beim Blick auf Otis.

Louise mischte sich ein. „Er ist kein Hund, er ist der Babysitter."

Der Doktor schüttelte den Kopf und rieb sich mit gespreizten Fingern die Augenbrauen, wodurch sich die weißen Büschel aufrichteten. „Wenn das so ist, darf er bleiben."

„Du bist dran, Louise.“

Sie hatte Mühe, aufzustehen, und der Doktor reichte ihr seine Hand.

Sie drehte sich zu ihren Kindern um, während Sage Otis ansah und beide gleichzeitig „Hierbleiben“ sagten.

Louise lächelte. „Die Erziehung von Hunden und Kindern ist ähnlich.“

Sage lachte. „Es scheint so.“ Sie warf Doktor Parker einen Blick zu. „Ich kann hier draußen die Stellung halten, wenn Sie möchten.“

„Ich bezahle Sie nicht fürs Babysitten.“

„Sie bezahlen mich überhaupt nicht.“ Sie stand auf und folgte ihm in den Untersuchungsraum.

„Sie schulden *mir* Zeit, nicht ihr.“ Er drehte sich zu Louise um. „Wenn du Sage einstellen willst, dann mach das in deiner Zeit, nicht in meiner.“

Louise hatte keine Angst vor der direkten Art des Doktors und schoss zurück: „Ist es der Mangel an Kaffee oder Sex?“ Die kräftige Frau sah auf den Becher in der Hand des Doktors und lachte. „Sie brauchen also mehr Sex.“

Doktor Parker klopfte auf den Untersuchungstisch und half ihr hinauf. „Du brauchst weniger. Mal sehen, wie es diesem kleinen Mädchen geht.“

Während der Doktor ihre Krankenakte durchblätterte, stellte Sage ihr ein paar Fragen, überprüfte Puls und Blutdruck und untersuchte auch ihre Knöchel auf Schwellungen.

„Versuchen Sie etwa, mich arbeitslos zu machen?“ Er reichte ihr die Akte, um Louises Werte zu notieren.

Sie fühlte sich wohl genug, um den alten Mann zu ärgern und feuerte zurück: „Sie könnten sich ja wieder auf Immobilien konzentrieren.“ Sie zog den Tisch aus, half

Louise, sich hinzulegen, und erkannte, wie einfach es war, mit Doktor Parker zu arbeiten, auch wenn er sich bemühte, unausstehlich und streitsüchtig zu wirken.

„Gut, dass Sie sich entschieden haben, zu bleiben. Selbst wenn Sie verkaufen wollten, könnte es Jahre dauern, bis Sie diese Immobilie loswerden."

„Wirklich?" Sie war überrascht, weil es ein hübsches Haus an einem See war.

„Es bedarf einer bestimmten Art Mensch, um in einer kleinen Stadt zu leben." Er tastete den Bauch seiner Patientin ab. „Verdammt, Bobby und Louise könnten Aspen Cove ganz alleine bevölkern."

Sage war überrascht, als Louise ihren Arm hob und dem Doktor einen kleinen Klaps seitlich auf den Kopf versetzte.

„Ich habe einem Landentwickler eine Nachricht hinterlassen, aber er hat nie zurückgerufen oder vorbeigeschaut", sagte Sage.

Der Doktor ignorierte sie. „Alles sieht gut aus, Louise. Es könnte jetzt jederzeit losgehen." Er sprach mit ihr, als wäre sie ein aktiver Vulkan, der kurz vor dem Ausbruch steht. „Mach das erste Kind für die Impfung fertig." Er half ihr herunter, während Sage den Tisch abwischte und für die Kinder vorbereitete.

Der Doktor stellte ein Tablett mit Spritzen bereit.

„Wissen Sie", sagte er, „es wäre ein Verbrechen, dieses Grundstück an einen Landentwickler zu verkaufen. Sie würden Aspen Cove in etwas verwandeln, was es nicht ist. Würden wahrscheinlich die Einheimischen verdrängen, um Platz für Hotels und Touristenkram wie *Starbucks* zu machen."

Sie senkte ihren Kopf. Das war etwas, worüber man nachdenken sollte. Sie wollte nicht, dass man das Leben von Leuten wie Louise und dem Doktor auf den Kopf stellte, aber andererseits schien ein *Starbucks* durchaus vernünftig zu sein.

Doktor Parker gab jedem der Williams-Kinder eine Spritze. Sobald sie den Mund zum Weinen öffneten, steckte er ihnen ein Bonbon hinein und schickte sie hinaus, damit Otis ihnen die Tränen vom Gesicht leckte.

Als sie endlich die ganze Familie untersucht hatten, war es Mittagszeit.

Sage ging mit ihrer Tasche in der Hand und Otis an ihrer Seite zur Bäckerei hinüber. Bevor sie die Tür öffnen konnte, sah sie Cannon den Bürgersteig hinaufgehen. Als er sich ihr das letzte Mal an dieser Stelle genähert hatte, war er wie ein außer Kontrolle geratener Güterzug auf sie zugestürmt. Heute wärmte er ihr Herz mit einem Lächeln.

KAPITEL SECHSUNDZWANZIG

Cannon stieg aus seinem Truck und sah Sage zur Bäckerei gehen. Wie eine Motte zum Licht bewegte er sich automatisch in ihre Richtung. Er blieb vor ihr stehen und betrachtete ihren marineblauen Schwesternkittel. „Der alte Kauz hat es also ernst gemeint und dich an die Arbeit geschickt." Er beugte sich herunter und streichelte Otis, der ihm freudig die Hand leckte.

„Das scheint in dieser Stadt so Sitte zu sein." Sie zog ihn aus seiner gebückten Haltung hoch und hakte sich bei ihm ein. An der Ecke des Ladens angekommen, spähten sie durch das Fenster.

Er wusste nicht, was sie ihm zeigen wollte, aber was er sah, war sein Vater, der die alte Tapete neben der Vitrine herunterriss. Die Hände seines Vaters zitterten, als würde er unter Entzug leiden, aber er zog und zerrte an dem widerspenstigen gestreiften Papier, ohne auf seinen unsicheren Griff Rücksicht zu nehmen.

„Was zur Hölle?" Cannons Augen wurden groß und sein Mund klappte herunter, als er sich zu ihr umdrehte.

Sie zuckte die Schultern in einer Es-ist-keine-große-

Sache-Geste. „Er schuldet mir etwas, weil ich ihn gerettet habe."

„Und er hat zugestimmt?" Er begleitete sie zum nächsten Laden, sodass sie außer Sichtweite waren. Wenn sie seinen Vater aus dem Haus holte und tatsächlich zum Arbeiten brachte, wollte er den Fortschritt nicht gefährden.

Ein verschmitztes Lächeln hob ihre vollen, rosigen Lippen. Lippen, die er wieder küssen wollte, sich aber gleichzeitig zu viel Sorgen machte, wohin das führen könnte.

„Er hatte keine große Wahl. Ich bin rübergegangen, nachdem du heute Morgen das Haus verlassen hast." Sie blickte mit einem Blick zu ihm hoch, der ihm das Herz und seine Leistengegend zusammendrückte.

„Er hätte …" Cannon erschauderte bei dem Gedanken daran, dass sein Vater sie erneut schlagen könnte. Er würde eine Frau niemals absichtlich verletzen, aber der Alkohol trübte sein Urteilsvermögen. „Ich hätte da sein sollen, nur für den Fall. Das war riskant."

Sie legte ihre Hand auf seine Brust und sein Herzschlag beschleunigte sich.

„Manche Risiken sind es wert, eingegangen zu werden." Sie spähte um die Backsteinsäule herum, die die Läden unterteilte, um seinen Vater noch einmal zu beobachten. „Außerdem schienst du mir nach diesem Kuss aus dem Weg zu gehen."

„Hm, was ich dazu noch sagen wollte. Es war …" Was wollte er ihr sagen? Dass es der beste Kuss seines Lebens gewesen war? Dass er den Rest des Tages mit ihr auf seinem Schoß verbringen wollte, seine Lippen auf ihren köstlichen Mund gepresst?

„Ich verstehe schon. Du magst meine Küsse nicht."

„Das ist Unsinn, und das weißt du. Du hast gespürt,

wie sehr mir deine Küsse gefallen haben." Er zog sie zu sich zurück, sodass sie vor ihm stand, und hob seine Hände, um ihre Wangen zu umfassen. „Ich habe deine Küsse geliebt, aber ich denke, du verdienst etwas Besseres als mich."

Sie lachte. „Wenn es um Karriereplanung, Portfolios und dergleichen geht, dann habe ich vielleicht bessere Entscheidungen getroffen als du, aber um ehrlich zu sein, besser ist nicht immer das Beste. Manchmal ist der Wert eines guten Kusses unbezahlbar, wenn er dein Herz zum Singen bringt." Sie wanderte mit ihren Fingern über seine Brust, bis ihr Zeigefinger auf seiner Unterlippe liegen blieb. „Du, Cannon Bishop, bringst mein Herz zum Singen." Sie ließ ihre Hand fallen und drückte sie gegen seine Brust. Bevor sie sich umdrehte, um zu gehen, sagte sie: „Ich muss deinem Vater seine Ration verabreichen, bevor sein Zittern überhandnimmt."

Er ließ sie nur einen Schritt machen, bevor er sie herumwirbelte und ihren Mund mit seinem bedeckte. Ihre Lippen waren warm, ihr Mund heiß und wurde mit jeder Sekunde heißer, in der sie sich berührten. Sie öffnete ihren Mund und seine Zunge suchte und fand ihre. Um ihn war es geschehen, denn noch nie hatte ein Kuss *sein* Herz zum Singen gebracht – bis jetzt.

Wie Teenager knutschten sie endlose Minuten herum, versteckt in der Nische des Angelzubehörladens. Als Sage sich von ihm löste, waren sie atemlos. „Ich muss wirklich los, sonst wird es deinem Vater schlecht gehen. Wie wäre es mit Abendessen heute? Bei mir, sechs Uhr. Du bringst den Wein. Ich werfe etwas in die Mikrowelle."

„Du willst mich wohl mit deinen Kochkünsten umgarnen?"

„Nein, aber ich werde versuchen, dich nicht mit meinen Aufwärmfähigkeiten umzubringen. Umgarnen werde dich mit meinen Küssen.“ Sie drehte sich um und spazierte durch die Tür der Bäckerei.

Er stand auf dem Bürgersteig und lächelte wie ein Idiot. Es war lange her, dass er sich leicht und sorglos gefühlt hatte, aber zu sehen, dass sein Vater etwas anderes tat, als zu trinken oder zu schlafen, veränderte die Dinge. Oder vielleicht war es der Kuss. Er liebte und hasste die Vorstellung, dass ein Kuss so viel ausmachen könnte. Dann erinnerte er sich daran, dass es nicht irgendein Kuss war. Es war der richtige Kuss.

KAPITEL SIEBENUNDZWANZIG

Zurück in der Praxis verließ der Doktor mit einem zur Hälfte gegessenen Apfel in der Hand das Hinterzimmer.

Sages Magen war voll mit Karottenkuchen-Muffins und Kaffee.

Der alte Tucker stand ganz vorne und kaufte Magentabletten.

„Weißt du, alter Mann", sagte Doktor Parker, „wenn du aufhören würdest, den ganzen Fusel zu trinken, den du selbst brennst, hättest du kein Geschwür." Der Doktor warf sein Apfelkerngehäuse in einen Mülleimer, der in der Nähe stand, und zog einen Rezeptblock aus seiner Tasche. Er kritzelte etwas darauf, bevor er Tucker den Zettel gab.

„Ohne meinen Fusel wäre ich so gemein und schrullig wie du und hätte immer noch ein Geschwür. Das habe ich nur, weil ich fünfzig Jahre lang mit derselben verdammten Frau verheiratet bin."

Tucker erinnerte Sage mit seinen schmutzigen Jeans, dem karierten Hemd und einem Bart, der ihm bis zur Brust reichte, an einen Holzfäller. Er stopfte das Rezept in seine

Tasche und schnappte sich das Magenmittel vom Aufsteller, bevor er hinausging.

„Dafür hat er nicht bezahlt." Sie öffnete die Tür, bereit, ihm nachzueilen.

„Lassen Sie ihn gehen." Der Doktor ging zum Neonschild und knipste den Schalter aus, sodass das blinkende rote Licht erlosch. „Nicht für alles braucht man Geld."

„Erzählen Sie mir nicht, dass Sie ihn dazu bringen werden, in die Praxis zu kommen und zu arbeiten." Sie sah sich nach Otis um, der sich einen Platz gesucht hatte und aus dem Fenster starrte.

„Nein, er ist keine examinierte Krankenschwester wie Sie, aber seine Fähigkeiten sind trotzdem wichtig."

„Sie trinken doch nicht etwa seinen selbstgebrannten Schnaps?"

„Nein, aber ich habe es das ganze Jahr über warm mit dem Holz, das er hackt und liefert. Ich habe oben einen Holzofen, der einen riesigen Appetit hat." Der Doktor ging zum hinteren Teil des Ladens und lehnte sich an den Tresen. „Manchmal funktioniert das Tauschhandelsystem besser. Bobby Williams repariert mein Auto. Maisey und ihr Sohn verpflegen mich. Abby Garrett züchtet Bienen und versorgt mich mit Honig und Seife. Und Sie ... Sie haben auch Ihre tauschfähigen Talente." Er senkte einen Moment lang den Kopf und hob ihn dann mit einem breiten Lächeln, das an seinen Barthaaren zog. „Es scheint, als würde Cannon mit Küssen handeln. Was springt für Sie dabei raus?"

Verlegene Hitze stieg ihr in die Wangen. „Haben Sie mir nachspioniert?"

Der Doktor wischte diese Bemerkung mit einer Handbewegung beiseite. „Nein, Sie standen auf einem menschenleeren Bürgersteig mitten in der Stadt. Kaum zu übersehen, wie Sie mit diesem Jungen herumgeknutscht haben."

„Ich feilsche nicht um Küsse." Sie sträubte sich bei dem Gedanken daran, etwas für Cannons Küsse einzutauschen. „Diese Küsse sind kostenlos."

„Das sind die Besten. Sagen Sie mir jetzt lieber, was Sie brauchen, damit ich dafür weitere Praxisstunden tauschen kann."

„Ich schulde Ihnen noch etwas für den Vogel."

„Stimmt. Wir sehen uns dann am Mittwoch. Übrigens, wie geht es dem Vogel?"

„Ich glaube, sein Flügel wird besser." Sie hatte ihn morgens gefüttert und ihm etwas frische Luft gegönnt. Einen Moment lang hatte sie gedacht, er würde davonfliegen. Er sträubte sein Gefieder und hüpfte sogar bis an den Rand des Schuhkartons, ließ sich aber schließlich wieder auf dem weichen Handtuch nieder. „Sie haben sich unter Wert verkauft. Tierarzt wäre noch eine weitere Berufsbezeichnung, die auf Sie passen würde."

„Verbreiten Sie bloß keine Gerüchte. Ich will nicht, dass die Dawsons mich anrufen, um ihre Fohlen auf die Welt zu bringen. Das Letzte, was mir noch fehlt, ist, meinen Arm tief bis zum Ellbogen in einen Pferdehintern zu stecken."

„Wenn Sie ihren Pferden Geburtshilfe leisten würden, dann wäre das der falsche Weg. Kleine Fohlen kommen nicht aus dem Hinterteil ihrer Mutter." Sage nahm sich ein paar Schokoriegel und legte sie auf die Theke. „Da ich etwas länger bleiben werde als angenommen, können Sie mir vielleicht sagen, wohin ich meine Rezepte überweisen lassen soll?" Sie hatte fast keine Antibabypillen mehr, und wenn es mit Cannon noch stürmischer würde, dann bräuchte sie Nachschub.

„Was brauchen Sie?" Er packte ihre Süßigkeiten ein und schob sie über die Theke.

Wieder einmal erhitzten sich ihre Wangen. „Das geht Sie nichts an."

Er öffnete eine Schublade unter der Kasse und zog eine Schachtel mit Antibabypillen heraus. „Ihrem Erröten nach zu schließen, vermute ich, es handelt sich um so etwas. Ist Ihre dabei?"

Sie wusste nicht, wie er aus einem Erröten auf Verhütungsmittel schließen konnte. „Sie sind unmöglich." Sie durchwühlte die Pakete. „Woher bekommen Sie die denn?"

„Man schickt mir jeden Monat Proben."

Sie fand genau das Medikament, das sie nahm, und hielt es hoch. „Vielleicht sollten Sie diese hier Louise geben."

Der Doktor schnappte sie sich aus ihrer Hand und steckte sie in die Tasche. „Warum glauben Sie wohl, bekomme ich all diese Proben? Ich versuche seit Jahren, sie dazu zu bringen, sie mir abzunehmen, aber sie sagt, sie wird Babys bekommen, bis Bobbys Schniedel abfällt oder ihre Gebärmutter auf den Boden fällt."

„Sieht so aus, als hätten Sie recht. Die Williamses könnten Aspen Cove alleine bevölkern."

Er hob seine buschigen Augenbrauen. „Natürlich könnten auch Sie ein paar Babys bekommen und Louise den Rang ablaufen."

„In diesem Sinne gehe ich dann mal nach Hause." Sie ging mit einem Lachen auf den Lippen und einem warmen Gefühl in ihrem Herzen, für Doktor Parker und einen gewissen aufregenden Barkeeper, der an diesem Abend für gefrorene Lasagne und Küsse vorbeikommen würde.

„ICH MUSS in einer Minute Schluss machen, weil er bald hier sein wird“, sagte Sage zu ihrer Schwester.

„Da du jetzt mit jemandem zusammen bist, heißt das, du wirst bleiben?“

Sage wusste nicht, was ihre aufkeimende Beziehung zu Cannon bedeutete. Was das Bleiben betraf, so hatte sie sich noch nicht entschieden.

„Wir sind nicht zusammen und ich verpflichte mich zu diesem Zeitpunkt zu nichts. Ich halte mir alle Optionen offen.“ Sie war seit einer Woche in der Stadt und es war viel passiert, aber sie war noch nicht bereit, ihre Verbindung nach Denver abzubrechen. „Irgendwelche Anrufe von der Personalabteilung?“

„Nein. Außer deiner alten Stelle sind keine anderen offen.“

Sage seufzte tief. „Na gut. Ich schätze, ich bleibe noch ein Weilchen hier.“ Vor drei Tagen hatte sich der Aufenthalt in Aspen Cove wie eine Strafe für ein Verbrechen angefühlt, aber mit dem Doktor und Katie und Cannon hatte es sich verändert. „Du sagst mir immer wieder, dass ich bleiben soll. Ist das, weil du nicht willst, dass ich zurückkomme?“ Ein winziger Teil von Sage fragte sich, ob ihre Schwester den Abstand zwischen ihnen, den Aspen Cove bot, so haben wollte.

„Nein. Du kannst morgen schon wiederkommen, wenn du möchtest, aber ich glaube nicht, dass du das, wonach du suchst, in meinem Keller findest.“

Sage stellte das Blumenarrangement, das sie aus dem Zimmer des Brautpaars mitgenommen hatte, mitten auf den Küchentisch. „Woher weißt du, wonach ich suche, wenn ich es selbst nicht tue?“

Lydia ließ ein Grummeln hören, von dem Sage sicher annahm, dass es von einem Augenrollen begleitet wurde.

„Es ist das, wonach du immer gesucht hast – ein Sinn in deinem Leben."

An manche Dinge, die andere Leute sagten, verschwendete sie keinen weiteren Gedanken, aber Lydias Worte klangen in ihr nach. Sie wollte immer gebraucht werden. Musste gebraucht werden. Liebte es, geliebt zu werden.

Ein leises Klopfen ertönte an der Tür. „Ich muss auflegen."

„Hab dich lieb, Schwesterherz. Amüsier dich."

Sage betrachtete sich im Spiegel neben der Tür. Nur ein schwacher gelblicher Bluterguss war noch unter ihrem rechten Auge zu sehen, das linke war vollständig verheilt. Sie kniff sich in die Wangen, um ihnen ein wenig Farbe zu verleihen.

Sie hatte sich stundenlang den Kopf zerbrochen, was sie anziehen sollte. Ein Kleid wirkte, als würde sie sich zu sehr bemühen. Jogginghosen bedeuteten eher, sich überhaupt keine Mühe gegeben zu haben. Sie entschied sich schließlich für eine Khaki-Hose und einen pinkfarbenen Pullover.

Als es zum zweiten Mal klopfte, öffnete sie die Tür und vor ihr stand Cannon mit einer Weinflasche in der Hand und einem Lächeln auf den Lippen.

„Ich dachte schon, du würdest nicht aufmachen."

Sie trat zurück und ließ ihn herein.

Otis hob den Kopf von seinem Sessel, um zu sehen, wer da war, und widmete sich dann wieder seinem Nickerchen.

„Ich habe mit meiner Schwester telefoniert."

„Wie geht es ihr?" Er reichte ihr die Weinflasche.

Sage war sich nicht sicher, was sie tun sollte. Sie hatte seit Jahren keine Verabredung mehr gehabt. Sollte sie sich auf die Zehenspitzen stellen, um ihn zu küssen? Drückte sie ihren Körper an seinen für eine Umarmung? Sie entschied sich für keines von beidem und führte ihn stattdessen in die Küche, wo die Mikrowelle ihr Abendessen erwärmte.

„Beschäftigt wie immer." Sie stellte die Flasche auf den Tisch und reichte ihm den Korkenzieher. „Kannst du sie aufmachen?"

Er machte sich an dem Korken zu schaffen, während sie ihr Abendessen aus der Mikrowelle holte.

„Vermisst sie dich?"

Das war eine gute Frage. Es gab keinen Zweifel, dass Lydia sie vermisste, aber sie war in dieser Hinsicht nicht egoistisch. Sie hatten sich seit ihrer Kindheit umeinander gekümmert. Lydia lag Sages Wohlbefinden am Herzen, und aus irgendeinem Grund hatte sie das Gefühl, dass Sage in Aspen Cove am besten aufgehoben wäre.

„Ja, aber sie will, dass ich hierbleibe."

Der Korken löste sich aus der Flasche, Cannon legte ihn auf den Tisch und stellte die Flasche daneben. „Tut sie das?" Seine Stimme spiegelte Überraschung wider.

„Sie sagt, ich höre mich glücklich an, und dass ich vielleicht meine Bestimmung gefunden hätte." Sie stellte den Plastikbehälter mit Nudeln auf den Tisch.

„Und hast du?"

Sie stellte sich auf die Zehenspitzen und legte den Kopf in den Nacken. „Ich weiß es nicht. Küss mich noch einmal und ich werde mich entscheiden."

„Das setzt mich ganz schön unter Druck." Er machte einen Schritt nach vorne. „Da hängt eine ganze Menge von der Qualität eines Kusses ab."

Sie packte ihn am Hemdkragen und zog ihn an sich. „Dann gib dein Bestes."

Zuerst berührten seine Lippen ihre zärtlich. Es war ein sanfter Kuss, bei dem ihre Lippen sich nur leicht streiften. Als eine seiner Hände durch ihre Locken strich und die andere sich an ihren Rücken presste, stöhnte sie in seinen Mund und der Kuss wurde leidenschaftlicher.

Augenblicke später hob er sie hoch, damit er sie auf die Küchentheke setzen konnte. Während sie dort oben thronte, verringerte sich ihr Größenunterschied. Sie dachte an ihre Schwester und die schnelle Nummer mit Adam in der Küche in Denver, von der sie ihr erzählt hatte. Damals klang es nicht sehr verlockend, aber mit Cannon, der zwischen ihren Schenkeln stand, seinen Händen, die ihren Rücken umschlangen, und seinen Lippen, die mit ihren verschmolzen waren, musste sie den Nutzen einer Arbeitsplatte und eines attraktiven Mannes neu überdenken.

Es war lange her, seit sie einen anderen Körper leidenschaftlich erkundet hatte. Ihre Finger fuhren vom Bund seiner Hose über die Hügel und Täler seiner Bauchmuskeln an seiner Brust hinauf, bevor sie zu seinem breiten Rücken wanderten, um schließlich auf der Rundung seines festen Hinterns liegen zu bleiben.

Seine Hand folgte einem ähnlichen Weg über ihren Körper, streifte über ihren Bauch und glitt am Rand ihrer Brüste entlang, bis er seine Arme um sie schlang und sie an sich zog.

Sie lösten sich voneinander, um Atem zu holen.

„Was machst du nur mit mir?" Er ging einen Schritt zurück und befeuchtete seine Lippen.

Sie beobachtete den Weg, den seine Zunge nahm, als sie seinen Mund umkreiste. Ein Blick in seine Augen zeigte, dass sich deren Farbe verändert hatte. Das Blau in ihnen war verschwunden. Sie hatten sich stattdessen in ein tiefes Grün verwandelt, und da war jetzt ein begehrlicher, hungriger Ausdruck, der offensichtlich nach mehr verlangte.

Sie sprang von der Arbeitsplatte herunter und ging langsam auf ihn zu. „Was machst du nur mit *mir*?"

Keiner von ihnen beantwortete die Frage. Stattdessen stürzten sie sich für einen weiteren Kuss aufeinander.

Als sein Magen knurrte, löste sie sich von ihm. „Zeit, dir etwas anderes zu bieten als meinen Mund."

Sie setzten sich nebeneinander auf die Stühle und blickten auf den See hinaus.

„Für deine Küsse würde ich auf Essen verzichten", sagte er mit einer Stimme, die so leise war, dass sie nicht recht zu dem hünenhaften Mann passte.

„Ich werde dich jetzt erst mal abfüttern und dann weiter küssen." Ihre Stimme war kräftiger, als ihre winzige Gestalt vermuten ließ.

Irgendwann zwischen Mikrowellen-Lasagne, Wein und Küssen fanden sie zueinander.

Nach dem Abendessen trugen sie den letzten Wein zu den Stühlen am See und sahen zu, wie Otis im Wasser herumtollte.

„Wohnt Mike in der Bar?"

„Ja, es gefällt ihm dort. Ich habe ihn ein paar Mal mit nach Hause genommen, aber er hörte nicht auf, an der Tür zu miauen."

„Er mag sein Zuhause." Sie schaute am Seeufer auf und ab. „Wer sind eigentlich unsere Nachbarn?"

Cannon zog ihren Stuhl näher an seinen heran und deutete auf das Haus auf der gegenüberliegenden Seite von seinem. „Meiner Familie gehörten die beiden Häuser neben meinem, aber ich musste sie wegen Paps verkaufen. Das direkt neben meinem gehört jetzt Dalton. Das auf seiner anderen Seite wurde von einem Makler für einen Kunden gekauft. Ich habe keine Ahnung, wer es ist, weil noch nie jemand aufgetaucht ist."

„Interessant." Sie drehte ihren Kopf zu dem Haus, das

ungefähr dreihundert Meter zu ihrer Linken stand. „Und das dort?“

„Das gehört einer Familie, die nur zur Saison kommt. Sie tauchen im Mai auf und verschwinden vor dem ersten Schnee. Ihr Nachname ist Bergh. Er ist Hockeytrainer für irgendein großes Team und sie ist seine Vorzeigefrau. Eigentlich nette Leute. Neben ihnen wohnt Frank Arden, ein Anwalt, der in Silver Springs arbeitet.“

Sie hatte sich eine Karte der Gegend angesehen, nachdem sie Copper Creek kennengelernt hatte. Silver Springs war mehr als eine Stunde entfernt.

„Das ist ziemlich weit, um zu pendeln.“ Sie lehnte ihren Kopf an seine Schulter und sah zu, wie die Sonne im See verschwand.

„Es ist ein Einfamilienhaus. Die älteren Ardens starben innerhalb weniger Jahre. Frank und seine Schwester Sara erbten das Haus. Sie ging fort, um Tierärztin zu werden. Zuletzt habe ich gehört, dass sie in Tulsa lebt. Frank ist in der Stadt geblieben und fährt täglich. Das Pendeln ist nicht so schlimm, wenn man sich daran gewöhnt hat.“

„Kann ich mir nicht vorstellen.“ Sage fand Pendeln nie toll. Ihre morgendliche Fahrt vom Krankenhaus nach Hause war immer ein Albtraum gewesen. Die I-25 in der Hauptverkehrszeit war nicht das, was sie unter Vergnügen verstand.

Cannon hob sie von ihrem Stuhl und setzte sie auf seinen Schoß. „Letzte Woche konnte ich mir nicht vorstellen, dass du auf meinem Schoß sitzen wirst. Vor ein paar Tagen hätte ich nicht vermutet, dass ich dich küssen würde, und heute Morgen hätte ich nie damit gerechnet, meinen Vater in der Bäckerei arbeiten zu sehen. Aber dann bist du nach Aspen Cove gekommen und hast etwas mitgebracht.“

Sie lehnte ihren Kopf an seine Brust. „Ich brachte einen dreibeinigen Hund und eine negative Einstellung mit."

„Ja, das hast du, aber du hast auch Hoffnung mitgebracht, und meiner Erfahrung nach kann Hoffnung gefährlich sein, aber andererseits wusste Bea vielleicht genau, was sie tat."

KAPITEL ACHTUNDZWANZIG

Es war eine Woche angefüllt mit Küssen, gemeinsamen Mahlzeiten und einem überwiegend nüchternen Ben gewesen. Sage hatte sich in Aspen Cove eingelebt. Sie hatte keinen Plan – nur das Ziel, jeden Tag zu überstehen und ihn mit einem Lächeln und einem erstklassigen Cannon Bishop-Kuss zu beenden. Er wusste, wie er sie mit einer einfachen Berührung seiner Lippen schwach werden ließ.

Ihre Schwester hatte es so gut wie aufgegeben, sie nach ihren Plänen, nach Denver zurückzukehren, zu befragen. Die Gespräche konzentrierten sich nun stattdessen auf Lydias Freund Adam und darauf, wie er sein Leben im Krankenhaus verbrachte. Lydias zwölfstündige Schichten ließen es unmöglich erscheinen, einsam zu sein, aber sie klang wie eine Schiffbrüchige auf einer unbewohnten Insel.

Sage versuchte, sie zu unterstützen und die Einsamkeit herunterzuspielen, indem sie sagte: „Ich weiß, dass er mehr Arbeit übernimmt, aber das versetzt ihn in eine gute Position, um Einfluss zu nehmen, wenn du mit deiner Assistenzzeit fertig bist und nach einem festen Job suchst."

Lydia stöhnte. „Ich werde einen Job brauchen, weil meine Ersparnisse fast aufgebraucht sind."

Assistenzärzten wurde kein volles Gehalt gezahlt, und in den letzten drei Jahren verdiente Lydia das Gleiche wie eine Managerin in einem Kaffeehaus.

Als Krankenschwester verdiente Sage 20 000 Dollar mehr im Jahr als ihre Schwester, aber es gab weniger Spielraum für Gehaltserhöhungen und Beförderungen. Lydias Gehalt würde mit Erfahrung und einer Vollzeitstelle exponentiell steigen.

„Ich habe Geld, ich kann dir helfen." Sage war in ihrer letzten Woche bezahlten Urlaubs, aber Sparen war ihr eine Selbstverständlichkeit, und es gab niemanden, der es mehr verdient hätte, dass sie ihren Notgroschen mit ihr teilte als Lydia.

„Arbeitest du immer noch für die Antibabypille?"

Zu sagen, es wäre ein Fehler gewesen, Lydia zu erzählen, dass Sage in der Praxis Schichten gegen die Pille eingetauscht hatte, war eine Untertreibung, denn ihre Schwester würde sie das nie vergessen lassen.

„Hier ist es anders. Außerdem brauche ich nichts."

„Lügnerin", neckte sie. „Du brauchst Cannon in deinem Bett."

Ein weiterer Fehler war, mit Lydia über ihr Sexualleben zu sprechen – oder das Fehlen eines solchen.

„Es sind erst zwei Wochen vergangen."

„Die von der Cosmopolitan-Zeitschrift festgesetzte Drei-Verabredungen-Regel hat er aber schon um neun Tage überschritten."

„Er ist vorsichtig, und ich respektiere das." Wenn sie sich allerdings an den Tag im Getränkemarkt und das Mädchen Mel erinnerte, hatte Sage nicht unbedingt den Eindruck, dass Cannon in der Regel Vorsicht walten ließ.

Was machte Sage so anders? „Wenn ich diesem Ort eine Chance gebe, muss ich mir Zeit nehmen und kluge Entscheidungen treffen. Das tut er auch, weil es hier keine Single-Männer oder -Frauen im Überfluss gibt. Wir müssen wählerisch und zurückhaltend sein."

„Ich kann mir nicht vorstellen, dort zu leben." Im Hintergrund wurde jemand über die Lautsprecheranlage des Krankenhauses ausgerufen. „Ich muss gehen. Hab dich lieb."

„Ich dich auch." Sage blickte über die Brüstung zu Otis, der einen Vogel ins Wasser jagte. Es erinnerte sie daran, dass sie ihren gefiederten Freund für seine tägliche Ration frischer Luft auf die Terrasse bringen musste.

Als sie aus ihrem Zimmer zum Geländer zurückkehrte, öffnete sie den Karton. Der Verband war schon vor Tagen abgefallen und der Vogel hüpfte wie jeden Tag auf den Rand des Kartons. Er breitete seine Flügel aus und schlug mit ihnen. Er wurde jeden Tag durch die Bewegung stärker, ließ sich aber anschließend immer wieder auf dem frischen Handtuch nieder, das Sage zusammengefaltet auf den Boden der Schachtel legte.

Heute flatterte er, hielt inne, dann flatterte er wieder und hörte wieder auf. Sage lehnte sich an das Geländer, auf dem der Karton stand. Der Vogel hüpfte auf den Rand, der ihr am nächsten war, und kreischte, als wollte er ihre Aufmerksamkeit erregen. Sie wandte den Blick von Otis ab und fixierte stattdessen den aufdringlichen Vogel.

„Was willst du denn, du kleiner Störenfried?" Sie schaute auf das kleine Lebewesen herunter, das die Kluft zwischen Cannon und ihr überbrückt hatte.

Der Vogel krächzte wieder. Mit ausgebreiteten Flügeln schlug er kräftig und flog davon. Der Abflug war für Sage eine Mischung aus Glück und Trauer. Ihn zu füttern war ihr zur Gewohnheit geworden und sich um ihn zu kümmern, zu einer ihrer täglichen Freuden.

Sie benutzte den Vogel als Vorwand, um in der Stadt zu bleiben, aber es war wahrscheinlich an der Zeit, ehrlich zu sich selbst zu sein. Sie hatte die Gastfreundschaft in Denver zu lange in Anspruch genommen, und jetzt war für sie der Augenblick gekommen, ihre Flügel auszubreiten und davonzufliegen. Bea hatte dafür gesorgt, dass sie sicher in der kleinen Stadt landete und sie war glücklich in Aspen Cove.

Sie beobachtete das winzige Ding, bis es zu einem Punkt am Horizont wurde.

Sage dachte an Cannon, Katie und Ben, ihre drei besten Gründe in Aspen Cove zu bleiben, jetzt, da der Vogel genesen war.

Cannon war in der Bar und machte Inventur für seinen Spirituosenkauf am Freitag und Katie steckte wahrscheinlich bis zum Ellbogen in Muffinteig und beaufsichtigte Ben, der, obwohl er seine Schulden zurückgezahlt hatte, jeden Morgen auftauchte, um ihr zu helfen.

Er genehmigte sich jetzt nur noch drei Drinks am Tag, sein Zittern hatte aufgehört, und seine Haut zeigte einen gesunden, rosafarbenen Schimmer. Er war immer noch viel zu mager, aber Ben war wie Rom und diese Stadt war ja auch nicht nach einem Tag perfekt gewesen.

„Lass uns gehen, Otis." Der Hund sah zu ihr auf wie ein Kind. „Ich bin mit Katie zum Mittagessen verabredet."

Er trabte hinauf zur Terrasse und schüttelte sich. Wasser flog aus seinem Fell in alle Richtungen und bescherte Sage einen unerwarteten Schauer.

„Vielen Dank auch, Freundchen." Sie zog das Handtuch, das sie immer griffbereit hatte, vom Liegestuhl herunter und rieb ihn gründlich ab. „Du bleibst heute hier."

Solange er einen bequemen Sessel und eine Schüssel mit Trockenfutter hatte, war es Otis egal, wo er blieb.

Sie versorgte ihn und machte sich dann auf den Weg zu *Maisey's Diner* und ihrem ersten kulinarischen Erlebnis in der Stadt.

Fünf Minuten später betrat sie das kleine Lokal. Es war nicht das 50er-Jahre-Erlebnis, das sie erwartet hatte, mit Schallplatten an der Wand und Elvis-Postern überall. Nein, *Maisey's* war ein James-Dean-Abenteuer. Hochglanzpolierte Motorräder thronten wie Trophäen auf Podesten zwischen den Sitzbänken. Radkappen und Lenker schmückten die Wände. An der Deckenleiste über der Theke war ein Zitat von James Dean zu lesen: „Träume, als würdest du ewig leben, lebe, als würdest du heute sterben."

Blondes Haar lenkte ihre Aufmerksamkeit auf den mittleren Tisch in der Nische auf der rechten Seite. Katie streckte ihre Hand hoch in die Luft und winkte. Es war nicht so, als könnte Sage sie übersehen. Sie war eine von zwei Personen im Lokal und der andere Gast war ein gebrechlicher Mann mit Glatze.

Sage machte es sich am Tisch bequem, ihrer Freundin gegenüber. „Warum war ich noch nie hier?"

„Weil sie kaum geöffnet haben." Katie sah sich um. „Dalton sagt, es ist Nebensaison, aber nächste Woche öffnen sie wieder ganztags."

„Auch abends?" Außer ihrer Mikrowelle würde es dann noch eine andere Option geben.

„Nö. Die Nächte sind für Poolbillard und Bier reserviert."

Das schien tatsächlich so zu sein. Es war, als gäbe es ein ungeschriebenes Gesetz, dass sich die lokalen Geschäfte gegenseitig keine Konkurrenz machten. *Maisey's* verkaufte keine Muffins oder andere Backwaren außer Torten und *B's*

Bakery bot alles an außer Torten. *Bishop's Brewhouse* verkaufte kein Essen, während *Maisey's* keinen Alkohol ausschenkte. Im *Corner Store* gab es Lebensmittel und Limonaden, aber keine Drogerieartikel. Der Doktor verkaufte kein Essen, es sei denn, man zählte Süßigkeiten dazu. Jeder hatte hier sein kleines Fleckchen Erde und alle arbeiteten harmonisch zusammen, außer dem alten Tucker. Er brannte Schnaps, was wahrscheinlich einen Teil von Cannons Gewinnen aufzehrte.

Die Glocke über der Tür läutete, und der Leibhaftige persönlich trat ein. Cannon sah in seiner Jeans und seinem schwarzen T-Shirt wirklich zum Anbeißen aus. Er müsste nur sein Haar mit Gel nach hinten kämmen, sich lässig auf ein Motorrad schwingen und würde genau hier hineinpassen. Hinter ihm kam zu ihrer Überraschung Ben.

„Oh, wow." Katie beugte sich vor, damit sie die beiden aus der Nische heraus beobachten konnte.

„Wow trifft es genau." Wenn Sage dachte, dass Cannon bei ihr vorsichtig wäre, dann war er es bei seinem Vater erst recht. Die beiden Männer hatten nicht viel miteinander gesprochen, weil Cannon sichere Distanz wahrte. Nah genug beieinander, um notfalls eingreifen zu können, aber weit genug entfernt, dass Cannon nicht in Flammen aufgehen würde, falls Ben sprichwörtlich explodierte. Die Tatsache allein, dass beide zusammen essen gingen, war bereits außergewöhnlich.

Die Männer saßen einander gegenüber. Ben starrte auf die Speisekarte, als sähe er sie zum ersten Mal. Cannon blickte in Sages und Katies Richtung und lächelte, bevor er sich von seinem Platz erhob und zu ihnen herüberkam.

„Paps sagte, du wärst hier." Er beugte sich vor und gab Sage einen leichten Kuss auf die Lippen. „Ich dachte, es wäre gut, wenn er etwas zu essen bekäme."

Katie warf ihr Haar über ihre Schulter. „Ich versorge ihn mit Essen."

Er sah sie an. „Ich weiß, dass du das tust, aber heute geht es um mehr als das."

Sage schlang ihre Arme um seine Taille und umarmte ihn. „Ich bin froh, dass du mit ihm hier bist." Sie wollte ihm sagen, dass sie stolz war, aber es erschien ihr nicht passend. Sie hatte nicht die Vergangenheit, die er mit Ben hatte, und stolz war nicht das richtige Wort. Es war eine Sache, einen Elternteil zu verlieren, weil er starb, aber eine andere, ihn zu verlieren, weil er herumlief, als wäre er tot. Ihre Situation war viel einfacher zu ertragen.

„Kommst du heute Abend in die Bar?" Seine Augen waren sanft und mehr blau als grün. Sie hatte in den Tagen, die sie mit ihm verbracht hatte, gelernt, dass Grün für ihn die Farbe der Leidenschaft war. Blau bedeutete etwas anderes. Im Allgemeinen nahmen seine Augen diesen eisigen Ausdruck an, wenn er sich zurückzog.

„Sicher. Ich werde kommen." Er küsste sie noch einmal auf die Lippen und ging dann wieder.

Bekleidet mit einer Rüschenschürze und einer üppigen Hochsteckfrisur, näherte sich Maisey ihrem Tisch. „Hallo Mädels, was darf es sein?"

Obwohl Sage noch nie im *Diner* gewesen war, erkannte sie Maisey von der Beerdigung wieder. Es war ein offenes Geheimnis in der Stadt, dass das Spezialmenü „blaue Platte" ein Geheimtipp war.

„Blaue Platte für mich", sagte sie, dann sah sie zu Ben und Cannon hinüber und fragte sich, ob sie dasselbe bestellen würden. Sie hätte sie gerne eingeladen, sich zu ihnen zu setzen, aber sie brauchten diese Zeit, um sich wieder anzunähern.

„Dasselbe für mich", sagte Katie.

Maisey wechselte weiter zu Cannons und Bens Tisch.

Aus der Küche kam Dalton und ging auf Sages und Katies Tisch zu.

Katie sprang auf und umarmte ihn freundlich. An dieser Geste war nichts Intimes. Es war eine Umarmung, wie man sie einem Freund oder Verwandten gab. „Ich glaube nicht, dass du Sage offiziell kennengelernt hast."

Er sah Sage mit einem Blick an, der so schneidend war, dass er sie hätte halbieren können. Dalton könnte in der Bikerserie „Sons of Anarchy" mitspielen, vom Kopftuch mit Totenkopf bis hin zu seinen schwarzen Stiefeln. Dazwischen gab es Tätowierungen und Muskeln und eine gehörige Portion Selbstbewusstsein.

„Schön, dich kennenzulernen, Sage." Seine Stimme war rau und tief. „Habt ihr das Spezialmenü genommen?"

Sie nickten beide und er grummelte und ging davon.

„Kein Freund vieler Worte."

Katie lachte. „Nein, aber lass dich nicht von ihm einschüchtern, denn er ist ein wirklich netter Kerl."

Sage schaute nach rechts und sah, dass er an Cannons Tisch stehen blieb. Alle drei Männer wandten sich ihr zu.

Sie verzog sich in die Ecke der roten Sitzbank aus Kunstleder. „Er sieht aus wie ein Mörder."

„Das ist er", sagte Katie, als wäre das keine ungewöhnliche Aussage. Sie mochte böse Jungs, aber einen Mörder? „Er ist auf Bewährung draußen."

„Das kann nicht sein." Sage beugte sich vor, um einen Blick auf den Mann zu werfen, der so groß war wie eine Eiche und so böse aussah wie ein tollwütiger Hund.

Katies blonde Locken wogten bei ihrem Kopfnicken über ihre Schultern. „Doch, ernsthaft, er ist erst seit etwa einem Monat oder so aus dem Gefängnis."

Sage war sprachlos. Sie lebte seit Wochen in einer Stadt

mit einem auf Bewährung entlassenen Mörder. Sollte es nicht einen Brief der Nachbarschaftswache geben, der die Menschen über die Gefahren in der Ortschaft informierte? Da sie zwei Häuser von dem Mann entfernt wohnte, könnte sie leicht sein nächstes Opfer werden. „Oh, mein Gott, und ich hatte angefangen, diesen Ort zu mögen."

Katies strahlendes Lächeln verwandelte sich in einen schmallippigen Ausdruck der Enttäuschung. „Wenn du keine Frauen verprügelst, musst du dir keine Sorgen machen."

„Wie bitte?" Sages Kopf war noch immer mit dem Wort Mörder beschäftigt.

Katie ordnete ihr Besteck neu und beugte sich dann zur Tischmitte vor. „Er kam eines Nachts aus einer Bar und sah, wie ein Mann eine Frau verprügelte und schritt ein, um zu helfen. Die beiden Männer kämpften miteinander, Dalton schlug ihn bewusstlos und der Typ stand nicht mehr auf."

„Wäre das nicht Selbstverteidigung?"

„Nein, nicht in diesem Fall. Dalton war wütend, als er sah, wie eine Frau misshandelt wurde, und er mischte sich in einen Streit ein, der ihn nichts anging. Es wurde als Handlung im Affekt bewertet. Der Typ ist tot auf dem Boden aufgeschlagen."

„Woher weißt du das alles?"

Ihr Siegerlächeln war zurück. „Ich besitze eine Bäckerei, in der die Leute herumsitzen, Muffins essen und sich unterhalten."

„Meine Güte. Ich muss mehr rauskommen. Ich höre nur von Leuten, die sich über Hautprobleme, Halsschmerzen und Hämorrhoiden beschweren. Von den interessanten Sachen bekomme ich nichts mit, während ich für den Doktor arbeite." Wie Ben in der Bäckerei war Sage zu den Praxistagen erschienen, um Doktor Parker zu helfen, weil es ihrem Leben einen Sinn und ihr das Gefühl gab, ein Mitglied der Gemeinschaft zu sein.

„Du musst ein Buch mitbringen und dich einen Tag in die Ecke der Bäckerei setzen. Es ist erstaunlich, was man alles erfahren kann. Diese Stadt ist wie eine Seifenoper."

„Ich verpasse alles. Wenn ich vorhabe, hierzubleiben, brauche ich mehr Informationen."

„Du bleibst also?" Sie sagte es laut genug, dass jeder im Lokal es hören konnte, und Cannon drehte sich um und starrte sie an.

„Ich verpflichte mich zu nichts Dauerhaftem, aber ich habe nicht vor, zu gehen."

Katie kreischte vor Freude. „Ich bin so glücklich."

Als Sage Cannon anschaute, sah er ebenfalls glücklich aus.

KAPITEL NEUNUNDZWANZIG

Cannon hatte die Tür im Blick, seit er um achtzehn Uhr die Bar geöffnet hatte. Seine Stammgäste trudelten nach und nach ein, aber er hielt nur nach einer Person Ausschau – Sage. Sie war in der letzten Woche zu einem wichtigen Teil seines Lebens geworden, weil sie ihm einen Grund zum Lächeln gab.

Der Doktor kam herein und setzte sich an die Bar. Er hielt den Finger für sein erstes Bier hoch. „Wie läuft es mit den Herzensangelegenheiten, mein Junge?"

Cannon zapfte ein Bier und stellte es auf einen Untersetzer. „Ich rede mit Ihnen nicht über mein Liebesleben."

Der Doktor hob sein Bier an die Lippen und nahm einen langen, gemächlichen Schluck. Als er den Krug abstellte, klebte der Schaum an seinen Barthaaren. „Du hast jetzt ein Liebesleben? Das ist gut zu wissen. Vermassle es nicht wie beim letzten Mal."

Cannon wusste, dass er Mel meinte. „Das war anders."

Der Doktor hob die Augenbrauen. Es verging kein Tag, an dem Cannon nicht in seine Schublade greifen wollte, um die Schere herauszuholen und diese widerspenstigen

Augenbrauen zu stutzen, die von der Stirn des alten Mannes in den Himmel ragten.

„Sie ist ein Mädchen und du magst sie, also was macht es anders?"

„Mel war ziemlich nett, aber Sage ist etwas Besonderes." Wenn er bei ihr war, intensivierte sich jedes Gefühl.

„Besonders, hm? Ich hatte einmal ein besonderes Mädchen."

Cannon lehnte an der Theke und wartete darauf, dass er fortfuhr. Er wusste, wie das funktionierte. Er würde ungebetene Ratschläge bekommen. Der Doktor würde nicht mit dem herauskommen, was er eigentlich sagen wollte. Er würde es in eine Geschichte verpacken.

„Ich traf sie zum ersten Mal auf der Farm meiner Familie, als sie versuchte, mein prämiertes Schwein zu stehlen." Der Doktor lachte in sich hinein und schloss die Augen, offensichtlich durchlebte er die Erinnerung noch einmal.

„Sie hat Ihr Schwein gestohlen?" Cannon wusste, dass das Mädchen, von dem er sprach, Phyllis war, die Frau, mit der er mehr als vierzig Jahre verheiratet gewesen war.

„Nein, mein Junge, sie hat mein Herz gestohlen. Das Schwein gab ich ihr, weil ihre Familie Hunger litt." Er zog die Schale mit der Nussmischung zu sich heran und suchte die würzigen Erdnüsse heraus, die er liebte. „Da wusste ich, dass ich alles für dieses Mädchen tun würde, also habe ich das Tier geschlachtet und zu ihr nach Hause gebracht."

„Was hat sie gesagt?"

„Nichts, ich habe sie an diesem Tag nicht gesehen. Ich traf mich mit ihrem hochnäsigen Vater und teilte ihm mit, dass ich seiner Tochter den Hof machen möchte."

„Und?" Cannon nahm das halb leere Glas Bier und füllte es auf.

„Er nahm mein Geschenk und sagte mir, er würde

darüber nachdenken." Der Doktor trug immer noch seinen Ehering, obwohl Phyllis vor einigen Jahren gestorben war. „Ich brachte jeden Freitag Geschenke zu ihr nach Hause, angefangen von frisch gebackenem Brot bis hin zu einem geschlachteten Huhn. Meine Familie war nicht reich, aber wir hatten zu essen und mehr, als wir brauchten. Sechs Wochen später tauchte ich wieder bei ihr auf und ihr Vater wartete auf der Veranda. Seine Schrotflinte lehnte an der Tür und Phyllis stand neben ihm. Sie war das hübscheste Ding, das ich je gesehen hatte, und sie trug ihr Sonntagskleid." Er nippte an seinem Bier. „Es war ein blau-weiß gepunktetes Kleid, das ihr bis über die Knie reichte. Sie trug weiße Söckchen und glänzende schwarze Schuhe."

Cannon beugte sich zu ihm, völlig gefesselt von der Geschichte. „Und ...?"

„Es war der Beginn einer neuen Zeitrechnung. Ihr Vater ließ mich sie bis zum Ende der Auffahrt begleiten und wieder zurück, und das war unsere erste Verabredung. Er saß mit seiner Schrotflinte auf dem Schoß auf der Veranda und beobachtete uns."

„Kein Kuss?"

„Nein, es ging damals nicht so schnell wie bei euch jungen Leuten heute. In gewisser Weise denke ich, es ist besser zu warten. Du lernst erst das Herz einer Person kennen und dann ihren Körper. Das eine kann dich ein Leben lang befriedigen, das andere minutenlang. Wie auch immer, als wir zum vierten Mal die Auffahrt hinuntergingen, hatte sich ihr Vater ins Haus zurückgezogen. Ich wusste, dass er uns immer noch im Auge behielt, und meine einzige Annäherung bestand darin, ihr den Staub von ihren glänzenden Schuhen zu wischen, wenn wir zurückkamen. Zwei Monate später machte er sich nicht mehr die Mühe, uns zu überwachen. Einen Monat später durfte sie mich auf einer Spritztour begleiten. Zwei Monate später führte ich sie den Gang einer kleinen Kirche in Gold Gulch hinunter."

„War das das erste Mal, dass Sie sie geküsst haben?"

„Zur Hölle, nein, ich habe sie ununterbrochen geküsst, von dem Moment an, als wir nicht mehr in Reichweite der Schrotflinte waren. Genau das meine ich. Du weißt, dass sie etwas Besonderes sind, wenn alles, was du bekommst, ein Kuss ist und dir das reicht. Sind dir Sages Küsse genug?"

Cannon lächelte. „Im Augenblick schon."

Die Tür öffnete sich und, wie der Doktor es genannt hatte, Cannons neue Zeitrechnung begann. Für ihn war es etwas Alltägliches geworden. Seine Tage fingen mit ihrem Lächeln an und endeten mit ihrem Kuss.

In Pink gekleidet war sie so hübsch, wie er sie in Erinnerung hatte. Sie nahm auf dem letzten Hocker Platz, demjenigen, den er als den ihren betrachtete. Er schenkte ihr Lieblingsbier ein und ging zu ihr, um sie mit einem Kuss zu begrüßen.

Der Doktor warf einen Fünf-Dollar-Schein auf den Tisch und stand auf.

„Wollen Sie um das Bier spielen?", fragte Cannon.

Der alte Mann schüttelte den Kopf. „Du hast Besseres mit deiner Zeit anzufangen, mein Junge. Ich werde mit meiner Schrotflinte nebenan sein." Er lachte den ganzen Weg zur Tür hinaus.

„Was meinte er denn damit?" Sage sah ihn so fragend an, dass sich ihre Lippen kräuselten.

„Ich glaube, er mag dich und erwartet, dass ich dich richtig behandle."

Als sie lächelte, erwärmte sich der ganze Raum. „Ich glaube, er will mich als kostenlose Arbeitskraft behalten."

„Du arbeitest umsonst?" Diese Stadt funktionierte

anders als die meisten anderen. Wenn diese Menschen nicht wären, hätte er schon längst resigniert. Es war Bea gewesen, die ihm geholfen hatte, durchzuhalten, weil sie nie aufgab und es ihm auch nicht gestattete.

„Eigentlich nicht, ich arbeite für Erdnussbutterriegel und Skittles." Sie lächelte über ihren Bierkrug hinweg. „Ich bin billig, aber ich bin nicht leicht zu haben."

Cannon ging zu dem einzigen anderen Gast in der Bar und kassierte ihn ab. Als der Mann hinausging, schloss er die Tür und verriegelte sie.

Sage blickte auf die Uhr, die über dem Tresen hing. „Schließt du heute früher?"

Er ging auf sie zu und drehte den Barhocker herum, sodass sie ihn ansah. Er stand zwischen ihren Beinen und nur ein Stück rosafarbener Stoff trennte sie. „Mir ist heute bewusst geworden, dass ich dir ein schrecklicher Liebster gewesen bin." Er beobachtete ihr Gesicht nach Anzeichen von Unbehagen bei dem Wort, das er gewählt hatte, sah aber nichts als Zuneigung. Er war von der Sorte Mann, der nur eine Frau wollte und nicht gerne das teilte, was er als sein Eigentum betrachtete, ganz besonders, wenn es sich um Sage handelte. „Ich habe dich noch nie um eine wirkliche Verabredung gebeten."

Ihre Finger strichen über seine Hemdknöpfe, bis sie an seinem Taillenbund ankamen. „Du willst also mein Liebster und meine Verabredung sein?"

Er konnte sich nicht erinnern, jemals rot geworden zu sein, aber die Hitze stieg ihm in die Wangen und er wusste nur, dass er sie wollte. Nicht auf die gleiche Weise wie Mel, denn von Sage wollte er mehr, und er würde sich so lange gedulden, bis er es bekam.

„Sagen wir einfach, ich will mehr und will auch mehr *sein*." Er beugte sich vor und gab ihr einen zärtlichen Kuss, bevor er sie zu der leeren Stelle führte, wo oft getanzt wurde. Er warf eine Münze in die Jukebox und wählte D-47, eines der Lieblingslieder seiner Mutter von Etta James. Als „At Last" spielte, zog er sie in seine Arme. Es war ein bittersüßer Moment, als er über eine Vergangenheit nachdachte, in der seine Mutter und sein Vater an derselben Stelle zu demselben Lied getanzt hatten, und er zum ersten Mal seit Langem wieder hoffnungsvoll in die Zukunft blickte. Er überragte das Mädchen, das die Größe einer Grundschülerin hatte. Sein Körper war nicht nur größer, sondern auch kräftiger, aber irgendwie passten sich ihre Kurven seiner Körperform an, und es war einfach perfekt. Sie war perfekt. Der Moment war perfekt – *at last* … endlich.

KAPITEL DREISSIG

Am Freitagmorgen küsste Sage Cannon zum Abschied. Er machte sich auf den Weg, Spirituosen einzukaufen und obwohl er sie aufforderte, ihn zu begleiten, hatte sie sich fest vorgenommen, im Garten zu arbeiten und in den anderen Hausflügel umzuziehen.

Sie wagte sich selten in Beas Reich, weil es sie traurig machte. Als würde sie irgendwie die Erinnerung an sie auslöschen, wenn sie ihre Räumlichkeiten bezog.

Während sie an dem aus dem Boden sprießenden Unkraut zupfte, stellte sie überrascht fest, dass ihre Lieblingsblume hier wuchs. Sorgfältig säuberte sie alles um den Fliederbusch herum.

Die stark duftenden Blumen erinnerten sie an glückliche Tage, Zuckerwatte, Riesenräder und an ihre Mutter, die den ganzen Sommer über eine Vase mit Blumen auf dem Tisch stehen gehabt hatte. Es waren nostalgische und romantische Blüten der Hoffnung.

Eine Stunde später ging sie ins Haus, weil sie ihre nächste Herausforderung nicht ewig aufschieben konnte. Sie öffnete die Tür, die zu Beas Bereich führte. Es roch nach Zitronenwachs und dem beruhigenden Duft von Büchern und Leder. Sie zog einen Plastikeimer hinter sich her in das erste Zimmer, Beas Schlafzimmer, wo sie einen Schrank voll mit Kleidung erwartete. Stattdessen fand sie den begehbaren Kleiderschrank leer vor. Sage zog die Schubladen der Kommoden auf und auch sie waren leer. Das Einzige, was sie enthielten, war Schrankpapier mit Blumenmuster, das den Boden bekleidete und nach Lavendel roch.

Ihr erster Gedanke war, dass vielleicht jemand Bea ausgeraubt hätte, aber sie wusste es besser. Diese Frau hatte alles geplant, und dazu gehörte auch das Herrichten dieses Zimmers für seine nächste Bewohnerin.

Sie ging in das Arbeitszimmer, in dem Bilder von Beas Leben einen Ehrenplatz auf dem Tisch einnahmen. Sie nahm das einzige Bild von Bea hoch und drückte es an ihre Brust. „Warum ich, Bea?"

In der Stille und ihrer Erinnerung hörte sie Beas Stimme sagen: *Aspen Cove brauchte dich.*

Es gab nicht viel zu tun, außer ihre Sachen in das Zimmer zu bringen, also entlud sie zum ersten Mal seit ihrer Ankunft ihr Auto.

Nachdem ihre Kleider ordentlich in den Schrank gehängt und in die duftenden Schubladen gelegt worden waren, machte sie es sich im Arbeitszimmer bequem, mit Otis zu ihren Füßen.

Sie hatte dem Tisch Bilder hinzugefügt, indem sie Fotos ihrer Familie zwischen Beas gestellt hatte. Es fühlte sich richtig an, die beiden Familien miteinander zu verschmelzen.

Auf dem alten Ledersessel sitzend, schlug sie einen unterhaltsamen Krimi auf und vertiefte sich in das Buch, bis ein Hämmern an der Tür sie unterbrach.

Cannon stand auf ihrer Türschwelle, aber sein gewohntes Lächeln war verschwunden. An dessen Stelle war Aufregung getreten. Der Cannon, den sie jede Nacht stundenlang küsste, war nicht mehr da, und zurück war stattdessen das Raubtier, das sie auf dem Bürgersteig getroffen hatte.

„Hast du meinen Vater gesehen?“ Seine Stimme war hart und abgehackt.

Es gab keine Lippen, die ihre streiften. Kein verschmitztes Lächeln. Keine Umarmung.

Ihr Schutzmechanismus setzte wieder ein, und sie verschränkte die Arme und machte einen Schritt zurück. „Hast du in der Bäckerei nachgesehen?“ Sie wollte die Hand ausstrecken und ihn berühren, aber würde sie sich trauen? Jede vermeintliche Brüskierung könnte ihre Beziehung gefährden, und die Dinge zwischen ihnen entwickelten sich ohnehin nur langsam. Nicht, weil Sage nicht mehr wollte, sondern weil Cannon damit zufrieden zu sein schien, sie nur im Arm zu halten, zu umarmen und zu küssen, und nicht nach mehr verlangte.

Sie hatte zwei Möglichkeiten. Diesen Moment zwischen sie kommen zu lassen oder die Kluft zu überbrücken, die sich zwischen ihnen aufzutun drohte. Sie machte einen Schritt nach vorne und berührte seine Wange, wobei sie mit ihren Fingern über das perfekt geschnittene Haar strich, das gleichzeitig spröde und weich war. „Komm rein.“

Er erwiderte ihre Liebkosung, was ein gutes Zeichen war. „Er ist nicht in der Bäckerei. Katie sagte, er sei um zehn gegangen und nicht zurückgekommen.“

Sie dachte darüber nach. „Er arbeitet nicht im eigentlichen Sinne für sie.“ Allerdings hatte Katie in der ganzen Stadt Kredite für Ben eingerichtet, damit er bekam, was er brauchte, denn es war nicht klug, einem Alkoholiker

Bargeld zu geben. „Vielleicht macht er einfach eine Pause. Hast du im Haus nachgesehen?"

„Ja, habe ich."

Sie führte ihn zur Couch, setzte sich neben ihn und kuschelte sich an die weiche Baumwolle seines Hemdes. Sie liebte den Duft von Kiefern und frischer Luft und seinen reinen Männergeruch.

„Wenn er nicht hier ist, dann weiß ich, wo ich ihn finden kann. Ich hatte gehofft, dass du ihn irgendwie beschäftigst, aber wenn er nicht in der Bäckerei oder hier oder Zuhause ist, dann ist er entweder bei Tucker oder auf dem Friedhof."

Tief in ihrem Inneren wusste sie, dass er recht hatte. Es war eine Schande, denn Ben hatte sich so gut gemacht. Es war fast zwei Wochen her, dass er seinen Alkoholkonsum eingeschränkt hatte. Er war zwar nie ganz nüchtern, aber er war auch nicht völlig betrunken.

„Ich komme mit dir."

Er zog sie auf seinen Schoß und umarmte sie fest. „Es bedeutet mir viel, dass du das willst, aber wenn er rückfällig geworden ist, kann man ihm nicht trauen."

Sie drückte ihre Lippen auf seine und spürte, wie sich seine verkrampften Muskeln entspannten. „Wenn es für mich nicht sicher ist, dann ist es das für dich auch nicht. Du solltest den Sheriff anrufen."

Er nahm ihr Gesicht in seine Hände und sah sie mit unverhüllten Gefühlen an. Liebe und Traurigkeit und Enttäuschung sammelten sich in den Tiefen seiner Augen. „Er muss sich nicht um meine häuslichen Probleme kümmern."

„Das ist sein Job." Sie hauchte Küsse über sein Gesicht. Sie hatte die Männer in der letzten Woche dabei beobachtet, wie sie den Bruch in ihrer Beziehung kitteten und hoffte, dass Ben nichts tat, was die Beziehung irreparabel zerrütten würde. Vielleicht war es das Beste, den Sheriff eingreifen zu lassen, um das zu bewahren, was sie hatten.

„Mein Vater ist allein meine Verantwortung."

Dem konnte Sage nicht widersprechen. Sie würde auch alles tun, um Lydia zu helfen. Verdammt, sie hatte alles getan, um ihrer Großmutter zu helfen, indem sie den schlimmstmöglichen Job angenommen hatte, um mehr Zeit mit ihr zu verbringen, und jetzt war sie arbeitslos.

„Geh ihn holen." Sie drückte ihre Lippen leicht auf seine und flüsterte: „Ich werde für dich da sein, wenn du nach Hause kommst." Sie küsste ihn inniger in der Hoffnung, dass der Kuss ihm die Kraft für alles das gab, was kommen würde.

Eine Stunde später hörte sie Kies unter Reifen knirschen und eilte zur Tür, um zu sehen, wie ein streitlustiger Ben nach Hause zurückkehrte. Es gab Geschrei und Türenknallen, aber dieses Mal blutete Cannon wenigstens nicht. Er packte die Arme seines Vaters und drängte ihn die Verandastufen hinauf und ins Haus hinein.

Sage wartete so lange wie möglich, bevor sie sich nach nebenan wagte und leicht anklopfte. Wenn Cannon nicht aufmachte, würde sie nach Hause gehen, aber die Tür wurde geöffnet, und er trat zur Seite.

„Er liegt bewusstlos im Bett." Niedergeschlagen war die einzig passende Beschreibung für seine Stimme. „Ich wusste, dass es nicht von Dauer sein würde. Er hält sich für ein oder zwei Wochen zurück, und dann geht er wieder auf Sauftour, die eine Woche, einen Monat oder ein Jahr dauern kann."

Sie trat ein und schloss die Tür hinter sich. „Es tut mir leid, Cannon. Ich dachte, ich könnte helfen." Sie lehnte sich an seinen großen Körper und legte ihren Kopf an seine Brust.

Er ließ seinen Kopf hängen, sodass er ihren berührte. „Ich war wütend, als du es versucht hast, und dann ist etwas Erstaunliches passiert. Es gab einen Moment, in dem ich meinen alten Herrn wiedererkannte – den, der uns liebte und uns großzog, also kann ich weder darauf noch auf dich wütend sein. Ich bin frustriert über mich selbst, weil ich die Hoffnung in mein Herz einziehen ließ."

Sie spürte, wie er schwer schluckte. Cannon schien nicht der emotionale Typ zu sein, aber vielleicht schätzte sie ihn falsch ein. Vielleicht waren seine Gefühle hinter dieser Festung versteckt, die sein Herz schützte.

„Gib die Hoffnung nicht auf. Für Leute wie uns, die so viel verloren haben, ist das alles, was wir haben, also lass dir das von ihm nicht nehmen."

Er hob sie hoch und sie schlang ihre Beine um seine Taille. „Was habe ich nur für ein Glück, dass du so einen schlechten Geschmack hast, was Männer angeht?" Er brachte sie zur Couch, und als er sich setzte, befand sie sich rittlings auf seinem Schoß.

Trotz der bedrückenden Stimmung kicherte sie. „Ich würde sagen, du hast verdammt viel Glück."

„Da hast du recht. Sieht so aus, als hätten wir die Nacht für uns. Was möchtest du in der Mikrowelle aufwärmen?"

Sie war glücklich, den Abend mit ihm zu verbringen, aber er konnte es sich nicht leisten, das Geschäft für eine weitere Nacht zu schließen. „Was ist mit der Bar?"

Er runzelte die Stirn, als er sich dem Flur zuwandte, der dorthin führte, wo sein Vater schlief. „Ich kann ihn nicht alleine lassen, also muss ich mich mit dem finanziellen Verlust abfinden."

„Otis und ich werden bei ihm bleiben. Wenn er ohnmächtig ist, wird er stundenlang schlafen."

„Das würdest du für mich tun?" Er sah sie an, als hätte sie ihm etwas wirklich Wertvolles angeboten.

„Ich würde alles für dich tun."

Seine Augen färbten sich grüner. „Sei vorsichtig mit dem, was du anbietest."

„Ich sagte *alles*, Cannon."

Er verließ sie mit einem begehrlichen, leidenschaftlichen Ausdruck in seinen Augen.

Otis rollte sich neben ihr zusammen, während sie eines von Beas Büchern las, das sie mitgebracht hatte. Die Sonne war untergegangen und Ben hatte stundenlang geschlafen. Als sie das Würgen hörte, machte sie sich auf die Suche nach dem Geräusch und fand ihn über die Toilette gebeugt, wobei er seinen Mageninhalt entleerte.

Erbrechen war für sie kein Fremdwort. Es war Teil ihres Jobs. Als er nichts mehr hervorwürgen konnte, setzte sie ihn auf den geschlossenen Sitz und säuberte ihn. Sie gab ihm zwei Schmerzmittel und ein Glas Wasser und brachte ihn wieder ins Bett.

Wie lange würde Ben um seine Frau trauern? Wie lange würde er seinen Sohn ausnutzen? Ersteres ließ sie Mitleid empfinden und Letzteres machte sie wütend.

Sie setzte sich auf die Bettkante und zog ihm die Decken bis zum Kinn hoch.

„Ich werde Ihnen ein paar Sage-Ratschläge geben, Ben." Er öffnete die Augen und schloss sie wieder, aber sie hatte den Eindruck, dass er zuhörte. „Sie vermasseln wirklich alles. Die Gefühle, die Sie wegen des Todes ihrer Frau empfinden, sind die gleichen, die Ihr Sohn ihretwegen empfindet, aber es ist viel schlimmer, denn Carly konnte es nicht verhindern, Sie verlassen zu müssen. Sie dagegen ...

Sie haben die Wahl.“ Sie stand auf und sah auf ihn herab. „Sie sind ein egoistischer Bastard, Ben, und Sie sind besser als das.“ Sie beugte sich vor und gab ihm einen Kuss auf seine klamme Stirn.

Er öffnete seine Augen. „Ich werde es versuchen.“

KAPITEL EINUNDDREISSIG

Cannon betrat das Haus so leise wie möglich. Es war nach Mitternacht und er wollte Sage nicht erschrecken, wenn sie bereits eingeschlafen war.

Otis hob den Kopf von seinem Bett auf dem Boden und wedelte mit dem Schwanz. Er war ein schrecklicher Wachhund, aber ein guter Kamerad für Sage. Er fragte sich, wie viele Tränen sein Fell aufgefangen und wie viele Geschichten seine Schlappohren gehört hatten.

Oft war Mike sein stummer Zuhörer. Sein einäugiger Kater lag geduldig auf der Theke und lauschte so lange, bis die Leckereien ausgingen. Er war Cannons engster Vertrauter gewesen, bis der kleine Rotschopf, der auf seiner Couch schlief, in die Stadt gekommen war.

Der Schein der Lampe tauchte sie in warmes Licht, genau wie ihre blasse Haut, ihr rotes Haar und die Sommersprossen auf ihrem Nasenrücken, die aussahen wie Ölfarbe auf einer Malerleinwand. Er saß auf der Kante des Kaffeetisches und starrte sie für endlose Minuten an und dachte darüber nach, wie schön sie war, wenn sie schlief.

Alles hatte sie vorhin gesagt, und er fragte sich, ob das

stimmte. Er wollte mehr und brauchte mehr, aber mehr war ein gefährliches Konzept. Er war niemand, der nahm, denn um mehr zu nehmen, musste er mehr geben. Ihr weniger als alles zu geben wäre nicht genug, aber konnte er ihr alles von sich geben?

Alles, was ihm geblieben war, war sein Herz. Konnte er es ihr anvertrauen? Etwas in ihm schrie *Ja*. Das könnte der Teil gewesen sein, der zwischen seinen Beinen pochte. Ein anderer Teil sagte *Nein*, weil Liebe Schmerzen bedeutete. Das Problem mit Sage war, dass es schmerzhafter sein würde, sie nicht zu lieben.

Er schob seine Hände unter ihren Körper und bettete sie an seine Brust. Heute Nacht würde er alles riskieren. Heute Nacht würde er ihr sein Herz schenken, wenn sie es wollte.

„Du bist zurück." Sie drehte sich um und schmiegte sich an ihn. Sie schnupperte immer an ihm, als würde ihr sein Duft ein Gefühl der Geborgenheit schenken.

Sein Griff wurde fester. „Ich habe dich vermisst." Die ganze Nacht lang hatte er über sie nachgedacht und darüber, was ihm ihre Anwesenheit in Aspen Cove bedeutete. Er war sich nicht sicher, was Bea dazu bewogen hatte, Sage ihr Eigentum zu überlassen, aber er war dankbar, dass sie es war. Tief in seinem Inneren wusste der Teil seines Gehirns, der am logischsten dachte, dass es für ihn immer nur sie geben würde.

Er stand mitten in seinem Wohnzimmer, die Arme voll, aber seine Gedanken unsicher. Emotionen und Logik kämpften in ihm. „Wohin soll ich dich bringen?"

Sie legte den Kopf in den Nacken und starrte ihn mit diesen Augen an, die mit seiner Seele zu sprechen schienen. „Welche Alternativen habe ich?"

„Ich kann dich nach Hause bringen und dich mit einem

Kuss ins Bett bringen, oder … ich kann dich in mein Bett bringen und du wirst mir gehören."

Ihr Gesichtsausdruck war unlesbar, abgesehen vom winzigen Zucken ihrer süßen pinkfarbenen Lippen. „Ich nehme Option Nummer zwei." Sie schlang ihre Arme um seinen Hals und hielt ihn ganz fest. Hatte sie Angst, dass er seine Meinung ändern würde? Das war unmöglich.

„Wird Otis hier draußen zurechtkommen?"

Ihr Körper verlagerte sich, als sie auf den Hund herunterblickte. „Er wird okay sein."

Sage fest an sich gedrückt, ging Cannon zu seinem Zimmer – zu seinem Bett, in dem noch nie eine Frau geschlafen hatte. Das war eine wichtige Tatsache, die er mit ihr teilen wollte. „Du bist die Erste."

Gelächter ließ sie in seinen Armen erzittern. „Ich bin mir ziemlich sicher, dass das nicht der Wahrheit entspricht. Ich habe gesehen, wie Mel dich angeschaut hat."

In seinem Bestreben, ehrlich zu sein, hatte er sie unabsichtlich in die Irre geführt. „Nein, ich spreche nicht von sexuellen Erfahrungen. Ich rede davon, dass du die erste Frau in meinem Bett bist."

„Oh", flüsterte sie. „Ich dachte …" Sie schüttelte den Kopf. „Egal."

Am anderen Ende des Flurs trat er die Tür auf und betrat den dunklen Raum. Ein Streifen Mondlicht lugte durch die Jalousien wie ein Leuchtfeuer, das ihnen sanft den Weg zum Bett wies.

„Können wir eine Nacht haben, in der es nur dich und mich gibt? Ich will weder Mel noch meinen Vater in diesem Bett haben. Alles, was ich will, bist du – nur du." Cannon legte sie sanft auf seine Bettdecke herunter. Er hatte in seinem Leben viele Negligés und viele nackte, willige Frauen gesehen, aber noch nie etwas, das so sexy war wie

Sage, in Bluejeans und T-Shirt. Selbst vollständig bekleidet war sie sehr viel verlockender als jede andere Frau, mit der er bisher zusammen gewesen war.

„Nur du und ich", antwortete sie.

Vielleicht hatte der Doktor recht. Vielleicht hatte sich die Zeit, die sie damit verbracht hatten, einander kennenzulernen, gelohnt. In ihren vielen Gesprächen hatten sie sich jeden Abend voreinander entblößt, aber bei diesem Seelenstriptease war kein einziges Kleidungsstück auf dem Boden gelandet. Jetzt waren sie an diesem Punkt angekommen, an dem sie ihre Körper miteinander teilen würden, aber bei dem das Ziel nicht der Höhepunkt war. Oh, den würden sie sicher erreichen, aber was er wollte, war weit mehr als nur Sex.

„Bleib hier." Er ging aus dem Zimmer.

Er war schon auf halbem Weg in den Flur, als er sie sagen hörte: „Als ob ich irgendwohin gehen würde."

Das war das, was er am meisten fürchtete, dass ihn irgendwann alle verließen. Sogar sein Vater hatte sich, obwohl physisch anwesend, vor Jahren aus seinem Leben verabschiedet.

Er errichtete Barrieren, um sich vor dem Schmerz des Verlassenseins zu schützen, aber er konnte Sage nicht länger ausschließen, wenn alles in ihm danach verlangte, sie einzulassen.

Er kam mit einer offenen Flasche Wein und zwei Gläsern ins Zimmer zurück.

Sie hatte die Nachttischlampe eingeschaltet und saß an das Kopfteil gelehnt.

„Ich dachte, du magst vielleicht etwas Wein."

Sie zupfte an einer ihrer Korkenzieherlocken, bis er sicher war, dass sie sie sich vom Kopf reißen würde. War sie nervös? Er hatte sie schon in vielen Situationen erlebt, von glücklich bis besorgt, aber nie nervös. „Sei nicht nervös, alles wird perfekt sein.“ Er goss ein Glas Wein ein und reichte es ihr. Nachdem er seines gefüllt hatte, setzte er sich auf die Bettkante und hob es zu einem Trinkspruch. „Auf unser Zusammensein.“

Sie stießen an und tranken. „Wenn du nach Perfektion suchst, dann fürchte ich, dass du vielleicht den Kürzeren ziehst.“

Jetzt war er an der Reihe zu lachen. „Machst du Witze über die Körpergröße?“

Sie betrachtete ihn eine ganze Weile und kicherte dann. „Nein, obwohl das, im Nachhinein betrachtet, recht witzig ist.“ In ihrer Stimme lag ein sanfter, fast hypnotisierender Ton.

Er stellte ihre Weingläser ab und umfasste ihre Wange, bevor er ihr Gesicht zu sich drehte, um sich ihre volle Aufmerksamkeit zu sichern. „Niemand außer dir und mir ist in diesem Raum. Vergiss, was andere getan haben, damit du dich vielleicht minderwertig fühlst. Für mich bist du alles.“ Es wurde eng in seiner Brust und in diesem Augenblick veränderte sich sein Leben. In der Sekunde, in der sie sich einander hingaben, würde er nicht länger allein sein, und doch würde er, wenn sie ginge, noch einsamer sein als je zuvor.

Es begann mit einem Kuss auf ihre Stirn, dann auf ihre Nase und ihren Mund. Er legte sich neben sie. Seine Hände wanderten über ihre Kleidung, aber das reichte ihm nicht. Den Stoff ihrer Jeans zu berühren, bedeutete nicht, dass er wirklich sie berührte.

„Ich muss dich sehen – dich anfassen.“ Er wollte ihre Erlaubnis, als er den Saum ihrer Bluse ergriff. Er wartete, bis ihre Locken mit einem Nicken hüpften.

Sie richtete sich leicht im Bett auf, als er ihr Hemd

herauszog und blassrosa Haut und einen einfachen weißen BH enthüllte. Keiner von der verführerischen Sorte. Stattdessen war er praktisch, aber perfekt. Er brauchte keine Spitze, er brauchte nur sie.

Neben ihr auf einen Ellbogen gestützt, fuhr er mit seinen schwieligen Fingern über den Saum ihres BHs, und seine Hände zitterten wie die eines Teenagers, der zum ersten Mal eine Frau berührte.

Sie griff hinter sich und öffnete den BH-Verschluss. Er fiel neben ihren Körper und entblößte zwei Handvoll weicher Haut mit festen, rosafarbenen Knospen.

Als sie nach seinen Händen griff und sie an ihre Brüste drückte, setzte sein Herz einen Schlag lang aus, während ihres unter seinen Handflächen raste.

„Es sieht so aus, als sollte ich jetzt dir sagen, nicht nervös zu sein", flüsterte sie ihm zu.

Während seine Fingerspitzen über ihre Haut strichen, prägte er sich jede Nuance ein, von dem winzigen Muttermal über ihrer rechten Brust bis zu der Narbe unter ihrem Brustkorb.

„Woher hast du sie?" Immer wieder rieb er mit der Daumenkuppe darüber.

„Als ich klein war, bin ich vom Fahrrad gefallen." Ihr stockte der Atem, als seine Finger zart über ihre harten Brustwarzen strichen.

„Der Sturz kann bei deiner Größe ja nicht allzu schlimm gewesen sein."

„Haha, Größenwitze?" Sie streckte die Hand aus und schlug ihm scherzhaft auf die Brust.

„Autsch", sagte er in gespieltem Schmerz. Für so ein kleines Persönchen hatte sie ziemlich viel Kraft. „Jetzt musst du die Stelle aber küssen."

„Mit Vergnügen." Sie brauchte nicht lange, um ihm sein

Hemd auszuziehen. Als Nächstes war ihre Hose an der Reihe. Während er seine Stiefel von sich schleuderte, entkleidete sie sich vollständig.

„Oh, zum Teufel. Du bist so wunderschön." Sie war vielleicht klein, aber sie hatte alle Kurven, auf die es ankam. Die Kurve, die ihm am besten gefiel, war die ihres Lächelns, als er ihr sagte, dass sie schön sei.

Er widmete sich wieder seiner Entdeckungsreise. Kein Zentimeter ihrer Haut wurde übersehen. Ihre Brust wogte und ihr Körper rötete sich unter seiner Berührung.

An ihrem schweren Atem konnte er erkennen, dass sie schon sehr erregt war, auch wenn er nicht über eine Berührung oder einen Kuss hinausgegangen war. Dies war nur ein Ausflug gewesen, um ihre Schönheit zu erkunden, und sie war ein verdammt sehenswerter Anblick.

„Nicht fair." Sie setzte sich auf und zog am Hosenbund seiner Jeans. „Ich will dich auch sehen. Dich berühren. Dich schmecken."

Allmächtiger Gott, die Wirkung dieser Worte war unbeschreiblich. Er war noch nie so erregt gewesen – so hart, aber seine eigenen Bedürfnisse spielten keine Rolle. Er würde sich zuerst um ihre kümmern.

„Bald." Er beugte sich über sie und ließ seine Zunge die Stellen erkunden, an denen seine Finger bereits gewesen waren. Sie bewegte sich unter ihm, als stünde sie in Flammen, so wie ihr Körper auf seine Lippen reagierte, seine Berührung, seine Zunge. Beim ersten Schmecken ihrer köstlichen Süße erreichte sie den Gipfel der Glückseligkeit.

Cannon hatte noch nie eine solche Reaktion gesehen oder gespürt. Sie hatte sich ihm so vollständig hingegeben.

Ihre Finger fuhren durch sein Haar und hielten ihn fest, bis das letzte Zittern ihren Körper verließ.

„Mehr. Ich will mehr."

Er wiederholte ihre Worte von vorhin. „Ich gebe dir alles – alles, was du willst."

Mit flinken Fingern knöpfte sie seine Jeans auf. Er erhob sich und ließ sie zu Boden fallen. Er hatte nicht viel für Unterwäsche übrig, also gab es nichts, was seine Erregung verbergen konnte.

„Oh." Sie hatte dieses Wort schon oft gesagt, aber nicht, während sie ihn nackt sah.

„Bist du überrascht?"

Sie schüttelte den Kopf. „Nein, ich bin nur …"

„Ängstlich?"

„Nein, ich bin –"

Mit stolzgeschwellter Brust zog er ein Kondom aus seiner Brieftasche. „Beeindruckt."

„Nein, verdammt. Ich wollte sagen, ich bin bereit. Ich will es."

Bestückt mit dem Kondom, war Cannon bereit, geliebt zu werden. „Sage, sieh mich an." Er wartete, bis ihre Augen von seiner Männlichkeit zu seinem Gesicht wanderten. „Hier geht es nicht um Sex. Es geht um so viel mehr, denn es ist der Anfang von allem."

In ihren Augen sah er einen Spiegel seiner Gefühle. Sie schien verängstigt und verletzlich und gebrochen wie er. Aber gleichzeitig war sie bereit, sich von ihm wieder zusammensetzen zu lassen.

„Ja, ich will alles." Sie setzte sich auf, um ihn zu küssen, und als er in sie eindrang, wurde alles Dunkle hell. Er gab ihr seinen Körper und sein Herz.

KAPITEL ZWEIUNDDREISSIG

Sage atmete tief ein. Er schien ihren Körper vollständig in Besitz genommen zu haben, aber es waren mehr als nur ihre Körper, die sich miteinander verbanden. Wie eine Flüssigkeit drang er in die Löcher ihres Herzens und ihrer Seele ein, versiegelte alle Risse und machte sie wieder vollkommen.

Noch nie hatte ein Mann sie so angesehen, wie er es tat, mit Augen voller Liebe und Mitgefühl, und sie mit Lippen geküsst, die noch lange nach ihrem Verschwinden Wärme hinterließen. Seine Hände hielten sie sanft, aber fest genug, um sie wissen zu lassen, dass er bei ihr und sie sicher war.

Noch nie hatte sich jemand zuerst um ihre Bedürfnisse gekümmert – und dann erst um die eigenen, jedenfalls nicht bewusst.

Seine Bewegungen waren langsam und tief. Jede Liebkosung, jede Berührung, jeder Kuss war ein Versprechen auf Vollkommenheit. Wenn das *alles* war, wollte sie mehr davon. Nichts anderes. Einfach mehr.

„Oh, Gott.“ Ihre Hüften hoben sich, um jedem seiner Stöße zu begegnen.

Ihre Fingerspitzen strichen über die harten Stellen seines Körpers. Sie schwelgte in den Hügeln und Tälern seiner Muskeln. Seine Haut war gebräunt, trotz der mangelnden Sonne nach einem langen, kalten Winter. Sie liebte es, wie seine Augen smaragdgrün wurden, wenn Leidenschaft ihn erfüllte. Augen, die jetzt auf sie herunter starrten. In ihren Tiefen, hinter dem Hauch von Blau und Grün und den Goldflecken, die das Schwarz umkreisten, war Liebe.

Ihr stockte der Atem, als ihr die Bedeutung dessen, was sie sah und fühlte, bewusst wurde. Cannon Bishop liebte sie.

Obwohl es so einfach wäre, sich selbst zu belügen, konnte sie es nicht. Was sie für ihn empfand, war gewaltig. Anfängliche Abneigung hatte sich in Liebe verwandelt.

Sie mahnte sich selbst zur Vorsicht, weil sie ihr Herz zu leicht verschenkte. War es Liebe, die sie für ihn empfand, oder war er ein weiteres Projekt wie der Goldfisch, der Schmetterling und der Vogel? War er der Mann, der ihre Welt mit Glück erfüllen konnte, oder wieder nur einer, der ihr alles nehmen und sie voller Verzweiflung zurücklassen würde?

Als er sich bewegte, legte sie ihre Hand auf sein Herz, fühlte es schlagen, und dessen gleichmäßiger Rhythmus war eine Erinnerung daran, dass er ihr nichts genommen hatte, was sie ihm nicht freiwillig gegeben hatte. Sie hatte ihr Herz geöffnet, um ihn zu lieben, und wenn sich dieses Gefühl in Schmerzen verwandelte, dann sollte es eben so sein. Ihn nur eine Sekunde lang geliebt zu haben, war besser, als ihn überhaupt nicht geliebt zu haben.

„Bist du hier bei mir, Liebling?“ Er presste seine Lippen auf ihre. Der Nebel ihrer Gedanken lichtete sich. Es gab nur sie beide und sonst niemand.

„Ich bin bei dir, immer.“

Sie hob ihre Knie und schlang ihre Beine um ihn, zog ihn näher – tiefer. Münder trafen sich. Zungen rangen miteinander. Hände wanderten. Dabei trennten sich ihre Augen keine Sekunde voneinander.

Das Vorspiel war langsam und köstlich. Jedes Mal, wenn sie dachte, sie könnte es nicht mehr aushalten, ließ er sie eine weitere Stufe der Glückseligkeit erklimmen. Was als Prickeln in ihrem Innersten begann, explodierte um ihn herum wie eine Explosion, während sich sein Name von ihren Lippen löste.

Sie hielt seine Hüften fest, damit er in der Bewegung innehalten und ihr Zittern spüren würde. Er versenkte sich noch einmal in ihr und verharrte regungslos. „Oh, verdammt, Sage.“ Zum Zerspringen gespannt erreichte auch er den Moment der Erlösung und ließ sich halb auf und halb neben ihren Körper fallen.

Ineinander verschlungen, versuchten beide, sich zu beruhigen.

Ihre Hand glitt an seinem Rücken auf und ab und spürte, wie sich unter ihren Fingerspitzen kleine Härchen aufstellten. „Ich würde alles dafür geben, deine Gedanken lesen zu können“, sagte sie.

Das leise Grollen seines Lachens vibrierte auf ihrer Haut. „Bist du dir da sicher?“

Sie stieß ihn von sich und rollte sich auf die Seite, um ihn anzusehen. „Woran denkst du?“ Obwohl es ihr gefallen hätte, wenn er etwas in der Art gesagt hätte, wie: „Ich denke daran, wie sehr ich dich liebe“, so war es dafür zu früh. Die dreißigjährige Zynikerin wusste, dass das nicht passieren würde, aber die sechzehnjährige Romantikerin tief in ihrem Inneren wollte es trotzdem. „Sag es mir“, drängte sie.

Er zog sie nah an seinen Körper, wo sie seine stählerne

Härte an ihrem Oberschenkel spüren konnte. „Ich denke, wir müssen das wiederholen."

„Ernsthaft?" Sie hatte nicht gewusst, dass ein Mann so schnell wieder bereit sein konnte, aber es machte auch deutlich, dass Cannon kein durchschnittlicher Mann war.

Er zog das benutzte Kondom ab und wickelte es in ein Taschentuch, das in der Nähe lag. „Nur, wenn du bereit bist."

Sie schmiegte sich in seine offenen Arme. „Alles für dich."

„Sei vorsichtig mit deinen Versprechungen." Er griff nach seiner Brieftasche, wo ein weiteres verschweißtes Päckchen wartete.

Sie nahm es aus seiner Hand. „Sei vorsichtig mit dem, was du dir wünschst."

Trotz aller warnenden Worte zog sie ihm das Kondom über und setzte sich rittlings auf ihn. Sie war jemand, der gab, nicht jemand, der nahm. Sie hatte alles entgegengenommen, was er ihr anbot und hatte vor, mehr zu geben als sie nahm.

Als sie ihren Körper auf seine Länge hinuntergleiten ließ, beobachtete sie, wie seine Augen sich verdrehten. Bis zu diesem Augenblick hatte sie noch nie den Blick der Glückseligkeit gesehen. Reine, unverfälschte Zufriedenheit leuchtete in seinem weichen Gesichtsausdruck, schlug im Rhythmus seines Herzens und vibrierte im tiefen Timbre seiner Stimme.

Sie hielt sich zurück, damit sie gleichzeitig zum Höhepunkt kamen, und obwohl es das Ende dieses Augenblicks war, fühlte es sich an, als wäre es der Beginn ihrer Zukunft.

DAS KÖSTLICHE AROMA von Kaffee erfüllte die Luft. Sage rollte sich herum und griff nach dem Körper, der sie die ganze Nacht fest umschlungen hatte. Er war nicht mehr nackt oder unter den Decken. Sie öffnete ein Auge nach dem anderen und entdeckte einen Cannon, der ohne Hemd neben ihr im Bett saß, an das Kopfteil gelehnt. In der einen Hand hielt er eine Tasse Kaffee, in der anderen eine Zeitung.

Sie drehte sich herum und legte ihren Kopf auf seinen nackten Bauch, während ihre Hände über die weiche Baumwolle seiner Jogginghose rieben.

„Bist du wach?" Er legte die Zeitung hin und fuhr mit seiner freien Hand durch ihre Haare. Sie wollte stöhnen, weil sie wusste, wie ihr Haar an einem guten Tag aussah, aber keine Ahnung hatte, wie der Mopp auf ihrem Kopf nach einer wilden Nacht aussehen würde.

„Nicht wirklich." Sie richtete sich auf, um sich neben ihn zu setzen. Ihr Kopf ruhte auf seinem Arm. „Teilst du deinen Kaffee mit mir?"

„Das kostet dich einen Kuss." Er führte die Tasse an ihre Lippen. Irgendetwas an diesem frisch gebrühten Kaffee brachte ihr Blut in Wallung, oder vielleicht war es der aufregende Mann, der ihre Welt die ganze Nacht auf den Kopf gestellt hatte. Oder ... vielleicht war es beides. Sie schlürfte den Kaffee in ihren Mund und schluckte. Mit einer Neigung ihres Kopfes suchte sie seine Lippen und das war der Beginn ihres Morgens.

Tatsächlich wäre sie am liebsten den ganzen Tag im Bett geblieben und hätte sich an Cannon ergötzt. Unter der Bettwäsche gab es nur sie beide. Es gab keinen Stress in der Welt. Keinen betrunkenen Vater. Keine lauten Brautpaare. Es gab nur sie beide. Aber gegen Mittag übertönten die Geräusche ihrer knurrenden Mägen die ihrer Befriedigung, und um das fortzusetzen, was ihnen so viel Vergnügen bereitete, benötigten sie dringend etwas zu essen.

„Ich habe Frühstückskuchen bei mir Zuhause."

„Lass uns duschen und ich koche uns was." Er stand auf. Bevor sie sich selbst aus dem Bett quälen konnte, hatte er sie auf seine Arme gehoben.

„Du kochst?" Sie konnte nur daran denken, dass sie wohl einen Sechser im Lotto gewonnen hatte. Er war ein Mann mit den unglaublichsten Fähigkeiten im Schlafzimmer *und* er kochte.

„Meine Mutter bestand darauf." Er setzte sie auf den kalten Waschtisch im Badezimmer, während er die Dusche aufdrehte. „Sie hatte ein ernstes Gespräch mit Bowie und mir, als wir Teenager waren." Er zog zwei Handtücher unter dem Waschbecken hervor und legte sie neben sie.

„War es das berühmte Gespräch über Bienchen und Blümchen?"

„Ja, aber es war mehr als das. Sie sagte, wenn wir eine Frau in unserem Leben hätten, dann sollte es sein, weil wir eine Partnerin und nicht eine warme Mahlzeit oder saubere Kleidung wollten."

„Ich wünschte, ich hätte sie kennenlernen können."

Ein sanftes Lächeln umrahmte sein Gesicht. „Das wünschte ich auch. Sie hätte dich gemocht."

Obwohl Sage Cannons Mutter nie treffen würde, bedeutete es ihm viel, dass er ihr in ihrem Namen das Gütesiegel gab.

„Hast du nach deinem Vater gesehen?" Sie hatten den Schutz von Cannons Bett verlassen, in dem nichts außer ihnen existierte. Zurück in der realen Welt musste sie an andere denken und Bens Wohlergehen war ein entscheidender Faktor.

„Habe ich. Er ist nicht hier."

Ihr Herz raste. „Oh, nein."

Cannon brachte seine Hände an ihre Lippen. „Es geht ihm gut." Der Dampf der Dusche waberte um sie herum. Er ließ seine Jogginghose fallen, hob sie vom Tisch herunter und sie tauchten in die Wärme des wohltuenden Wassers ein.

„Okay." Sie hatte so viele Fragen, aber sie lehnte sich zurück und ließ sie vom Wasser fortspülen. Cannon würde ihr das, was er für richtig hielt, erzählen. Eine Sache, die sie an ihm festgestellt hatte, war, dass er ihr alles geben würde, wenn sie lange genug wartete.

„Ich bin aufgestanden, als ich ihn hörte, habe ihm Kaffee gemacht und sogar eine Wodkaflasche auf den Tisch gestellt."

Sage nahm das Stück Seife und fuhr damit über seinen Körper. Er lehnte sich gegen die Wand und schloss die Augen.

„Was hat er getan?"

„Er hat ein kleines Glas abgemessen, es runtergekippt und dann den Kaffee getrunken." Er stieß sich von der Wand ab und beugte sich über sie. „Weißt du, was er sonst noch getan hat?"

Sage suchte Cannon nach äußeren Verletzungen ab und versuchte, seinen Gesichtsausdruck auf innere zu analysieren. Da war nichts als ein Lächeln. „Keine Ahnung."

„Er hat sich entschuldigt und dann hat er mich gebeten, ihn zur Bäckerei zu fahren. Sagte mir, er müsse streichen."

Sage ließ das Stück Seife fallen. „Kein Scherz?"

„Wie kommt es, dass du hier auftauchst, alles auf den Kopf stellst und sich trotzdem alles richtig anfühlt? Deine Anwesenheit, die am Anfang absolut nicht erwünscht war, ist zu meiner Rettung geworden. Du kamst, als ich dich am meisten brauchte, und hast mich gerettet.“ Er bedeckte ihren Mund mit seinem und zeigte seine Dankbarkeit mit einem innigen Kuss.

„Ich habe dich nicht gerettet.“ Sie hasste das Wort *retten* oder alles, was damit zu tun hatte. Jemanden zu retten war unmöglich. Sie erkannte jetzt die Wahrheit dieser Aussage. „Alles, was ich getan habe, war, in die Stadt zu kommen und die Dinge ein bisschen aufzumischen. Manchmal ist das alles, was nötig ist.“

„Nenn es, wie du willst. Ich weiß, was du getan hast.“

Es klang, als hätte sie einen genauen Schlachtplan gehabt, aber das war nicht der Fall. „Ich habe mich einfach nur gekümmert.“

„Das war genug.“

KAPITEL DREIUNDDREISSIG

In den nächsten zwei Wochen schlief Sage nicht alleine. Ben war wieder auf dem richtigen Weg und tat sein Bestes, um es auch zu bleiben. Die Bäckerei hatte ihre Schmuddelecken verloren und blühte unter einem neuen Anstrich und der Freundlichkeit von Fremden auf, die schnell zu Freunden wurden.

Die geheimen Lieferungen kamen nicht mehr so oft, sodass Katie seltener Gegenstände vor ihrer Haustür fand, aber sie brauchte die Spenden nicht mehr. Was mit einem Dutzend Muffins pro Tag begann, wurde zu zwei, dann fünf, dann zehn Dutzend. Und obwohl ihr Einkommen sie nicht reich machen würde, war es für eine Stadt von der Größe Aspen Coves ein ansehnlicher Betrag, da das Grundstück bezahlt war und sie nur für Nebenkosten, Steuern und Vorräte aufkommen musste. Katie ging es gut.

Das *Bed & Breakfast* hatte auch einige Gäste beherbergt. Nichts Weltbewegendes, aber der Frühling brachte Angler und Wanderer mit sich. Zum Glück gab es keine nennenswerten Hochzeitsreisenden. Das größte Risiko bestand jetzt darin, dass ihre Gäste durch die Geräusche gestört wurden, die sie und Cannon verursachten.

„Du hast also all diese Betten gebaut?" Sage fuhr mit der Hand über das Holz des großen Kingsize-Bettrahmens in Beas Zimmer – das Bett, das sie wochenlang geteilt hatten. Ihre Finger blieben auf der eingearbeiteten Seemuschel liegen. „Warum hast du nichts gesagt?"

Er zog die Tagesdecke über die Kissen und steckte sie mit der Präzision eines Hotelangestellten fest.

„Ich habe nicht daran gedacht, weil es Teil meines alten Lebens ist." Er fegte das Kleingeld vom Nachttisch und steckte es in seine Tasche.

„War es dir wichtig?" Im Laufe der Zeit hatte Cannon offen über sein Leben und seine Erfahrungen gesprochen. Sie sprachen über vergangene Beziehungen, vergangene Verletzungen und zukünftige Wünsche, aber nie hatte er erzählt, dass er Möbel herstellte.

„Ich sah Dinge im Holz, die sonst niemand erkennen konnte. Ich nahm Gegenstände, die ich fand, und verwandelte sie in Schätze."

„Das solltest du wieder tun." Sie setzte sich aufs Bett und zog ihre weißen Slipper an. Es war Mittwoch und der Doktor brauchte ihre Hilfe in der Praxis. „Gib etwas, das dir so wichtig ist, nicht einfach auf."

Er ging um das Bett herum und stellte sich vor sie. „Ich habe etwas Wichtigeres gefunden. Ich habe dich gefunden."

Sage gab ihm einen flüchtigen Kuss. „Vielleicht solltest du deinem Vater für unsere erste Begegnung danken."

Cannon zuckte zusammen. Selbst nach den vielen Wochen voller Liebe und Zuneigung entschuldigte er sich immer noch für diesen Tag.

„Lass uns Alkoholismus nicht durch ein übersteigertes Ego ersetzen."

Ben hatte seine Drinks von drei am Tag auf zwei reduziert und jetzt trank er nur noch einen. Nicht, weil er ihn brauchte, sondern weil es ihn irgendwie tröstete.

„Ich schaue nach der Arbeit in der Bar vorbei." Sie küsste ihn und rannte aus dem Haus, während Otis sie von der Tür aus beobachtete. Er ging gern zum Doktor, aber er war lieber mit Cannon und Mike zusammen. Sage konnte sich nicht erinnern, wann er das letzte Mal mit seinem Stoffhasen gekuschelt hatte. Warum sich mit einer Fälschung zufriedengeben, wenn Mike schnurrte und Otis auch noch das Fell leckte?

Als sie in der Praxis ankam, kochte der Doktor gerade eine Tasse Kaffee. Sie hatte ihn davon überzeugt, sich von der alten Maschine zu trennen und lieber eine *Keurig* anzuschaffen. Wenn sie ihre Zeit schon freiwillig opferte, war es das Mindeste, dass er für eine anständige Tasse Kaffee sorgte. Er ließ keine Gelegenheit aus, ihr unter die Nase zu reiben, dass sie ihren Lohn in Erdnussbutterriegeln verputzte.

Die Glocke über der Tür klingelte und herein stolperte Zachariah Tucker und hielt sich den rechten Arm. Der Geruch des verkohlten Fleisches erreichte sie, bevor er es tat. Es war ein Geruch, den sie nie vergessen würde. Obwohl die Särge ihrer Eltern verschlossen gewesen waren, verbarg sich dieser beißende Gestank unter dem Duft von Rosen und Lilien, die den Sarg bedeckten. Für sie war es der typische Geruch des Todes.

Sie brachte ihn schnell in den Untersuchungsraum, füllte ein Becken mit Eis und Wasser und tauchte die Wunde in das kalte Gemisch. Der alte Mann schrie und brüllte, bis der Doktor hereinkam.

„Das viele Brüllen wird den Schmerz nicht lindern." Der Doktor zog ein Paar Handschuhe an.

Das einzige Zeichen dafür, dass dies mehr war, als Doktor Parker ertragen konnte, war das Hochziehen seiner Augenbrauen. „Gut gemacht, Sage."

Sie hatte instinktiv reagiert. Das Problem bei Verbrennungen war, dass sie unter der Haut weiterbrannten. Eis war die einzige Möglichkeit, die Hitze zu neutralisieren.

Der Doktor hob Zachariahs Arm hoch und das Fleisch fiel in gezackten Stücken herab.

„Ich kann dir hier nicht helfen. Du brauchst eine Spezialklinik für Verbrennungen."

Bei der Erwähnung einer Spezialklinik wurde Zachariah wütend. Er hob die metallene Eiswanne auf, schlug sie dem Doktor auf den Kopf und verursachte eine tiefe, blutende Wunde auf seiner Stirn. Doktor Parker stolperte rückwärts und rutschte an der Wand hinunter auf den Boden, wo er in einer Pfütze aus kaltem Wasser und Eiswürfeln saß.

„Was zum Teufel machen Sie da?", schrie Sage.

Zachariah stürzte nach vorne und steuerte auf die Tür zu.

„Setzen Sie sich wieder hin. Sofort!" Die Kraft ihrer Stimme überraschte sie. Sie ging auf den grauhaarigen alten Mann zu. Angst blitzte in seinen Zügen auf, als er zurückschlurfte und sich auf den Tisch setzte. „Keine Bewegung."

Sie öffnete ein Päckchen Verbandmull und drückte das Bündel auf den blutigen Kopf des Doktors. Er versuchte aufzustehen, rutschte aber auf Eis und Wasser aus.

„Sitzenbleiben!" Sie hielt ihren Finger hoch, wie sie es bei Otis tat.

Als Zachariahs Arm wieder auf Eis lag, griff sie zum Telefon, um einen Krankenwagen von Copper Creek zu rufen. Der alte Mann widersprach, aber sie brachte ihn mit einem Blick zum Schweigen.

„Wollen Sie aufstehen und hier rausgehen? Das ist in Ordnung, aber lassen Sie mich Ihnen sagen, was dann passieren wird.“ Sie zog einen Stuhl zum Doktor hinüber und half ihm, sich darauf zu setzen, während Blut durch die Gaze sickerte. Sie stellte sich vor den alten Schnapsbrenner und fuhr fort. „Ich kenne Typen wie Sie. Sie gehen nach Hause, bestreichen die Brandwunde mit Butter, wickeln sie in ein Handtuch und befestigen es mit Klebeband. Es wird eitern und als Nächstes sind Sie in der Notaufnahme für eine Amputation.“ Sie drückte dem Doktor ein feuchtes Tuch auf die blasse Stirn.

„Mr. Tucker, Ihr Schwarzhandel hat vielen in dieser Stadt geschadet, einschließlich Ben Bishop, und jetzt Ihnen selbst. Wenn Sie länger leben wollen, empfehle ich Ihnen, den Beruf zu wechseln.“

Der Doktor hielt den Stuhl mit einer Hand fest und versuchte aufzustehen.

„Ich habe Ihnen gesagt, dass Sie sich setzen sollen!“ Sage funkelte ihren Chef an.

„Wenn mich nicht alles täuscht, bin ich immer noch der Doktor hier.“

Sage hatte es satt mit diesen beiden sturen Männern. „Sie sind beide unmöglich.“ Sie knallte die Schublade mit dem sterilen Verbandmull zu und ging zur Tür. „Macht doch einfach alle, was ihr wollt. Wenn Sie Ihr Blut in der ganzen Praxis verschmieren wollen, dann nur zu.“

„Sie benehmen sich wie eine herrschsüchtige Krankenschwester“, sagte der Doktor.

Ihre Augen verengten sich zu schmalen Schlitzen und sie schüttelte den Kopf. „Ich war eine herrschsüchtige Krankenschwester.“

Hinter seinem schmerzverzerrten Gesicht lächelte er. „Sie sind eine Krankenschwester und werden auch immer eine sein, weil es Ihnen im Blut liegt, herrschsüchtig oder nicht."

Zacharias stöhnte. „Sie ist eine gemeine, rechthaberische Krankenschwester."

„Klappe halten", sagten der Doktor und Sage gleichzeitig.

Der alte Mann drückte seinen Arm tiefer in den Eimer. „Mein Eis schmilzt."

Sie ignorierte seine Beschwerde. Vor ein paar Minuten war er bereit, aus der Tür herauszumarschieren, und jetzt wollte er sich über die Eismenge streiten? Solange die Würfel auf der Oberfläche schwammen, ging es ihm gut, also schenkte sie ihre Aufmerksamkeit dem Doktor.

„Was brauchen Sie?"

Er zog einen Handspiegel aus einer Schublade in der Nähe und die Gaze von seinem Kopf, um die Wunde zu inspizieren. „Ich brauche Nähmaterial." Er stoppte die Blutung und lehnte sich im Stuhl zurück.

„Wollen Sie sich etwa selbst zusammenflicken?"

„Nein, das werden Sie tun."

„Ich darf Ihre Wunde nicht nähen. Ich könnte meine Zulassung verlieren." Während sie argumentierte, suchte sie die Utensilien zusammen.

„Ich werde Sie nicht anzeigen und jetzt an die Arbeit." Er stand auf und setzte sich neben Zachariah. „Alter Mann, alles, was ich zu sagen habe, ist, dass du besser schnell gesund wirst, denn das wird dich eine Menge Feuerholz kosten. Ich erwarte meine Ration bis spätestens Ende des Sommers." Er drehte sich zu Sage herum, die sich die Handschuhe anzog. „Wann möchten Sie Ihre?"

Während sie ihren Kopf schüttelte, nickte der Doktor

mit seinem. „Alles hat eine Konsequenz. Das weiß dieser alte Mann. Man mischt Getreidealkohol mit Feuer und verbrennt sich. Wenn man sich verbrennt und Hilfe benötigt, muss man dafür bezahlen. Unsere Bezahlung ist Feuerholz, und ich denke, ein Klafter für jeden von uns wird in Ordnung sein."

Zachariah grummelte, nickte aber.

Sage betupfte die Wunde des Doktors mit einem Antiseptikum.

Er knurrte: „Das tut höllisch weh."

„Vielleicht sollten Sie sich betäuben. Ich kann die Wunde nicht nähen, wenn Sie wie eines der Williams-Kinder heulen, wenn ich in Ihre Haut steche."

„Wann sind Sie so zickig geworden?"

„Bin so geboren." Sage drückte ihm die Nadel in die Stirn. Seine rosa Haut wurde weiß, aber sie nähte die Wunde weiter, bis sie geschlossen war. Sobald sie den Catgut-Faden abgeschnitten hatte, tupfte sie eine antibiotische Salbe auf und reichte ihm einen Spiegel.

„Vielleicht haben Sie Ihre Berufung verfehlt. Sie würden eine gute Ärztin abgeben." Er betrachtete seine Verletzung genauso wie Sage Kunst – mit Wertschätzung.

„Einer in der Familie reicht. Meine Schwester ist Notärztin in Denver."

„Ach, wirklich?"

In der Ferne hörte Sage den Krankenwagen und sah zu den beiden Männern hinüber. „Hierbleiben. Beide."

Nachdem Zachariah auf dem Weg nach Copper Creek war und sie Doktor Parker nach oben in seine Wohnung geholfen hatte, räumte sie den Untersuchungsraum auf, sagte die Termine für den Tag ab und schaltete das blinkende rote Schild aus, bevor sie ging.

Sie überlegte noch kurz in der Bar vorbeizuschauen, beschloss aber stattdessen nach Hause zu gehen.

Als sie dort ankam, saß eine Frau auf den Stufen, ihr Gesicht in den Händen vergraben. Sie hob ihren Kopf und Sage holte tief Luft. Es wäre eine Untertreibung gewesen zu sagen, dass sie blaue Flecken hatte. Die Frau sah aus, als wäre sie überfallen worden – zweimal.

„Geht es Ihnen so weit gut?" Sage kniete sich vor sie.

„Haben Sie ein Zimmer, das ich mieten kann?" Ihre Stimme war leise und verzweifelt.

Sage schaute umher, um sich zu vergewissern, dass keine unmittelbare Gefahr bestand. „Kommen Sie herein, damit ich Ihnen helfen kann."

„Dankeschön."

Sie führte die Frau in die Küche, wo sie einen Stuhl heranzog. „Setzen Sie sich. Ich bin Krankenschwester und werde mich um sie kümmern."

Es gab nichts Besseres als eine Tasse Tee, wenn das Leben stressig wurde. Es war das oder eine Flasche Wein, und da Cannon und sie gestern Abend den Wein ausgetrunken hatten, machte sie Tee.

Sage griff zum Telefon. „Ich rufe den Sheriff an."

„Nein", rief die Frau. „Bitte. Nicht." Tränen rannen an ihren grün und blau geschlagenen Augen herunter und über ihre geschwollene Wange.

„Okay. Okay. Wie wäre es mit etwas Eis?"

Sie nickte. Ihre zitternden Hände hoben die Tasse heißen Tees an ihre Lippen. „Ich brauche ein oder zwei Tage."

„Sind Sie schon mal hier gewesen?"

Sie nickte.

„Schon oft?"

Sie nickte.

„Wie heißen Sie?"

Die Augen der Frau weiteten sich und sie schüttelte den Kopf.

„Okay, schon gut, mein Name ist Sage. Wollen Sie mir erzählen, wer Ihnen das angetan hat?"

Sie schüttelte den Kopf.

Es brach Sage das Herz, dass sie nichts weiter als einen sicheren Aufenthaltsort und einen Eisbeutel anbieten konnte. Andererseits hatte sie in letzter Zeit viel über Menschen gelernt. Heilung konnte nicht beginnen, bevor das Problem nicht erkannt wurde.

„Sie verdienen etwas Besseres." Sage holte eine Packung mit Ibuprofen aus dem Schrank und legte sie auf den Tisch. Sages blaues Auge hatte höllisch wehgetan, und diese Frau war in schlechterem Zustand. Sie tupfte antibiotische Creme auf die schlimmsten Stellen und machte einen Schritt zurück. Sie konnte nichts tun, bis die Frau das Problem als solches akzeptierte. „Bedienen Sie sich mit allem, was Sie brauchen." Sie zeigte auf den Privatflügel des Hauses. Der Ort, an dem sie und Cannon sich jede Nacht in die Arme fielen. „Sie finden mich am Ende des Korridors, falls Sie etwas brauchen." Sage ging aus dem Zimmer, blieb aber kurz stehen und wandte sich der misshandelten Frau zu. „Mein Freund kommt später auch noch. Sein Name ist Cannon. Er wird Ihnen nichts tun."

KAPITEL VIERUNDDREISSIG

Am nächsten Morgen versteckte sich Sage hinter einem Tisch in der Bäckerei, während Ben auf der gegenüberliegenden Seite hinter einem anderen kauerte. „Sehen Sie jemanden?“, fragte sie ihn.

„Nein. Sie?“ Seine Stimme war stark und gesund. Ben hatte seine Alkoholsucht fest im Griff und sie hätte nicht stolzer sein können. Zu schade, dass Cannon skeptisch blieb, obwohl sie es ihm nicht verübeln konnte. Er hatte jahrelange Enttäuschung zu verarbeiten.

Katie verließ das Hinterzimmer und trocknete sich die Hände an ihrer Schürze ab. Heute hatte sie Kekse zum Angebot hinzugefügt. Es waren einfache Zimtkekse, aber ihr Geruch erfüllte die Luft und ließ sie sehr viel verheißungsvoller duften als ein normales Gebäck.

„Ich sage euch, es sind Geister. Ich habe die ganze Woche auf der Lauer gelegen, um herauszufinden, wer die Zutaten abstellt. In dem Moment, in dem ich mich für einen Augenblick umdrehe, taucht etwas auf.“ Der Timer klingelte, und Katie zog ein Tablett mit perfekten, runden, goldbraunen Keksen aus dem Ofen.

Ben verließ seinen Posten, um den Ersten zu kosten. Er war ein fester Bestandteil von Katies Erfolg geworden. Er hatte nicht nur die Bäckerei geputzt, sondern sie auch auf Vordermann gebracht. Sein zweiter Vorname war *geschickt* – oder hätte es zumindest sein sollen. Vor einer Woche hatte es einen Wasserrohrbruch gegeben und Ben hatte ihn repariert. Vor zwei Tagen hatte sie Ameisen entdeckt und jetzt waren sie verschwunden.

Heute lehnte an der frisch gestrichenen Wand eine Pinnwand, die darauf wartete, aufgehängt zu werden. Darauf stand ganz oben „Das Wunschbrett." Die eine Hälfte war für Wünsche bestimmt, die andere für bereits erfüllte.

Sage ging vom Fenster weg und deutete auf das Schild. „Erzähl mir von dem Wunschbrett."

Katie stellte zwei Backbleche mit heißem Gebäck auf ein Kuchengitter und schloss die Ofentür. Sie nahm einen Pfannenwender und angelte einen frischen Keks vom silberfarbenen Blech herunter, legte ihn auf eine Serviette und reichte ihn einem ungeduldigen Ben, der vor der Vitrine stand und mit der Schuhspitze auf die sauberen Schachbrettfliesen tippte.

Nicht nur der Boden war herausgeputzt worden. Ben sah auch gut aus in blauen Hosen und einem Hemd mit Knopfleiste. Sein Haar war geschnitten und sein struppiges Barthaar abrasiert worden, und hatte einen glatten Teint und gerötete Wangen zum Vorschein gebracht. Es war schwer zu glauben, dass dies derselbe Mann war, der noch vor Wochen bewusstlos auf ihrer Terrasse gelegen hatte.

Katie goss Kaffee ein, legte ein paar Kekse auf den Teller und ging um einen der Tische herum.

Die Tische und Stühle mussten noch repariert werden, aber bei dem Tempo, in dem sie die notwendigen Reparaturen in der Bäckerei durchführte, war Sage sicher, dass Katie alles in kürzester Zeit in gutem Zustand haben würde.

Sage setzte sich Katie gegenüber an den Tisch, der dem Fenster am nächsten stand. Es war ein guter Platz, um den Tagesverlauf zu beobachten. Ben hatte seinen Keks verdrückt, war wieder bei der Arbeit und hängte die Pinnwand auf. Er hatte seinen Job als Privatdetektiv so gut wie vergessen.

„Das Wesentlichste zuerst", sagte Sage. „Erzähl mir von dem Wunschbrett."

Katie zuckte die Schultern. „Ich dachte, es wäre eine nette Geste – eine Hommage an Bea." Sie sprach Beas Namen so aus, dass es sich fast wie die erste Silbe in „Baby" anhörte. „Ein Forum, wo Menschen ihre Wünsche, Bedürfnisse und Träume zum Ausdruck bringen können. Ein Platz, an dem andere sie sehen und dabei helfen können, sie zu erfüllen."

Wie kam es, dass diese Frau sich vor Wochen selbst in einer ziemlichen Misere befunden hatte und jetzt bereits in der Lage war, anderen zu helfen?

„Das ist erstaunlich." Sage brach ein Stück vom Keks ab und steckte es sich in den Mund. Es zerging fast auf ihrer Zunge. „Einfach köstlich. Ich nehme ein Dutzend davon, wenn du sie wieder machst."

Katie hüpfte vor Aufregung auf ihrem Stuhl herum. „Wirklich, schmecken sie dir?"

Bis ihre Freundin ihren Satz beendet hatte, hatte Sage bereits den ganzen Keks verschlungen. „Ich habe noch nie etwas Besseres gegessen."

„Ich backe heute Nachmittag mehr und werde eine Extraportion für dich machen."

„Das wäre toll. Ich habe jemanden bei mir in der Pension und möchte ihr gerne den Tag versüßen." Sage dachte an die Frau, die in einem ihrer Zimmer untergebracht war. „Sie tauchte gestern auf, grün und blau geschlagen, aber sie lässt mich nicht den Sheriff rufen. Ich mache mir Sorgen um sie."

Katie bedeckte ihren Mund mit der Hand. „Oh, nein. Solltest du ihn nicht trotzdem informieren?"

Sage schüttelte den Kopf. „Ich habe das Gefühl, sie hat niemanden, dem sie sich anvertrauen kann, und ich möchte sie nicht vertreiben, indem ich ihr einen Grund gebe, mir nicht zu vertrauen."

„Ich würde niemals bei einem Mann bleiben, der mich geschlagen hat." Katie gab Sahne und Zucker zu ihrem Kaffee und nahm einen Schluck.

Neben ihnen schlug Ben ein paar Nägel in die Wand.

„Mich hat bisher nur ein Mann geschlagen." Sage drehte sich zu Ben um. „Er hat ganz schön zugelangt. Nicht wahr, Ben?"

Er hob die Wandtafel auf und hängte sie an die Nägel. „Sie wissen, dass es mir leidtut. Ich dachte, Sie wären Cannon, und ich habe mich mindestens ein Dutzend Mal entschuldigt." Der reuevolle Blick stand ihm gut.

„Ich will Sie nur ein bisschen ärgern, Ben", sagte Sage. „Mir ist klar, dass es mein Pech war, aber es gibt nie einen Grund für Gewalt. Ich bin nur froh, dass Sie wieder ganz der nette Alte sind, zumindest habe ich das gehört."

„Wer sagt denn, dass ich nett bin?" Er griff über die Frauen hinweg und schnappte sich den letzten Keks vom Blech. „Ich brauche diesen Keks, um nett zu bleiben."

Katie grinste. „Ich habe ihr gesagt, dass Sie nett sind. Werden Sie denn jetzt wirklich so nett sein und die Zutaten für eine weitere Ladung Kekse zusammenstellen?"

Ben lächelte Katie warm an und ging zum Lagerraum.

„Apropos Cannon", sagte Katie. „Wie geht es mit euch beiden?"

Hatte die Hitze, die Sage in ihre Wangen steigen fühlte, sie verraten? „Er ist einfach großartig. Ich ... ich bin ...

„Du bist verliebt." Katie legte ihre Hand auf die von Sage. „Das zeigt sich in deinem Lächeln und der Art, wie du in seiner Gegenwart strahlst."

Sage beugte sich über den Tisch. „Ich kann nicht in ihn verliebt sein. Dazu kenne ich ihn noch nicht lange genug." Sage hatte wochenlang mit sich selbst über das Thema Liebe und deren Möglichkeit gestritten.

„Hast du Bea geliebt?"

„Ja, aber das ist etwas ganz anderes. Unsere Beziehung war anders. Ich habe nicht mit Bea geschlafen."

Was als Kichern begann, schwoll zu einem lauten Gelächter an. „Genau. Du kanntest Bea weniger gut, kaum länger als einen Monat, aber du hast sie trotzdem geliebt. Du teilst alles mit Cannon, wie könntest du ihn also nicht lieben?"

Es war schwer, etwas gegen ihre Logik einzuwenden. Sie teilte jede freie Minute mit Cannon. Wenn sie nicht im Bett waren und sich liebten, gingen sie händchenhaltend um den See herum oder aßen zusammen mit Ben, als wären sie eine Familie. Sie verließ sich mittlerweile völlig auf ihn und konnte sich ihr Leben ohne ihn nicht mehr vorstellen. War das Liebe?

Sie hatte kein wirkliches Maß, um das zu beurteilen. Todd war ihre am längsten andauernde Beziehung gewesen, und es hatte sich schließlich herausgestellt, dass sie einfach Freunde gewesen waren, die Sex miteinander hatten. Schade, dass sie das nicht erkannt hatte, bevor ihr das Herz gebrochen wurde.

„Ich muss vorsichtig sein. Ich bin leicht verletzbar." Wenigstens war sie mittlerweile ehrlich zu sich selbst.

Sage nahm ihren Kaffee und trank einen kleinen Schluck, während sie zusah, wie Louise Williams mühsam aus ihrem Auto stieg. Sie watschelte zur Hecktür und öffnete sie.

„Ich schwöre, sie wird jede Sekunde platzen." Katie warf einen letzten Blick aus dem Fenster auf Louise, bevor sie sich das Blech nahm. „Ich werde mich mal um die nächsten Kekse kümmern." Sie schaute über ihre Schulter ins Hinterzimmer. „Wenn ich Ben zu lange alleine lasse, verputzt er meine ganzen Schokoladenstückchen. Ich denke, Wodka könnte die billigere Sucht sein."

Sage wandte sich vom Fenster ab und runzelte die Stirn über die Bemerkung ihrer Freundin. Katie ließ plötzlich das Tablett fallen und rannte zur Tür. Als Sage aus dem Fenster schaute, sah sie, dass Louise auf dem Boden hockte, in einer Wasserlache.

„Geh und hol den Doktor", rief Sage Katie zu, als sie an ihr vorbeirannte. Sie kniete sich vor der schwangeren Frau auf den Boden. Dem schmerzerfüllten Ausdruck auf ihrem Gesicht nach zu schließen, hatten bei Louise die Wehen eingesetzt.

„Ich dachte, ich hätte noch genug Zeit, um die Lieferung zu erledigen."

Sage kniete hinter Louises Rücken und stützte sie. Sie griff nach dem Handgelenk der Frau und fühlte ihren Puls. „Ihr Puls ist erhöht, aber nicht allzu besorgniserregend. Seit wann haben Sie schon Wehen?"

Louises Gesicht verzog sich vor Schmerz. Sie hechelte mehrmals, bevor sie tief Luft holte.

„Auf keinen Fall pressen", ordnete Sage an. „Seit wann?"

„Ein paar Stunden. Beim letzten Mal hat es zehn Stunden gedauert, also dachte ich, ich wäre okay." Sie versteifte sich und fing wieder an zu hecheln. Als die Wehen nachließen, sagte sie: „Ich möchte dieses Baby nicht mitten auf der Straße bekommen."

„Wird nicht passieren", erhob sich die Stimme des Doktors über das Scheppern der Krankenliege, die er und Katie vor sich herschoben. „Ich habe dir gesagt, du sollst dich schonen. Wo ist Bobby?" Der Doktor stellte die Bremsen der Liege fest und half Sage, Louise auf das Bett zu befördern, bevor die nächste Schmerzwelle sie wieder zerreißen würde.

„Er ist im Laden. Heh, heh, heh", hechelte sie wieder.

Der Doktor wendete sich Katie zu: „Ist Ben hinten in der Bäckerei?" Sie nickte. „Schicken Sie ihn die Straße runter, um Bobby zu holen. Sagt ihm, dass seine Tochter unterwegs ist und er etwa fünf Minuten Zeit hat, bis sie da ist."

Katie stürzte davon wie eine aus einer Pistole geschossene Kugel.

„Fünf Minuten?", fragte Sage. „Woher wissen Sie das?"

Der Doktor entriegelte die Bremsen und begann, die ächzende Frau in Richtung Praxis zu schieben.

„Louise ist schnell, wenn ihre Fruchtblase platzt. Dauert in der Regel etwa zehn Minuten. Ich denke, sie hat ungefähr fünf Minuten hier mit Ihnen verbracht." Er nickte Richtung Tür. „Wir können uns glücklich schätzen, sie noch ins Zimmer zu bekommen."

Sage hielt die Tür auf, während der Doktor die Liege hindurchschob.

Louise richtete sich auf dem Bett auf, ihr Gesicht war verkniffen und rot.

„Noch nicht, Louise."

„Ich kann nicht warten", schrie sie.

Sie eilten mit ihr den Flur hinunter und in den Untersuchungsraum. Der Doktor warf Sage ein Paar Handschuhe zu und zog sich selbst welche an. Sie ging zum Waschbecken, um sich gründlich zu waschen, aber in dem Moment, als Doktor Parker Louises Kleid beiseiteschob und ihre Unterwäsche entfernte, zeigte ein schwarzer Haarschopf Sage an, dass sie keine Zeit mehr hatte, viel zu tun.

„Es ist Zeit", rief der Doktor.

Jetzt bewährte sich Sages Ausbildung. Als sie auf der Geburtsstation gearbeitet hatte, war sie bei der Geburt von Hunderten von Babys dabei gewesen. Sie beruhigte Louise und unterstützte sie bei der Atmung.

Gleichzeitig durchsuchte sie die Schränke nach den erforderlichen Utensilien, die sie brauchten, um ein Baby zur Welt zu bringen. Eine Saugglocke. Klemmen. Sterilisierte Scheren. Garn für die Wundnähte. Warme Decken. Sie zog gerade noch rechtzeitig Handschuhe an, um Fangen zu spielen.

Bei der nächsten Wehe presste Louise und aus diesem schwarzen Haarschopf wurde ein wunderschönes Baby. Sage hatte das Wunder des Lebens verpasst. Ein Baby zur Welt zu bringen, war ein ganz anderes Gefühl als jemandem die Hand zu halten, der sie verlassen musste. Beides lag ihr am Herzen und beides war wichtig, aber Sage würde dieses Ereignis hier dem Tod jederzeit vorziehen.

Der Doktor legte das schreiende rosa Bündel auf Louises mit Laken bedeckte Brust. Während er die Nabelschnur festklemmte und durchtrennte, wischte Sage das Baby ab, sprach mit Louise und erzählte ihr, wie gut sie alles gemacht hätte und wie schön ihre Tochter sei.

Im Flur ertönte ein Stimmengewirr von Katie, Ben und Bobby. Aber die lauteste Stimme war die von Bobby, der nach seiner Frau rief. Als er durch die Tür hereinstürmte, sah Sage, wie der große, hart wirkende Mann auf die Knie fiel und weinte.

Der Doktor wickelte das kleine Mädchen ein und reichte sie ihrem Vater. Bobby sah das Baby an, als hätte er den Himmel gesehen. Dann beugte er sich vor und küsste seine Frau.

Sages Herz zog sich bei dieser Szene, die sich vor ihr abspielte, zusammen. Würde sie jemals ein Kind oder einen Mann haben, die sie ansahen, als wäre sie absolut perfekt? Sie dachte an Cannon und ihr wurde klar, dass sie genau diese Erfahrung mit ihm teilen wollte. Nicht jetzt, aber eines Tages.

„Was hast du dir dabei gedacht?", fragte er seine Frau. Seine Stimme war sanft, aber forschend.

Louise schenkte ihrem Mann ein liebevolles Lächeln. „Ich musste Beas Wunsch erfüllen. Sie wollte, dass ich heute Pekannüsse und braunen Zucker zur Bäckerei bringe."

Da lachte Sage. „War das ein Wunsch aus einem rosafarbenen Brief?"

Die Williamses drehten sich zu ihr um, als hätten sie sie gerade erst bemerkt. Beide nickten. „Wir waren für die letzte Lieferung verantwortlich."

„Das war eine wirklich erstaunliche Geburt", sagte Sage. „Gibt es schon einen Namen für dieses kleine Mädchen?"

Der Doktor hatte eine Waage aus dem Schrank geholt. Er nahm das kleine Bündel und wickelte es aus. „Mit ihren dreitausendsiebenhundert Gramm ist sie nicht gerade klein."

Louise sah ihren Mann an. Die beiden verständigten

sich wortlos. Er nickte und sie lächelte. „Ihr Name ist Beatrice Olivia Williams."

„Gott steh uns bei", sagte Doktor Parker.

Eine Stunde später, nachdem alle gegangen waren, holte ein Krankenwagen von Copper Creek Louise und die kleine Bea ab. Mutter und Tochter sahen gesund aus, aber der Doktor hielt es für angebracht, dass beide eine Nacht in einem richtigen Krankenhaus zur Beobachtung verbrachten.

Sage kehrte nach Hause zurück, fand fünfzig Dollar auf dem Tisch vor und die misshandelte Frau war verschwunden. In dem Korb, der die Post auffing, befand sich ein Umschlag des Bauträgers, den sie am gleichen Tag angerufen hatte, an dem sie in der Stadt angekommen war.

Darin befand sich ein Brief, in dem man ihr für das Interesse am Verkauf des Grundstücks dankte. Man interessiere sich jedoch nicht für das Haus, würde aber gerne über den Kauf des Grundstücks mit ihr sprechen.

Sage ging in die Küche und legte den Brief in ihre Sammelschublade. Morgen würde sie die Firma kontaktieren und mitteilen, dass sie an dem Angebot nicht interessiert sei. Sie wusste ganz genau, dass Bea dieses Haus niemals an einen Bauträger verkaufen würde. Das, was Aspen Cove ihr gegeben hatte, konnte man nicht mit Geld aufwiegen. Hoffnung, Liebe oder Gemeinschaft kannten keinen Preis.

Sie musste die Frühstückspension weiterführen, um misshandelten Frauen Unterschlupf und lautstarken Jungvermählten sowie den Anglern, die diese Woche ankamen, eine Unterkunft zu gewähren.

KAPITEL FÜNFUNDDREISSIG

Cannon ging auf Zehenspitzen durch den Flur zu Sages Zimmer und setzte sich auf ihre Bettkante. Eingekuschelt unter der Bettdecke sah sie so klein und verletzlich aus. Eine nackte Schulter lugte aus der Decke hervor, wo weiche, blasse Haut das Mondlicht auffing, das durch die Jalousien auf sie herunterschien. Wildes rotes Haar lag wie ein Fächer ausgebreitet auf dem Kissen, rosa Lippen geschürzt, als erwarteten sie einen Kuss.

Es gab nichts, was er lieber tun würde, als sich auszuziehen und zu ihr zwischen die Laken zu gleiten, aber er konnte nicht. Morgen war der Todestag seiner Mutter, und obwohl es seinem Vater gut ging, wollte er ihn nicht allein lassen, falls er einen Rückschlag erleiden sollte. Doch konnte er nicht ohne einen letzten Blick auf Sage einschlafen.

Vor Wochen hatte der Doktor gesagt, es würde Veränderungen in Aspen Cove geben, aber Cannon hatte nicht zu hoffen gewagt, dass eine Frau alles in seinem Leben verändern würde. Es auf den Kopf stellte. Es besser machte. Sie war hier angekommen und hatte seinen Alltag so sehr durcheinandergebracht, dass er begriff, wie trist er bis dahin gewesen war.

Er hatte von einem Tag zum anderen gelebt. Sein Verhaltensmuster hatte darin bestanden, durchzuhalten und es bis zum nächsten Atemzug zu schaffen. Er plante nicht für die Zukunft, weil er von Augenblick zu Augenblick lebte. Er konnte es sich nicht leisten, an den nächsten Tag zu denken und eine Enttäuschung zu riskieren, aber Sage hatte sein Leben völlig umgekrempelt.

Die Frau, die vor ihm lag, ließ ihn auf den nächsten Tag und die nächste Woche und das nächste Jahr hoffen. Er sah eine Zukunft selbst nach dem nächsten Atemzug.

Sage zu lieben brachte ihn in Gefahr. Das war die erschreckendste Erkenntnis von allen, denn ob es ihm gefiel oder nicht, er war genau wie sein Vater, nur ohne die Alkoholsucht.

Wenn Liebe im Spiel war, gab sein Vater alles. Er hatte Cannons Mutter vorbehaltlos geliebt. Ben Bishops ganzes Leben war von dieser Liebe verzehrt worden, und als sie starb, starb auch er. Er war zum wandelnden Toten geworden.

Seitdem hielt Cannon seine Gefühle zurück. Er wollte nicht alles riskieren, indem er jemandem erlaubte, der Mittelpunkt seines Universums zu werden, und doch gab es jetzt Sage. Sie hatte sich erst in sein Leben geschlichen und dann in sein Herz.

Er kämpfte mit sich selbst. Sie aufwecken und mit ihr schlafen oder sie schlafen lassen? Da sie morgen beim Doktor eine Frühschicht absolvierte, würde er nicht egoistisch sein und sie wecken, aber er wollte, dass sie wusste, wie wichtig sie für ihn geworden war. Anstatt sich also vorzubeugen und diese wunderschönen Lippen zu küssen, sein Gesicht in ihrem Haar zu vergraben oder seinen

Körper an ihren zu schmiegen, erhob er sich von der Bettkante und war nur einen Atemzug davon entfernt, die Worte „Ich liebe dich" laut auszusprechen.

Nach dem morgigen Tag würde er ihr die Wahrheit sagen. Er würde ihr die Tiefe seiner Gefühle offenbaren. Wie schwer es für ihn war, darauf zu vertrauen, dass sie ihn nicht verlassen würde, wenn alle, die er bisher geliebt hatte, es getan hatten. Für den Augenblick musste es reichen, ein Stück Papier zu finden und sie wissen zu lassen, dass er hier gewesen war und dass sie ihm fehlte.

Cannon stieg über Otis hinweg, der auf dem Rücken lag und dabei die Füße zur Decke streckte.

In der Küche schaltete er das Licht an und öffnete das, was Sage ihre Sammelschublade nannte. Hier versteckte sie alles das, womit sie sich nicht auseinandersetzen wollte. Dort bewahrte sie aber auch Stifte und Papier auf.

Ganz oben lag ein Briefbogen mit dem Logo des Bauträgers, den er verabscheute. Seine Kehle schnürte sich zusammen, sein Herz setzte einen Schlag aus und begann dann zu rasen, um den Aussetzer wiedergutzumachen. Es ging ihn nichts an, aber das hielt ihn nicht davon ab, das Schreiben zu lesen.

Sehr geehrte Ms. Nichols,

vielen Dank, dass Sie uns bezüglich Ihres Interesses am Verkauf des Grundstücks in 1 Lake Circle, Aspen Cove, Colorado, kontaktiert haben. Wir sind an einem Geschäft interessiert.

Für das Gebäude selbst haben wir keine Verwendung, können Ihnen aber einen fairen Preis für das Land anbieten. Bitte kontaktieren Sie uns so bald wie möglich, damit wir Ihre Anfrage weiterbearbeiten können.

Mit freundlichen Grüßen

Stephen Tobler

Immobilienentwicklungsmanager
Sterling-Gruppe

Cannon knirschte mit den Zähnen, bis er befürchtete, dass der Zahnschmelz Risse bekommen würde. Alle Fortschritte, die er beim Einreißen seiner emotionalen Barrieren gemacht hatte, waren sinnlos geworden. Die Festung, die er vor Sages Ankunft um seine Gefühle errichtet hatte, nahm ihren alten Platz ein. Eiserne Ketten legten sich wieder um sein Herz.

Er stopfte den Brief zurück in die Schublade und verließ ihr Haus. Auf dem Weg nach Hause haderte er mit sich selbst. Er hätte es besser wissen müssen. Dem eigenen Herz konnte man nicht trauen und Sage auch nicht. Andererseits hatte sie ihm nie gesagt, dass sie bleiben würde. Sie hatte ihm nur durch die Art, wie sie sich für die Menschen in ihrem Umfeld einsetzte, dieses Gefühl vermittelt. Ihr Verrat war der schlimmste, weil es keine Vorwarnung gegeben hatte. Es war wieder so wie damals, als seine Mutter von der Klippe gestürzt war. Es gab keine Vorbereitung auf das Chaos, das sie zurücklassen würde.

So viele Menschen würden verletzt sein, wenn Sage ging. Sie hatte sich um seinen Vater gekümmert und er suchte bei ihr Unterstützung und Ermutigung und auch den gelegentlichen Tritt in den Hintern, wenn es nötig war. Der Doktor zählte während der Praxistage auf sie. Verdammt, sie hatte an diesem Morgen bei der Entbindung von Louises Baby geholfen. Katie war ihre Freundin und Vertraute. Und ihn gab es auch noch. Er hatte sie an sich herangelassen. Er hatte sich in sie verliebt und über eine Zukunft mit ihr nachgedacht, aber jetzt war da nichts. Sie hatte ihm alles genommen. Es war eine Sache, in Unwissenheit zu leben, eine andere, den Himmel zu erleben und dann in die Hölle verbannt zu werden.

Cannon betrat sein Haus und schaute nach seinem Vater, der friedlich in seinem Bett schlief. Er ging in sein eigenes Schlafzimmer und öffnete den Safe, um eine Flasche Wein herauszunehmen. Heute Abend würde er trinken. Morgen würde er den Verlust seiner Mutter und den von Sage betrauern.

KAPITEL SECHSUNDDREISSIG

Ein lauter Donnerschlag weckte Sage aus einem tiefen Schlaf, während Regen auf das Dach und die Fenster prasselte. Der Geruch von Kiefernholz und Feuchtigkeit erfüllte die Luft. Beim nächsten Donnerschlag bellte Otis seine Umgebung an.

„Es ist alles gut, es ist nur ein Gewitter. Das geht vorbei."

Sie fuhr mit der Hand über die glatte Tagesdecke, wo Cannon normalerweise schlief. Es war Wochen her, dass die Seite des Bettes leer gewesen war und diese Hälfte unberührt zu sehen, fühlte sich weder richtig noch normal an. Sie genoss es, wie Cannon jeden Abend seinen Körper an ihren schmiegte und dass ihr nie kalt wurde, obwohl er die Bettdecke von sich warf.

Sie vermisste es auch, nicht mit einer Tasse Kaffee an ihrem Bett aufzuwachen. Das war seine morgendliche Aufmerksamkeit für sie, und die gefiel ihr fast genauso sehr, wie seine morgendlichen Küsse – aber auch nur fast.

Obwohl er die letzte Nacht aus gutem Grund bei seinem Vater verbracht hatte, spürte sie seine Abwesenheit schmerzlich. Sie hatte angeboten, bei ihm zu übernachten, aber er war sich nicht sicher gewesen, was der Tag bringen würde und hatte gesagt, es wäre für alle Beteiligten sicherer, wenn er in seinem Haus bliebe und sie in ihrem.

Sie verstand seine Besorgnis. Obwohl Ben seit Wochen nüchtern war, bedurfte es nur einer Kleinigkeit, um ihn wieder zurückzuwerfen. Wenn es etwas gab, dass man als Auslöser dafür fürchten musste, so war es der Todestag von Carly, seiner Frau.

Sage glitt aus dem Bett und in ihre Pantoffeln hinein. Dann ging sie mit Otis zur Hintertür, wo er schnell seine Blase entleerte. Otis mochte keinen Regen.

Während sie sich eine Tasse Kaffee zubereitete, rief sie Cannon an. Das Telefon klingelte viermal, dann wurde auf die Mailbox weitergeleitet.

„Hey, ich bin es. Du fehlst mir. Lass mich wissen, wenn du irgendwas brauchst." Sie hätte ihm beinahe gesagt, dass sie ihn liebte, aber das sollte man beim ersten Mal besser persönlich sagen.

Sie ging zur Haustür und spähte hinaus, um zu sehen, ob sein Truck in der Einfahrt stand, aber das war nicht der Fall.

Sie hatte keine Ahnung, wohin er gegangen war, hoffte aber, dass alles in Ordnung war. Sie vermutete, dass er Ben wegen des starken Regens zur Arbeit gebracht hatte, duschte, zog sich für ihre Schicht beim Doktor einen Kittel an und fuhr zu *B's Bakery*. Der große schwarze Truck war nirgends zu sehen.

Sie rannte durch den Regen in die Bäckerei, wo sie der tröstende Duft von Zucker, Butter, Mehl und Obst empfing. Es war acht Uhr und die Muffins waren fertig. Donnerstag war Cranberry-Orangen-Tag. Sie konnte sich nicht entscheiden, welcher Tag ihr der liebste war. Es war ein Unentschieden zwischen dem Bananen-Nuss-Muffin-Tag und heute. Dann gab es noch den Himbeer-Muffin-Tag. Den mochte sie auch. Wem wollte sie etwas weismachen? Sie mochte Muffins ganz einfach, egal welche Geschmacksrichtung.

„Bin gleich da", rief Katie aus dem Hinterzimmer.

„Lass dir Zeit. Ich bin es nur." Sage ging hinüber zum Wunschbrett. Es hing erst seit einem Tag und schon befand sich ein Wunsch darauf. Sie öffnete die zusammengefaltete Seite, die mit Reißzwecken an die Pinnwand geheftet war, und ihr Herz schlug ihr bis zum Hals. Der Wunsch kam von Ben.

Lass den Schmerz bitte aufhören. Hilf mir, den Mut zu finden, in die nächste Phase meines Lebens aufzubrechen.

Ben

Sie hatte viele Menschen so reden gehört. Menschen flehten häufig darum, Erlösung im nächsten Leben zu finden, wenn der Schmerz eines Krebs- oder Leberleidens den Körper dahinraffte. War es das, was Ben sich wünschte?

„Traurig, oder?" Katie stand hinter dem Tresen und schenkte zwei Tassen Kaffee ein. Sie ging auf die andere Seite der Vitrine und reichte Sage eine davon. Sie starrten auf die einzige Notiz, die an der Wandtafel befestigt war.

„Du glaubst nicht, dass er sich etwas antun wird, oder?"

Katies schockiertem Gesichtsausdruck nach zu urteilen, hatte sie diese Möglichkeit offensichtlich nicht in Betracht gezogen. „Daran habe ich überhaupt nicht gedacht." Sie tippte mit einer sanften Berührung auf die Notiz, sodass sie sich öffnete und man sie lesen konnte. Ich nahm an, er bittet einfach alle darum, ihm beim Weitermachen zu helfen. Ihn also zu unterstützen. So was in der Art."

Sage ging zum Tisch und setzte sich. Sie stellte ihren

Kaffee hin und zog ihr Handy aus ihrer Handtasche. Noch einmal rief sie Cannon an, aber er nahm nicht ab. Dieses Mal hinterließ sie keine Sprachnachricht, sondern schickte eine SMS.

Geht es deinem Vater gut?

Katie ging und kam mit Muffins zurück. „Er war gestern traurig, aber er sprach über den heutigen Tag, als hätte er vor, hier zu sein. Wir lachten darüber, dass Louise ihr Baby fast auf der Straße entbunden hätte, weil sie so fixiert darauf war, die Backutensilien auszuliefern."

Sage nahm sich einen Muffin und befreite ihn von dem Backförmchen aus Papier. „Wenigstens ist dieses Rätsel gelöst. Ich habe mich gefragt, wozu die vielen rosafarbenen Umschläge bestimmt waren. Es war einfach Beas Art zu geben, selbst nachdem sie von uns gegangen ist. Schade, dass sie Ben nicht helfen konnte."

„Du denkst doch nicht wirklich ..." Katie schaute auf den Zettel und schüttelte den Kopf. „Ich werde ihn eigenhändig umbringen, wenn er es auch nur in Erwägung gezogen hat. Was hat Cannon gesagt?"

Sage blickte auf den leeren Bildschirm ihres Telefons. „Nichts. Er antwortet nicht auf meine Anrufe oder Textnachricht."

„Das kann nichts Gutes bedeuten." Katie starrte aus dem Fenster.

„Ich werde noch keine voreiligen Schlüsse ziehen", antwortete Sage.

„Nein, ich meine, *das* kann nicht gut sein." Katie zeigte auf das Auto des Sheriffs, das vor dem Haus des Doktors parkte, mit blinkenden Lichtern, aber ohne eingeschaltete Sirene. Sheriff Cooper stürzte aus seinem Streifenwagen und rannte in die Praxis. „Da muss was passiert sein."

Sage ließ ihren Muffin fallen, schnappte sich ihre

Handtasche und sprintete durch den Regen über die Straße. Als sie die Tür erreichte, war der Doktor auf dem Weg nach draußen – eine schwarze Tasche in der Hand und einen grimmigen Ausdruck auf seinem Gesicht.

„Ist was mit Ben?", fragte sie und versuchte, mit beiden Männern Schritt zu halten.

„Ja", sagte der Sheriff.

„Ich komme mit." Sie öffnete die Hintertür des Streifenwagens, nur damit Sheriff Cooper sie wieder schloss.

„Cannon will Sie nicht dort haben", sagte er.

„Wie bitte?" Seine Worte waren wie ein Stich ins Herz. „Was heißt das?"

Der Sheriff ging nicht weiter darauf ein, stieg zum Doktor ins Auto, fuhr davon und ließ Sage einfach auf der Straße stehen.

Auf keinen Fall würde sie im Regen zurückbleiben, also rannte sie zu ihrem Geländewagen und brach in die Richtung auf, in die der Sheriff gefahren war. Als sie die blinkenden Lichter erreichte, war sie auf dem Friedhof gelandet. Bis sie auf dem Fleckchen Land ankam, auf dem alle standen, war sie völlig durchnässt und die dünne Baumwolle ihres Schwesternkittels klebte an ihrem Körper. Ihre Zähne klapperten und ihr Inneres bebte.

Nichts davon spielte eine Rolle, denn alles, was sie sehen konnte, war Cannon, der den Körper seines Vaters wiegte. Eine Blutspur rann von Bens Stirn. Er hatte es tatsächlich getan. Er hatte sich umgebracht. Aber sobald der Doktor Ben ein Päckchen Verbandmull auf den Kopf presste, stieß er eine solche Flut von Schimpfwörtern aus, dass eine Prostituierte errötet wäre.

„Das muss genäht werden." Der Doktor sah über seine Schulter zu Sage. „Sie kann helfen." Er berührte die heilende Wunde auf seiner eigenen Stirn. „Sie kann das gut."

Cannon sah sie an. „Nein, sie hat keine Zeit für uns, weil sie mit ganz anderen Dingen beschäftigt ist."

Sie ging auf den Mann zu, den sie lieben gelernt hatte. „Wovon zum Teufel redest du?" Die Augen, die sie noch gestern morgen voller Liebe und Zuneigung angesehen hatten, waren leblos und kalt. Verschwunden war das warme Grün und an dessen Stelle war eiskaltes Blau getreten.

„Helft ihm hoch", sagte der Doktor. Er trat zur Seite, während Cannon und Sheriff Cooper Ben auf die Beine halfen. Er stöhnte und versuchte, sich zu befreien, aber die Männer ließen ihn nicht los.

„Ich bin nicht tot", grummelte Ben. „Ich bin auf einem nassen Grabstein ausgerutscht und hingefallen." Er blickte zu Carlys Grab zurück. „Ich bin mir ziemlich sicher, dass sie mein Gejammer satthatte und vom Himmel aus eingegriffen hat, um mich stolpern zu lassen."

Als die Männer Ben den grasbewachsenen Abhang hinunterführten, folgten der Doktor und Sage.

„Sie war schon immer eine geduldige Frau, aber denkst du wirklich, dass sie fast ein Jahrzehnt gebraucht hätte, um dich zurechtzustutzen?" Der Doktor öffnete die hintere Autotür des Sheriffs und half Ben hinein. Er sah Sage an. „Kommen Sie in die Klinik, ich könnte Ihre Hilfe gebrauchen."

Sage nickte und blieb auf dem Parkplatz stehen, um allen, außer Cannon, beim Wegfahren zuzusehen. Was sollte sie denken? Hatte ihn die Situation so erschüttert?

„Cannon." Sie ging auf ihn zu. „Was ist los?" Sie zitterte am ganzen Körper, aber war sich nicht sicher, ob es die

Kälte oder etwas anderes war. Ein Gefühl der Angst überkam sie.

„Jetzt ist nicht der richtige Zeitpunkt, Sage. Ich habe im Moment weder die Energie noch den Wunsch, mich mit Dir zu befassen." Er machte einen Schritt auf sie zu und drehte sich dann zu seinem Truck um.

Sie war sich sicher, dass er hineinklettern und wegfahren würde. Stattdessen sagte er: „Verdammt", und eilte auf sie zu. Er zog seine Jacke aus und legte sie ihr um die Schultern.

Sie lehnte sich an ihn. „Was ist denn los?"

Er legte den Kopf zur Seite. „Anscheinend nichts, was deiner Mühe wert wäre." Er wandte sich ab und ging mit steifen Schritten zurück zu seinem Truck, sprang hinein und fuhr los.

Er hatte sie mitten auf dem Friedhof zurückgelassen, bis auf die Knochen durchnässt und schrecklich verwirrt.

KAPITEL SIEBENUNDDREISSIG

Cannon wusste, dass er Abstand von Sage gewinnen musste, denn wenn er es nicht tat, würde sein Herz den Schock ihres Weggangs niemals überleben. Hin- und hergerissen zwischen dem Wunsch, sie zum Bleiben zu bewegen und wegzulaufen, schlug er auf das Lenkrad ein. Schmerz schoss seinen Arm hinauf, aber er war eine willkommene Ablenkung vom heftigen Kummer in seinem Herzen. Den einen würde er ein paar Sekunden, den anderen ein Leben lang spüren.

Er fuhr in die Stadt und auf den Parkplatz vor der Praxis. Es gab niemanden, an den er sich wenden konnte, obwohl er jemanden zum Reden brauchte. Zum ersten Mal seit Jahren wollte er weinen. Stattdessen zückte er sein Handy und rief Bowie an.

Ob er abheben würde, war unklar. Es war nicht nur der Todestag ihrer Mutter, sondern auch der von Brandy, aber wenn ihr Vater es schaffte, das zu verkraften, dann könnte sein Bruder es auch.

Beim vierten Klingeln nahm er ab. „Lebt er noch?" So nahm Bowie alle Anrufe von Cannon entgegen, was selten genug passierte, da er die meiste Zeit im Auslandseinsatz verbrachte.

„Ja, tut er, wo bist du?“ Als er das letzte Mal mit ihm gesprochen hatte, lag er in einem Krankenhausbett in Afghanistan und erholte sich von den Verletzungen, die er bei einem Bombenangriff erlitten hatte.

„In der Nähe.“

Diese Antwort überraschte ihn maßlos, denn Bowie tat sein Möglichstes, um keinen Fuß nach Colorado setzen zu müssen.

„Was bedeutet ‚in der Nähe‘?“

„Ich wollte dich morgen anrufen. Es ist kein guter Tag, Cannon.“

Etwas in seinem Inneren zerbrach und er verlor die Fassung. „Erzähl mir nichts von guten Tagen. Ich hatte seit Jahren keinen mehr. Ich verstehe, dass du deine Freundin verloren hast, aber ich habe auch verloren. Ich habe dich und Mutter und Vater verloren.“ Er sagte ihm nicht, dass er auch sein Mädchen verloren hatte. Was würde das bringen? „Seitdem bin ich hier, um die Scherben aufzusammeln, und ich bin müde. Also, wo zum Teufel bist du?“

Sage fuhr mit ihrem Geländewagen neben Cannons Truck und stieg aus. Sie starrte ihn eine Minute lang an, und so wie sie ihn ansah, dachte er, sie würde herüberkommen, aber sie schob seine Jacke bis zur Nasenspitze hoch und atmete tief ein. Dann zog sie sie aus und legte sie auf die Motorhaube seines Trucks, bevor sie sich abwendete und in die Praxis ging.

„Ich bin in Fort Carson“, sagte Bowie und lenkte seine Aufmerksamkeit wieder auf das Gespräch.

„Du bist wo?“ Er traute seinen Ohren nicht. Fort Carson war ein paar Stunden entfernt. Es war ein Militärstützpunkt, den Bowie während seiner gesamten Dienstzeit gemieden hatte. Als Bowie sich seinerzeit verpflichtete, fuhr er sogar nach Oklahoma, um dort vereidigt zu werden. „Du musst nach Hause kommen."

Er würde Sage vielleicht nicht bitten zu bleiben, aber er würde seinen Bruder drängen zurückzukommen. „Das ist eigentlich auch der Plan. Ich bin hier, um auszumustern. Nicht, weil ich es möchte, aber die Armee hat entschieden, dass ich nicht mehr kampftauglich bin und es gibt keine anderen Möglichkeiten mehr für mich."

Cannon wusste nicht, was er sagen sollte. Bowie hatte nie ehrlich über seine Verletzungen gesprochen. Bei seinen vielen Einsätzen war er sehr häufig verletzt worden und Cannon vermutete, dass sein Bruder sich in die Kämpfe hineinstürzte, in der Hoffnung, sie nicht zu überleben. Wie sein Vater waren die beiden Männer über den Verlust der Frauen, die sie geliebt hatten, zutiefst erschüttert gewesen. Deshalb musste Cannon Sage gehen lassen.

„Bist du okay?", fragte Cannon.

Einen langen Moment herrschte Stille. „Ich werde es sein." Bowie räusperte sich. „Liegt Paps wieder sturzbetrunken auf ihrem Grab?"

„Nein, Mann. Ich habe dir so viel zu erzählen, aber du solltest wissen, dass Paps nicht mehr trinkt. Er ist heute gestürzt und als ich ihn fand, dachte ich, er wäre tot, aber er war es nicht. Er war wütend. Im Moment wird er gerade beim Doktor genäht, aber es geht ihm gut. Und noch etwas, er arbeitet in *B's Bakery*."

„Das alte Mädchen hat ihn also zum Arbeiten gebracht?" In Bowies Stimme lag ein Hauch von Nostalgie.

Es war schon viel zu lange her, dass sie sich miteinander unterhalten hatten. „Bea ist vor über einem Monat gestorben. Sie hinterließ die Bäckerei einer Frau namens Katie und die Frühstückspension einer Frau namens Sage. Paps hilft Katie und Sage hat Paps geholfen.“ *Und mir.*

„Oh, Mann, das mit Bea tut mir so leid. Ich hatte keine Ahnung.“

„Es ist schwer, auf dem Laufenden zu bleiben, wenn man keinen Kontakt hält.“ Er wollte seinem Bruder nicht zu nahetreten, aber es wurde Zeit, ehrlich zu sein. „Du kommst gerade rechtzeitig nach Hause, um den Anglerladen zu übernehmen. Wann wirst du hier sein?“

„Ich arbeite noch daran. Könnte ein, zwei oder drei Wochen dauern.“

Er wusste, dass es für seinen Bruder schwer sein würde, nach Aspen Cove zurückzukehren. Hinter jeder Ecke lauerten Erinnerungen an Brandy. „Ich werde für dich da sein.“

„Das warst du immer.“

KAPITEL ACHTUNDDREISSIG

Nachdem der Doktor Bens Kopfwunde genäht hatte, ging er mit dem Sheriff hinaus und überließ es Sage, ihn zu verbinden. „Sie haben Katie und mir Sorgen gemacht.“ Sie zog die Schutzfolie ab und legte das Riesen-Pflaster so an, dass es die Wunde bedecken würde.

Ben lächelte. „Habt wohl gedacht, ich würde mich umbringen?“ Er streckte die Hand aus und berührte seine Stirn. „Dann würde ich mir etwas Effektiveres und weniger Schmerzhaftes aussuchen.“

„Brauchen Sie etwas gegen die Schmerzen?“ Sage sammelte die blutige Gaze und das Papier ein und warf alles in die Tüte für medizinische Abfälle.

Er schüttelte den Kopf. „Ich war jahrelang wie betäubt. Ich denke, es ist an der Zeit, dass ich etwas fühle, auch wenn es nur Kopfschmerzen sind. So wie ich es sehe, ist es die Strafe für die vielen Kopfschmerzen, die ich anderen bereitet habe – insbesondere Cannon. Wie soll ich das jemals wiedergutmachen?“

„Seien Sie einfach da. Alles, was er will, ist, die Menschen um sich zu haben, die er liebt.“ Sie bot ihm eines der Erfrischungsbonbons von Doktor Parker an, aber Ben lehnte ab. „Apropos Cannon, er scheint heute ein bisschen neben sich zu stehen. Ich weiß, es ist *dieser* Tag, aber er ist nicht er selbst und ich mache mir Sorgen."

Ben legte ihr eine Hand auf die Schulter. „Er hat an diesem Tag schon viel verloren. Es war ein Schlag für ihn, als er herausfand, dass Sie fortgehen."

Sage taumelte zurück. „Fortgehen? Wie kommt er auf die Idee, dass ich gehe?" In Gedanken rief sie sich die letzten Gespräche noch einmal in Erinnerung, aber ihr fiel keines ein, bei dem sie Cannon den Eindruck vermittelt hätte, sie würde irgendwohin gehen. „Ich gehe nicht fort."

Ben kniff die Augen zusammen. „Während wir auf den Doktor warteten, sagte er, er hätte einen Brief von einem Landentwickler gefunden, der Ihnen angeboten hat, Beas Eigentum zu kaufen."

„Darum geht es hier also?" Sie drehte sich um, stapfte zur Tür und rief dann über ihre Schulter: „Bleiben Sie hier Ben, denn es wird noch eine weitere Kopfverletzung geben, und Cannon könnte Ihre Hilfe brauchen."

Sie marschierte nach draußen, wo er in seinem Truck saß, und zog am Griff der Autotür, ohne damit zu rechnen, dass sie sich öffnen würde. Cannon hatte sich den ganzen Tag vor ihr verbarrikadiert, warum also nicht die Tür abschließen? Als sie aufging, stolperte sie zurück und fiel auf den nassen Boden.

Er sprang heraus, um ihr aufzuhelfen. „Himmel, Sage. Was zum Teufel ist dein Problem?"

Mit den Händen auf ihren Schultern zog er sie in eine aufrechte Position und sie tippte ihm gegen die Brust. „Du. Du bist mein Problem."

„Nicht mehr lange."

Der Regen fiel um sie herum. „Warum? Gehst du

irgendwohin? Ich tue es nämlich nicht, und ich habe keine Ahnung, woher du diese dumme Idee hast, dass ich es vorhabe."

„Ich habe den Brief gefunden."

„Du hast also einen Brief von einer Firma gefunden, die das Grundstück kaufen will. Die hinterlassen ihre Sachen in der ganzen Stadt. Ich entdeckte vor Tagen sogar eine ihrer Karten, die in der Tür zu deiner Bar steckte. Verkaufst du etwa?"

„Nein." Sie stemmte sich gegen seine Brust, bis er gegen den Truck fiel, eingeklemmt zwischen dem kalten, nassen Metall und ihrem Körper.

„Ganz richtig." Sie griff seitlich an ihm vorbei und zog seine Jacke vom Sitz. Wenigstens hatte er sie von der Motorhaube geholt, wo sie sie hingelegt hatte. „Es ist eiskalt." Sie zog die feuchte Jacke über ihre Schultern und zitterte.

„Steig in den Truck, bevor du erfrierst", sagte er.

Sie war nicht dumm, ihr war nur kalt, also glitt sie auf den Beifahrersitz, während Cannon hinter dem Lenkrad Platz nahm und die Tür schloss. Die Scheiben beschlugen sofort. „Ich wäre nicht kurz vorm Erfrieren, wenn du nicht meine Anrufe und Nachrichten ignoriert hättest. Das hätte man alles ausdiskutieren können."

„Ich war wütend."

Sage zitterte vor Zorn. „Du weißt gar nicht, was wütend bedeutet."

Er rutschte näher und griff nach ihr, aber sie drückte sich mit dem Rücken an die Tür. „Oh nein, das wirst du nicht tun. Du kannst nicht einfach mit mir Schluss machen und dann denken, dass alles wieder gut ist, nur weil du mir Schutz vor dem Sturm bietest."

„Ich war verletzt."

„Ich bin verletzt, Cannon, weil du dachtest, ich würde dir etwas so Wichtiges vorenthalten. Ich habe den Typen am Tag meiner Ankunft angerufen. Erinnerst du dich an diesen Tag? Das war der Tag, an dem ich dachte, du wärst ein Arschloch. Jetzt denke ich, dass mich mein erster Eindruck vielleicht doch nicht getäuscht hat."

„Komm schon, Sage. Ich war durcheinander. Verdammt, ich bin *immer noch* durcheinander." Er zeigte auf sie und dann wieder auf sich selbst. „Diese Sache zwischen uns. Die ist stürmischer gewesen als der Sturm da draußen. Du hast mich wie ein Blitz getroffen. Du hast mich überrascht wie ein Regenschauer. Du hast mich wie ein Donnerschlag bis ins Mark erschüttert. Ich habe Angst, alles zu verlieren."

„Du hättest fragen oder etwas sagen können. Und ich hatte doch tatsächlich vor, dir zu sagen, dass ich dich liebe." Sie senkte die Augen. „Meine Großmutter sagte immer ‚ohne Risiko keine Belohnung' und sie hatte recht. Wenn du dein Herz nicht riskieren kannst, Cannon, dann kann ich dich nicht mit meiner Liebe belohnen."

Sie öffnete die Tür auf der Beifahrerseite und ging wieder hinaus in den Sturm, sodass er über ihre Worte nachdenken konnte.

Zurück in der Bäckerei ließ sie sich auf den nächsten Stuhl fallen und legte ihren Kopf auf den Tisch. Als Katie nach vorne zur Vitrine kam, war Sage fest entschlossen, heftig zu weinen.

„Ach, Süße." Katie kniete sich neben sie und schlang ihre Arme um ihre Schultern. „Brauchst du einen Keks?"

Gelächter brodelte in Sage hoch. Sie war sich sicher, dass sie wie eine Verrückte aussah. „Ich brauche mehr als einen Keks. Das könnte einer der schlimmsten Tage sein, den ich seit Jahren hatte."

„Vergiss nicht, was du sagen wolltest." Katie stürzte ins Hinterzimmer. Das Echo von Schritten auf der Treppe bedeutete, dass sie auf dem Weg zu ihrer Wohnung war. Ein paar Minuten später kam sie außer Atem zurück und in ihrer Hand befand sich ein hellrosa Briefumschlag. *Für Sage, an ihrem schwärzesten Tag,* stand auf der Vorderseite in Beas unverkennbarer Handschrift. Sie nahm ihr gegenüber Platz und reichte ihr den Umschlag. „Ich denke, wenn dies der schlimmste Tag seit Jahren ist, dann ist das so gut wie der schwärzeste Tag." Sie erhob sich. „Während du deinen Brief öffnest, hole ich die Kekse."

Als Sage das letzte Mal einen rosafarbenen Umschlag erhielt, veränderte das ihr Leben. Was würde dieser beinhalten? Sie fuhr mit dem Finger unter die Klappe, um eine einzelne handgeschriebene Seite zum Vorschein zu bringen.

Liebste Sage,

wenn du dies liest, bist du an einem Wendepunkt in deinem Leben angelangt. Ich habe keine Ahnung, was das sein könnte, aber ich biete dir meine Lösung an. Viele bezeichnen es als eine Liste mit Vor- und Nachteilen. Ich nenne es einfach einhundert Gründe. Was auch immer dich beschäftigt, schreib es auf. Finde einhundert Gründe, um weiterzukommen. Wenn du keine sinnvolle Liste erstellen kannst, dann höre einfach damit auf oder schlage eine andere Richtung ein.

Wenn du immer noch unschlüssig bist, schau dich um. Die Menschen in Aspen Cove sind nie zu beschäftigt, um zu helfen, zuzuhören oder eine Meinung zu äußern.

In Liebe und Zuneigung,

Bea

Der Geruch der Backwaren erreichte sie vor Katie, die einen Teller mit herzförmigen Zuckerkeksen mitbrachte.

„Wenn der Brief nicht geholfen hat, dann werden es die hier schaffen."

Sage legte den Brief hin und nahm einen Keks. „Das ist Beas Art, mich daran zu erinnern, das Positive zu sehen und keine unüberlegten Entscheidungen zu treffen." Sie nahm einen Bissen und murmelte vor sich hin. „Diese hier sind definitiv positiv."

„Sag mir, was los ist."

Nachdem sie den Keks hinuntergeschluckt hatte, erklärte Sage alles.

Als Sage fertig war, hob Katie ihre Augen gen Himmel. „Ist das alles?"

„Alles? Machst du Witze? Wie bauen wir eine Beziehung auf, wenn wir nicht miteinander reden können? Cannon hat solche Angst vor einem gebrochenen Herzen, dass er sich weigert, seines einzusetzen."

„Ich habe gesehen, wie Cannon dich anschaut. Liebes, er hat dir sein Herz schon längst geschenkt. Was wirst du damit machen?"

„Ich dachte auch, dass er mich liebt, aber er hat es nie wirklich gesagt."

„Hast du es ihm gesagt?" Katie griff über den Tisch und zupfte an ihren feuchten Locken. „Du selbst hast es auch gerade erst für dich herausgefunden. Er ist ein Mann und die sind langsamer."

„Glaubst du wirklich, er liebt mich?"

Katie reichte ihr einen weiteren Keks. „Aufessen. Du musst schwach sein, weil dein Gehirn nicht funktioniert. Er wäre bei dem Gedanken, dich zu verlieren, nicht so aufgebracht gewesen, wenn es ihm egal wäre. Du machst einen Unterschied in seinem Leben."

Sage knabberte immer wieder am Rand des Kekses herum, bis sie dessen Mitte erreichte. Vielleicht hatte sie

Cannons Herz auf dieselbe Weise erobert. Sie hatte die harten Ränder entfernt, bis sie sich ins Innere vorgearbeitet hatte. Die Art, wie er sie küsste und umarmte, sprach Bände. Im Hinterkopf hörte sie ihre Mutter sagen, dass Taten lauter sprächen als Worte. Vielleicht waren die Worte nicht wichtig.

„Er liebt mich wirklich." Sage sagte es mit Ehrfurcht in ihrer Stimme. „Ich mache einen Unterschied und das reicht mir völlig aus."

Katie blickte auf das pinkfarbene Papier. „Brauchst du einen Stift?" Sie wartete nicht auf eine Antwort, sondern zog einen aus ihrer Tasche.

Sage brauchte keine einhundert Gründe. Sie brauchte nur einen. Der beste Grund war Cannon, weil sie ihn einhundertprozentig liebte.

Sie schrieb seinen Namen auf die Seite, umarmte Katie und ging. Sie musste mit ihm über Eigentum sprechen. Nicht die Art, die am See stand, sondern das Eigentum an seinem Herzen.

KAPITEL NEUNUNDDREISSIG

Cannon saß auf der Terrasse seines Hauses, den Kopf in die Hände gestützt und ein rosafarbenes Blatt Papier auf seinem Schoß. Es war ein Brief von Bea und das Einzige, was drinstand, war:

Cannon,

es ist Zeit, dein Leben zu leben.

In Liebe,

Bea

Sie wusste immer, was gesagt werden musste. Selbst im Tod hatte sie ein unheimliches Timing. Er war kurz bei der Bar vorbeigefahren, um den Brief mit der Aufschrift: *An einem schwarzen Tag öffnen* zu holen. Kein Tag könnte schwärzer sein als der, an dem er die Frau verlor, die er liebte. Er war ein Vollidiot gewesen, als er dachte, er hätte Sage verloren.

Er nahm die Weinflasche und führte sie an seine Lippen. Als er auf das Wasser starrte, wurden seine Gedanken von einem kleinen Rotschopf verzehrt, der ihm das Lieben wieder beigebracht hatte.

„Ich weiß, dass du nicht gut darin bist, Worte mit

anderen zu teilen, aber was ist mit Wein?" Ihre Stimme schreckte ihn auf.

Die Flasche fiel ihm aus der Hand, landete bei seinen Stiefeln und der Inhalt sickerte durch die Ritzen der Holzterrasse. Geistesgegenwärtig rettete er so viel Wein, wie er konnte und reichte ihn Sage. „Ich weiß nicht, was ich sagen soll." Wo sollte er beginnen? „Ich fange mal damit an, dass es mir leidtut, aber dann weiß ich nicht weiter. Es gibt so vieles, was du hören solltest, und ich weiß nicht, womit ich beginnen soll."

Sie lehnte sich an das Geländer und nahm einen Schluck.

Statt ihrer nassen Schwesternuniform war sie dick verpackt in einen Pullover und Jeans. Cannon war froh, dass sie trocken und warm war.

Der Sturm war vorbei und der Himmel klar. Ein warmes Gefühl durchströmte ihn, das möglicherweise vom Wein kam, aber er wollte glauben, dass es ihre gemeinsame Verbundenheit war. Eine, von der er hoffte, dass es sie noch gab.

„Du wirst es herausfinden müssen, denn das ist deine Chance, mir zu sagen, was du fühlst."

„Wie viele Worte habe ich?"

„Das ist keine Rateshow, Cannon. Das ist das Leben, in dem Menschen, die sich etwas bedeuten, miteinander reden."

Er stand vom Stuhl auf und griff nach ihr, drehte sie herum und gab ihr seinen Platz. Sobald sie sich gesetzt hatte, fiel er vor ihr auf die Knie. Beas rosafarbene Seite löste sich und flatterte im Wind auf den See hinaus.

Sage richtete sich auf. „Sollten wir das zurückholen?"

Er drückte sie auf den Stuhl zurück. „Es ist nicht annähernd so wichtig wie du. Du willst wissen, wie ich mich fühle?“ Er ließ seine Hände auf ihre Oberschenkel sinken. Sie zu berühren gab ihm Kraft. „Ich liebe dich, Sage. Ich saß letzte Nacht an deiner Bettkante, beobachtete dich und wollte dich. Ich weiß, dass ich deiner nicht wert bin, weil ich dir nichts zu bieten habe, aber ich würde dir alles geben, was ich habe, nur um noch eine weitere Minute in deiner Gegenwart zu verbringen.“

Sie hob ihre Hände zu seinem Kopf und fuhr mit ihren Fingern durch sein Haar. „Du hast eine ganze Menge zu bieten. Ich mache mir nichts aus Geld und materiellen Dingen. Alles, was ich will, ist deine Liebe und in deinem Herz mein Zuhause zu finden.“

„Mein Herz gehört dir.“ Er beugte sich vor und hielt inne, bevor sich ihre Lippen berührten. „Darf ich dich küssen?“

Sie warf sich nach vorne, stieß ihn dabei um und landete schließlich auf ihm. Die Weinflasche entglitt ihrer Hand und verschwand über den Rand der Terrasse. „Ich wünschte, du würdest es tun.“

Es war ein Kuss, der alle Küsse übertraf. Alles, was sie nie gesagt hatten, kam darin zum Ausdruck. Er fühlte ihre Liebe und schenkte ihr seine, aber sie löste sich zu früh von ihm.

„Stimmt etwas nicht?“ Sein Herz raste.

„Ja, ich brauche noch etwas.“

„Was denn?“ Er würde ihr alles geben, was sie begehrte, solange sie ihn nicht um Abstand bat.

„Dich – im Bett – in mir.“

Gott sei Dank. Cannon hob sie hoch und brachte sie nach Hause.

Mit jeder Berührung, jedem Kuss, jedem Streicheln, sagte er ihr, dass er sie liebte.

Am nächsten Morgen stellte er Kaffee und einen Zettel

auf den Nachttisch und wartete dann darauf, dass sie aufwachte. Auf dem Zettel standen die neun wunderbarsten Wörter des Universums, fein säuberlich auf das Papier geschrieben. *Du gehörst mir. Ich gehöre dir. Wir sind Liebe.*

Als sie ihre Augen öffnete und den Zettel las, zog sie ihn an ihre Brust. „Ja, das sind wir."

KAPITEL VIERZIG

Sage und Otis gingen die Main Street entlang. Was einst wie eine verwaiste Stadt ausgesehen hatte, war zu einem Zuhause geworden.

Wer hätte gedacht, dass ein Fleckchen Erde mitten im Nirgendwo ihr alles bieten könnte, was ein Mädchen brauchte? Der Anruf heute Morgen bei der Personalabteilung, in dem sie einfach mitteilte, dass sie nicht zurückkehren würde, war so einfach gewesen.

Aspen Cove hatte kein *Target*, kein *Starbucks* und kein Kino. Es gab weder *Dunkin' Donuts* noch *Taco Bell* oder ein Einkaufszentrum. Es gab Cannon, und er machte alle Mängel wieder wett.

Als sie so dahinspazierte, nahm sie den Geruch von Schokolade wahr, der in der Luft schwebte. Ihr Tempo beschleunigte sich, denn wer mochte keine Schokolade? Sogar Otis schien darauf bedacht zu sein, die Distanz zwischen ihm und der Bäckerei zu überwinden, aber das lag daran, dass Katie einen Eimer mit Leckerchen für ihn bereithielt. Es gab eine Sache, die Otis mehr mochte als Bauchkraulen, und das waren Leckerlis.

„Warte", ertönte eine vertraute, sinnliche Stimme hinter ihr. Cannon joggte, um sie einzuholen.

Sage legte verwirrt den Kopf schief. „Ich dachte, du triffst dich mit Bowie?"

Er ließ die Schultern hängen. „Er hat wieder abgesagt."

Sage blieb stehen und zog ihn in ihre Arme. Sie wusste, wie wichtig es sowohl für Cannon als auch für Ben war, dass Bowie nach Hause kam, aber dies war seine dritte Absage, und sie war sich sicher, dass er die Hoffnung verlor.

„Er wird nach Hause kommen, wenn er dazu bereit ist. Er braucht Zeit, um sich über die Dinge klar zu werden", sagte Cannon.

Sage konnte sich nicht vorstellen, an den Ort zurückzukehren, an dem man alles verloren hatte. „Ich weiß, aber ich bin mir sicher, dass du deinen Bruder vermisst."

Er stützte seinen Kopf auf ihren und drückte sie fest an sich.

Sage dachte darüber nach, wie schnell sich ein Leben ändern konnte. Für Cannon, Ben und Bowie hatte es sich innerhalb von Sekunden geändert. Bei ihr hatte es etwas länger gedauert, aber das Ergebnis war besser. Sie hatte die Liebe gefunden. Seit jenem Tag auf der Veranda war es zwischen ihnen ganz einfach gewesen. Alles hatte sich so ergeben, als hätte es jemand mit Präzision geplant. Sie blickte zum Himmel und sprach ein stilles Gebet für Bea, denn ohne ihre Gabe der Hoffnung, der Liebe und des Vertrauens würde Sage immer noch in ihren quietschenden weißen Halbschuhen durch die einsamen Flure irgendeines Krankenhauses eilen.

„Ich kann deinen Bruder nicht dazu bringen, nach Hause zu kommen, aber ich kann dir eine Alternative anbieten." Sie schenkte ihm ein, wie sie hoffte, verheißungsvolles Lächeln. „Wie wäre es, wenn wir uns einen Muffin schnappen und wieder nach Hause gehen – zurück in unser Bett? Wir haben das Haus für uns allein. Die Gäste kommen erst später."

Cannon war so gut wie bei ihr eingezogen. Nach und nach fand sie seine Kleider im Schrank hängen und seine Zahnbürste auf der Ablage im Badezimmer. Seine Socken teilten sich den Raum mit ihren. Ihr gefiel die Art und Weise, wie er ihr Leben mit Glück und Liebe bereichert hatte.

„Schatz, das klingt ja so, als wäre die Zeit, die ich mit dir verbringe, zweitklassig."

„Überhaupt nicht. Hol mir einen Muffin und ich zeige dir, wie erstklassig ich sein kann."

Sie lachte, als Cannon vor ihr in die Bäckerei stürmte.

Katie packte gerade einen Viererpack Muffins ein, als Sage und Otis drinnen ankamen. „Leckerlis?", rief Katie. Obwohl Otis sich nicht auf ein Bein stellen konnte, hinderte ihn das nicht daran, es zu versuchen. Sein Hinterteil peitschte herum wie eine Abrissbirne und er warf alles um, was sich ihm in den Weg stellte. Bis Katie eine Handvoll Leckerchen hingelegt hatte, waren drei Stühle umgerissen.

„Es ist nicht schwer, ihn glücklich zu machen." Cannon gab Katie einen Zwanziger für die Muffins, während Sage die Stühle wieder aufstellte.

Katie blickte auf den Hund herunter, der zu Sages Füßen lag. „Er ist ein Rüde. Ihr Jungs seid eben einfach zufriedenzustellen", sagte sie.

Sage und Cannon gingen Hand in Hand hinaus. Sie hatte Muffins, ein treues Haustier und einen sehr attraktiven Freund. Das Leben könnte nicht besser sein. Ihre Hände schwangen zwischen ihnen hin und her, als sie nach Hause gingen.

Sage sah zu ihm auf. „Als ich nach Aspen Cove zog, war ich von drei Dingen absolut überzeugt, aber ich lag mehr falsch als richtig."

„Du? Falsch?" Cannon zog einen warmen Muffin aus der Schachtel und bot ihr den ersten Bissen an. „Das kann nicht sein."

Sie verschluckte sich an ihrem Bissen. „Ich weiß. Unglaublich, oder? Aber es ist wahr." Sie rollte übertrieben die Augen. „Aber im Ernst, es gibt neue Sage-Erkenntnisse. Sie deutete beim Nennen ihres Namens mit ihren Fingern Gänsefüßchen in der Luft an.

„Erstens kann man dem Tod nicht entrinnen, aber dem Leben auch nicht. Es sollte mit Liebe und Leidenschaft gelebt werden und mit dir."

„Stimmt." Er beugte sich vor und gab ihr einen sanften Kuss auf die Lippen.

„Zweitens ist die Hölle kein kalter Tag in Denver, sondern Aspen Cove ist der Himmel auf Erden, eingekuschelt in deine Arme."

„Willst du, dass ich rot werde?", fragte er.

Sie näherten sich dem Ende der Main Street und bogen leicht nach links ab, zum *Bed & Breakfast*.

„Und zu guter Letzt." Sie blieb vor der Tür stehen. „*Mr. Right* ist definitiv der augenblickliche *Mr. Right*, der auch morgen und übermorgen *Mr. Right* sein wird, bis in alle Ewigkeit."

Er drehte den Türknauf und hielt ihr die Tür auf. Otis ging als Erster hinein und direkt zu seinem Sessel.

„Ich bin sehr glücklich, dein augenblicklicher *Mr. Right* zu sein, aber noch glücklicher, für immer der Richtige zu sein. Ich liebe dich, Sage Nichols, mit jeder Faser meines Herzens."

Obwohl die Freunde des Sheriffs in ein paar Stunden

eintreffen würden, wusste Sage, dass ihnen genug Zeit blieb, um diese Liebe zu bekräftigen, denn eines wusste sie heute mit absoluter Gewissheit: der Rest ihres Lebens begann genau in diesem Moment.

ÜBER DEN AUTOR

Als internationale Bestsellerautorin von mehr als fünfzig Romanen schreibt Kelly Collins mit dem Vorsatz, die Liebe am Leben zu erhalten. Als überzeugte Romantikerin verbindet sie reale Ereignisse mit ihrer lebhaften Vorstellungskraft und erschafft so Charaktere und Geschichten, die Liebhaber von zeitgenössischen Liebesromanen, „New Adult" und romantischen Spannungsromanen immer wieder aufs Neue begeistern werden. Erfahren Sie mehr über Kelly unter www.authorkellycollins.com.

BÜCHER VON KELLY COLLINS

Einhundert Gründe

Einhundert Herzschläge

Einhundert Wünsche

Printed in Poland
by Amazon Fulfillment
Poland Sp. z o.o., Wrocław

22471579R00175